如何謀殺一座城市

HOW TO KILL A CITY

高房價、居民洗牌與爭取居住權的戰鬥

Gentrification, Inequality, and the Fight for the Neighborhood

PETER MOSKOWITZ

彼得·莫斯科威茨

譯——吳比娜、賴彥如

推薦序

建構我們的城市——重新定義公共利益及勇敢行動

徐世榮（國立政治大學地政學系教授）

每當筆者看到縉紳化（gentrification）這個英文字時，總是會習慣性地聯想至另外一個英文字，即種族滅絕（genocide），這是筆者的偏見。但是在閱讀這本非常優質的書籍時，腦中經常性浮現的畫面是，對於那群居住在都市裡面的經濟弱勢、黑人及拉丁美洲族裔、不同性別傾向者等，他們的生存空間會否因為縉紳化而遭致掠奪？他們會否因此而流離失所？這本書給了非常明確的答案，就如紐約市個案中的書寫，縉紳化是一場經濟清洗戰役，它也是一場階級鬥爭，社會弱勢似乎注定是失敗的一方，因此也必然是被強制迫遷的對象。但是，為什麼他們不屬於這個都市？因為屬經濟弱勢，就沒有資格生活於都市裡面？

筆者的學術興趣為都市事務及公共政策（Urban Affairs and Public Policy），本書內容也讓筆者回憶起以往一九八〇年代底及一九九〇年代初，在美國求學階段，那時我們討論美國的「都市更新（Urban Renewal）」，當我們站在馬里蘭州巴爾地摩市（Baltimore）的觀光勝地內港（Inner Harbor）時，看到港邊高級的百貨公司、世界貿易大樓、五星級飯店、及租金昂貴的辦公區與出租公寓時，感覺非常的現代化及繁榮，但是當老師告訴我們，這裡原本不是這個樣子，而是把許多黑人及社會弱勢逼迫遷離後，才發展出來的，那群弱勢在更新後根本無法繼續留存於當地，他們去了哪裡？沒有人知道。老師又帶領我們往東區走去，其實，才走不了多遠，就發現都市景觀完全不同，因為那裡是窳陋敗壞的公寓，大概都是黑人居住的場所。就在很短的距離之內，我們似乎進入了兩個不同的世界，這給了筆者非常大的衝擊，都市到底是為誰更新？回去後，筆者寫了一篇報告，標題為〈Downtown Development or Town-down Development?〉（市中心發展或是城市向下沈淪發展？）老師特別把筆者的報告挑出來在課堂上討論。

前述都市更新政策因為遭致嚴厲批評而終止，一九七〇年代卡特總統與一九八〇年代雷根總統接續的都市政策也有明顯的差異，那時討論重點成為「新自由主義（Neo-liberalism）」及「私有化（Privatization）」，聯邦政府大量刪減預算，並希望透過市場機制來解決都市內的問題，經濟學者海耶克的思維成為熱門話題。那時美國都市政策學術界針對都市問題的見解也分成兩派，一是以地方為中心，另一則是以人為中心。前者主張政府必須努力協助那些衰敗中的都市，幫助它們重新再站起來；後者則主張「善意的忽略（benign neglect）」，建議何不讓那些衰敗的都市自然的安樂死，他們主張任何政府的拯救舉動都將是徒勞的，解決之道乃是居住於那些地區的人們必須配合資本的流動，移動他們的腳，搬遷至經濟發展強健區域。因此，那時不論是走訪費城、紐約、或是華盛頓特區等大都會，看到了許多政府卸責（Load-Shedding）的破敗景象，城市及社區就宛如是商品一般，當它不再擁有被剝削或利用的價值時，就會如同是廢棄物一般被丟棄一旁。

美國都市空間發展長久以來都是著重於郊區化，但是在一九九〇年代中期，縉紳化（gentrification）卻成為都市政策研究的新的關鍵詞，許多藝術家、同性戀、富有階級重返舊城區，例如，就有許多的研究指出舊金山市老舊地區因為同性戀者的進駐而復甦，這些區域甚且成為觀光的景點，不過，就筆者淺薄的閱讀經驗，似乎是比較少看到有系統的論著來討論縉紳化對於美國社會所產生的負面衝擊，因此，當筆者看到這本譯著的內容時，內心相當欣喜，看完後卻也非常難過，因為經由閱讀可以發現大量的經濟弱勢及特別族裔因為縉紳化而被迫搬離原本居住的都市家園，他們因為付不出租金或是繳不出房地產稅金，而被迫離開，都市空間僅屬於少數經濟富裕階級及特定族群，這完全不符合社會正義。

筆者以為，縉紳化恐是繼前述都市更新、新自由主義及私有化後的另一個新的語彙，但究其政治經濟意識型態恐都是一脈相承的，如本書作者所言，「縉紳化不只是偶然或意外，縉紳化是一個重視資本需求（包括城市財務跟房地產利益）甚過人民需求的系統。」它專挑租隙（Rent Gap）大的區域，經由都市計劃及土地使用分區的重新編定，為政府、開發商及地產商創造龐大的財富，卻也因此造成人民的迫遷。這不僅是發生在美國，其實也發生在台灣，如區段徵收都是發生在租隙大、農地轉變為市地的區域，個案如苗栗大埔、新北八里台北港、機場捷運林口A7站區、桃園航空城、台北社子島開發等；此外，市地重劃也是類似的政策，如台中黎明幼兒園自辦市地重劃個案即是。如本書不斷強調的一個重點，縉紳化並非是市場力量獨自造成的，它是政府大力支持之下才有的結果，即「造成城市縉紳化的政策是在房地產大亨的辦公室和市政府的會議廳裡成形」。而我國政府比美國政府惡劣之處，乃是它強制動用土地徵收與市地重劃等侵害基本人權手段來為開發商及地產商取得所需的土地。

該如何反制？首先我們必須瞭解縉紳化是「成長機器（Growth Machine）」有意圖的作為，

並非是不可避免的，即我們是可以有選擇的，我們可以重新塑造我們所需要的城市。若延伸珍．雅各的論點，縉紳化乃是我們的公民權利遭致剝奪的結果，我們應該努力重拾我們的公民權，並且重新定義公共利益。公共利益的內容將不再僅是經濟效率與資本積累，而更應該包括社會公義與基本人權。就如筆者的老師羅伯特．華倫（Robert Warren）所述：「這種完全著重於市場考量的政策反而更是促成都市進一步衰敗的原因，資本的優越性將使得社區更遭到摧殘。根據過去的經驗顯示，都市及社區政策不應該是以追尋資本積累為唯一的要務，嚴格言之，資本積累或是市場效率皆僅是手段罷了，都市及社區政策所欲達成的目標應該是以社會正義為主要的價值考量。」而且，我們必須勇敢地行動（Action），這些行動的方式可以相當多元，而公民不服從及都市社會運動可能是重要的選項，就如同曼威．柯司特（Manuel Castells）的提示，都市社會運動將可以創造出一個新的政治治理結構，並建構一個新的都市意義。因此，如果讀者認同本書的內容，請讓我們攜手團結、勇敢行動，共同努力來建構一個我們認同及有歸屬感的都市空間。

引言

當我大學畢業回到紐約，我發現我自己同時屬於兩種族群：被驅逐的弱勢、以及驅逐別人的中上階層菁英。我在紐約西村（West Village）長大。離著名的記者和社運者珍・雅各（Jane Jacobs）在一九六一年寫下城市鉅著——《偉大城市的誕生與衰亡》（*The Death and Life of Great American Cities*）的地方，只有幾街之遙。珍・雅各在四百頁的篇幅裡，探討著紐約西村的魅力從何而來——那小而有變化的街道景觀，多樣化職業、階級與種族的居民、它文化上的多樣流派。珍・雅各認為，美國的每個城市都應該借鏡西村，藉由創造小店家而非大賣場，以小型街道取代大條馬路，鼓勵多樣尺度的公寓和住宅型態，而非大型的集合建案。

但當我從大學回來，西村跟珍・雅各筆下自由平等的樂園已大不相同。過去我家至少每週會訂一次的中國菜外帶餐廳已經關門，取而代之的是銀行。我最喜歡的披薩小店變成了高級食品店，我哥哥高中打工的錄影帶店，變成每次只展售幾件昂貴單品的精品服飾店（那家店倒了以後，接著開了一家專賣精緻木製品的兒童玩具店）。離我父母家幾條街距離的克里斯多福街（Christopher Street），曾經以同志氛圍全美著名，如今已成為一個昂貴的區域，警察巡邏，讓這個區域變得平淡無奇。周邊街廓原本中等人家的住屋，變成了高昂的房產。貝立克街（Bleecker Street）一度沿街都是古董小店，現在已經被像是Marc Jacobs、Michael Kors、Coach等連鎖品牌取代。

如今，這個充滿我兒時回憶的地方，樹立著與社區過去毫無淵源的財富象徵，在我父母家一條街之外，突然冒出由明星建築師理查邁爾（Richard Meier）設計的三棟玻璃大樓，高度遠超過旁邊的房屋。在我老家的對面，一個原本由藝術家經營的舊倉庫工作室，上面加建了一棟粉紅色的公寓，以一個有義大利風味的名字重新命名[1]，二〇〇八年整修完上市時，每間公寓的售價高達兩千五百萬美金。

我父母住的大樓也不一樣了。每個月，都有一戶公寓又再改建。劇作家、藝術家、一般工作人士搬出去了，取而代之的是銀行家、經商者，對老住戶相當不友善。人們進出不再為彼此拉住大門，在電梯不再互相打招呼，我不再認識我們的鄰居，我開始對大樓裡經過的每個人面無表情，那種社區感——西村之所以讓我和父母覺得有家的感覺，這個地方五十年前啟發珍．雅各的魅力，已經消失了。

從一九六一年到今日發生了什麼事？或至少在一九八〇年間，當我父母開始搬到這個社區，到現在之間？珍．雅各所描述的西村已不復存在，而新的西村看起來像是舊西村的遊樂園版，好多人都走了，因為付不起劇烈高漲的房租而搬遷，現在一個一般的單房公寓月租要四千美元[2]。當週間走在西村安靜、綠樹成蔭的街道，你至少會看到好幾個工地，工人正在把之前原本可供多個家庭居住的房屋，改建成巨大的豪宅。二〇一四年九月，一個德州油業富家女將她一萬兩千平方呎、城堡般的連棟別墅，以四千兩百五十萬美金的天價，出售給一名匿名買主[3]，這棟房屋就坐落在珍．雅各之前居所的不遠處。珍．雅各原本的小屋子，現在是一家房地產公司。西村也不再像以往那麼族裔多元了——現在有百分之九十的居民是白人。在居民族群多元性上[4]，只比曼哈頓的上東區（Upper East Side）好一點。

對於像西村這樣的改變，紐約人一般會抱怨這樣的社區「不酷」了。但對珍．雅各來說，像西村這樣的地方不只是酷而已，它們是城市依賴政府少量的治理，就能自我運作達到平衡的明證。珍．雅各提出：這些小店家、吸引藝術家作家來居住的便宜租金、長短不一的街廓、混合使用的分區政策，讓西村的街道成為觀看人來人往的好地方，也讓社區成為一個鄰里系統。店家不只是經營者，他們也是無形的警力，幫助監看治安，確保單獨上學的孩子平安到達。一個友善行人的街廓不只是一個好走路的地方，它也創造出一個陌生人能夠彼此互動，激盪想法、影響彼此的地方。多樣性的建築，包含高級華廈、舊出租房間，意味著一群多樣的人可以負擔得起這裡的租金，不會因為收入多寡、族裔背景而被區隔。

一度昭示著多元平等、身為最佳楷模的西村，如今變成全美最昂貴、紐約族群最不多元的社區，這如何預言了美國城市的未來？而那些被迫離開這個新的西村的人們，他們又到哪裡去呢？

當我決定搬回紐約時，我知道西村已經變得太昂貴無法居住，所以我到處找，很快我就發現，對於一個年輕記者來說，市中心曼哈頓的單人套房還是太貴，所以我開始往外圍的市鎮找，我先跟我的男友住在皇后區的艾斯托利亞（Astoria）一年，然後是布魯克林區的貝德福德－斯泰弗森特（Bedford–Stuyvesant），然後是威廉斯堡（Wiilamsburg）和布希維克（Bushwick）。

在每個地方我都看出類似的事情在發生，只是現在我身處角色的另一方。同一個社區裡，看似有兩個世界在推擠——一組我和朋友會去的商店、酒吧、餐廳，還有另外一組居住在當地的老居民會去的店。我看到我新鄰居臉上皺眉的表情，我想像他們的感覺，和我父母在西村看到新面孔時一定很像。

一開始這些變化看起來嶄新而奇怪，我們有辦法分辨到底發生了什麼事。事物在改變，關係在緊張，但卻難以具體描述。往布魯克林區深處搬遷的白人朋友儘管略感不安，但卻也別無能力作其他選擇。我知道發生在紐約的事只是冰山一角，只要看看路邊街廓每年的變化你就能感覺到它無所不在。但這些事卻沒有言語可描述。漸漸地，當人們抱怨新紐約的改變時，有個字開始在報章雜誌、臉書貼文、酒吧閒談裡開始流傳：縉紳化（gentrification）。

到了二〇一〇年，每個人都聽過這個詞，沒有人有辦法精準的定義它，但這個字卻足以描述所發生的事：老居民搬走、在地文化消失、財富和白人開始湧入紐約社區。我看到的景象和聽到的一手、二手故事開始形成一個完整的畫面：朋友們離開紐約，搬到奧斯汀、費城或洛杉磯；社區裡倒閉的雜貨店和洗衣店，取而代之的銀行、搬入的新鄰居。在募款平台上人們尋找租屋的法律協助、租金協助，這都是縉紳化這個詞所描述的現象。

某種程度，我也是這個變化下的受害者，我長大的社區貴得讓我必須搬走，但我的處境也還算不錯，只要走過布希維克和貝德－斯泰弗就知道，從一個街廓到另一個，看到那些在整建中老舊、殘破的公寓，窗戶封起來，前院插著售出的招牌，我知道這意味著老居民被逐出了。對紐約的窮人來說，縉紳化不只是一種社區特質無形的改變，而是他們真切面對的迫遷、金權暴力、悠久在地文化的剷除。

但我看到所有縉紳化的報導都關注於社區裡的新興事物——高級的披薩店、咖啡店、文青的潮店。就某方面來說這很合理，你很難報導一個空洞，一些已經消失的事物。報導新的比那些被移除的東西容易多了。但終歸來說，這就是縉紳化：一個在社區、城市、文化上的空洞。某方面來說，縉紳化像一個傷口，一個由流入城市的大量資本所引發破壞而造成的創傷。

如果我也在縉紳化的共犯結構下，我想要知道，到底發生了什麼事。

當你認知到這個問題的廣泛，你會發現縉紳化不只是一個時尚或潮流。文青和雅痞比起被他們驅離的老居民有更多的財力，但個別的行動者沒有力量控制房屋市場，憑一己之力改變城市。住在布魯克林區喝有機咖啡的平面設計師跟來自舊金山喜歡喝發酵茶的多媒體藝術家並沒有同

謀，縉紳化也無法由各別投資者行為來解釋：在紐奧良擁有五棟房子的房東跟底特律的公寓主並沒有彼此商量策略。縉紳化下有勝利者也有受害的一方，雙方都在同一場遊戲裡，儘管他們都不是遊戲的設計者。在美國各個經濟、人口和地理上差異甚大的城市——納什維爾、邁阿密、路易斯維爾、奧斯汀、克利夫蘭、費城、洛杉磯，都在經歷縉紳化過程，這並非巧合。

縉紳化不是由個人的行動造成，它立基於美國數十年來種族歧視房屋政策下的系統性暴力，否定有色族裔，特別是黑人跟美國白人一樣取得房屋、獲得同等財富地位的權利。如果不是因為根植的不平等，縉紳化無法發生，如果我們都是平等的，就不會有驅逐別人的菁英，也不會有被驅逐的弱勢，不會有壞人和受害者。我們關注於財富創造與擴張，更勝於人民福祉的政治系統（我稱此為新自由主義），也無可避免的導致了縉紳化。當聯邦政府對於房屋、交通、各種公共服務減少，美國城市被迫依賴本身稅收去負擔基礎服務，而當城市的稅基越高，就越容易支付這些服務，這意味著城市會積極的吸引有錢人來，將窮人推開（這是城市的財政缺口），後者似乎是許多城市近日偏好的方式。

不同的城市有不同縉紳化的方式，但發生的過程都毫無例外，可以被準確預測，早在一九七九年，ＭＩＴ都市研究的教授菲利普．克雷（Phillip Clay）就提出了縉紳化的四個階段：

第一個階段，一些「先鋒者」搬進社區，開始置換原居民，之後引動更多人開始跟進。房地產公司、連鎖店等企業隨之看到商機，成為縉紳化主力。這些企業並非蓄意喧賓奪主，只是企業的財力較個人大多了，縉紳化無可避免的造成社區落入企業控制之手。在克雷分析的最後階段，力量完全由上而下，只剩有力的大財團和政商同盟才能改變已經縉紳化的地方。我想要提出在這些階段之前，有一個先期的階段：第〇期，城市透過土地分區、免稅、城市行銷，將城市暴露在縉紳化的作用下。這個準備期一般很少被注意或被討論，因為它在縉紳化的事實被目睹前，歷經了長時間的醞釀。但要了解縉紳化，這個階段是很重要的。

在紐奧良，所謂的〇期是卡崔娜颶風。這個城市利用颶風破壞貧窮和黑人社區的機會，吸引白人住民和投資來到城市。早在卡崔娜之前紐奧良的縉紳化就已經發生，但颶風把情況帶向高峰，從二〇〇〇到二〇一〇年間，在城市最時尚的濱水區（Bywater），黑人人口已經減少了百分之六十四[5]。我們無法確知這樣的變化有多少發生在二〇〇五年卡崔娜之後，因為沒有颶風後直接的數據資料，但多數的專家同意主要的人口變化是在卡崔娜之後發生。在紐奧良，人口的改變已超過十年之久，也因此成為一個研究縉紳化的最佳起點：颶風和災後城市的改變，可以讓我們從頭到尾了解縉紳化的過程。

在底特律，〇期發生在二〇一三年市政府宣布破產的時候，這促使市政府在衰退的產業中另覓財源。底特律縮減對窮人的服務，花了上億去吸引具有財富的菁英。對於一個人口只剩下過往三分之一到二分之一的城市，你也許不認為縉紳化是什麼問題。但在底特律，城市卻以特異的方式正負消長，在市中心、中城（Midtown）、庫克城（Corktown）社區，由於財團投入鉅量的資金在基礎建設和房地產開發，看起來欣欣向榮，但城市的其他地區則岌岌可危。前三個地區的房租每年上漲百分之十[6]，有些建築每平方英呎的租金高達兩美元，比幾年前的價格高了百分之六十之多。

多數人認為紐約縉紳化的〇期發生在一九七〇到一九八〇年間，當時城市因為產業縮減和白人移出，差點面臨破產。但實際上，紐約的政策制定者早在一百年前，就播下了一個富裕、重房地產開發、反工業紐約成形的種子。某種程度來說，這代表紐約的規劃者做得不錯，他們有先見之明，早在別人之前預見新的、消費主義至上的美國城市經濟潮流，為了確保取得領先，他們為金融和房地產資本進駐紐約鋪路。他們清除了城市舊的製造業，過去這些產業曾為窮人和中產階級的居民提供就業機會、負擔住宅。雖然有遠見的紐約規劃者有機會將城市改造得更平等，他們卻志不在此，有金融機構和房地產資本的撐腰，他們的目標擺明了是要豐厚贊助者的口袋。紐約超過數十年的縉紳化歷史已經帶來最糟的結果：房租高到除了最有錢的人以外，沒有人可以負擔。

舊金山則與眾不同——它沒有經歷重大的經濟危機，可以像其他三個城市那般以調整政策作為藉口。它沒有那麼多老舊製造業要清除，讓布爾喬亞式、消費主義的新經濟得以容身。相反的，蓬勃發展的高科技業湧進城市（透過政府的支持），快速的改變了周遭的一切。淘金熱似的經濟迫使舊金山快速而全面的縉紳化，舊金山灣區讓我們一窺縉紳化經濟的未來，了解當窮人在城市裡沒有容身之處時，他們應該怎麼辦。在灣區，答案是他們搬到郊區，面臨更稀少的工作機會、大眾交通、社區服務。在全美各地，特別是在紐約和舊金山灣區，郊區都因搬入的居民而人口增加，郊區人口的貧窮比例，幾十年來開始上升得跟內城一樣高[7]，在二〇〇〇年超過城市的貧窮人口比例。

縉紳化是上世紀後期席捲改變城市最重要的現象，但我們往往只是在細節層面去討論它。每個禮拜都有一些關於「下一個布魯克林」、「下一個威廉斯堡」的文章，「文青」（hipster）這個字成為描述城市重大改變的縮寫。二〇一一年，「美國的文青化」[8]登上了國家公共廣播頻道的頭條標題。紐約時報的T雜誌有一篇〈布魯克林：一個時尚品牌〉[9]，詳細描述了世界各地

「布魯克林化」的現象。紐約時報太過濫用這個布魯克林化的論述，編輯菲利普．柯伯（Philip B. Corbett）甚至在二〇一〇年懲處新聞室過度使用「文青」這個字[10]，在二〇一四年，禁止將「布魯克林化」隨意套用在各處[11]。

有關於縉紳化的文青論述不算完全錯誤——年輕人搬進都市裡，開精品啤酒店、穿緊身瑜伽服，但這樣淺薄的描述卻造成誤導。當你只是透過報章雜誌來瞭解縉紳化，你會以為縉紳化是由千百個想要開咖啡廳、可愛的精品店、留八字鬍、買黑膠唱片的人所造成，由他們個人意願所加總。但這些是縉紳化的徵兆，不是成因。

地理學家尼爾．史密斯（Neil Smith）在他指標性的書籍《都市新邊界：縉紳化的復仇主義城市》（*The New Urban Frontier: Gentrification and the Revanchist City*）中寫道：「如果縉紳化可被文化和消費者偏好所解釋，我們不是假設了個人偏好在全國或甚至國際間有一致的發生，就是有外在條件強加，將個人的選擇偏好抹平。如果後者為真，那麼用消費者偏好來解釋縉紳化，更是不合理的。」[12]換句話說，縉紳化不只是偶然或意外，縉紳化是一個重視資本需求（包括城市財務跟房地產利益）甚過人民需求的系統。

用個人層次來討論縉紳化，因為那是我們每日生活的經驗——房租神秘地上漲了，藝廊開門了，文青出現了。但在每個縉紳化的城市，總有一些不為人知的事件發生，先於這些街道景觀的改變。造成城市縉紳化的政策是在房地產大亨的辦公室和市政府的會議廳裡成形，咖啡店只是冰山一角。

如果我們希望逆轉這個過程——希望在城市改變的過程中，低收入的人能留下來，建造我們城市的勞工不用被迫遷移到城市的邊緣，推向交通不便、設施不足的地區，我們就必須瞭解實際發生了什麼事。

我在本書中選了四個城市書寫——紐奧良、底特律、舊金山和紐約。每個城市都對大眾媒體報導下的縉紳化，在各層面提出有力的反證——縉紳化不只是文化和消費者選擇的結果。這四個城市都制定了具體的政策，使城市更有利資本的累積而不利於窮人生存。紐奧良、底特律、舊金山、紐約的縉紳化不是由於百萬名的消費者的選擇，而是因為幾百個官員、政治家、企業家的私心。透過指認出這些關鍵作用者，我希望能清楚地呈現縉紳化不是不可避免的，它是可能被阻止的，或至少可被控制的。

當我們把縉紳化想成是某種神秘的過程，我們只能接受它的結果：無數個家庭被迫搬走，文化的摧毀，每個人的經濟生活更加窘迫。我希望這本書可以平衡我們對美國都市未來的無力感，幫助讀者認知到城市是由強大的利益所形塑，透過指認這些特殊利益，我們可以用我們自己的設計，去重新塑造城市。

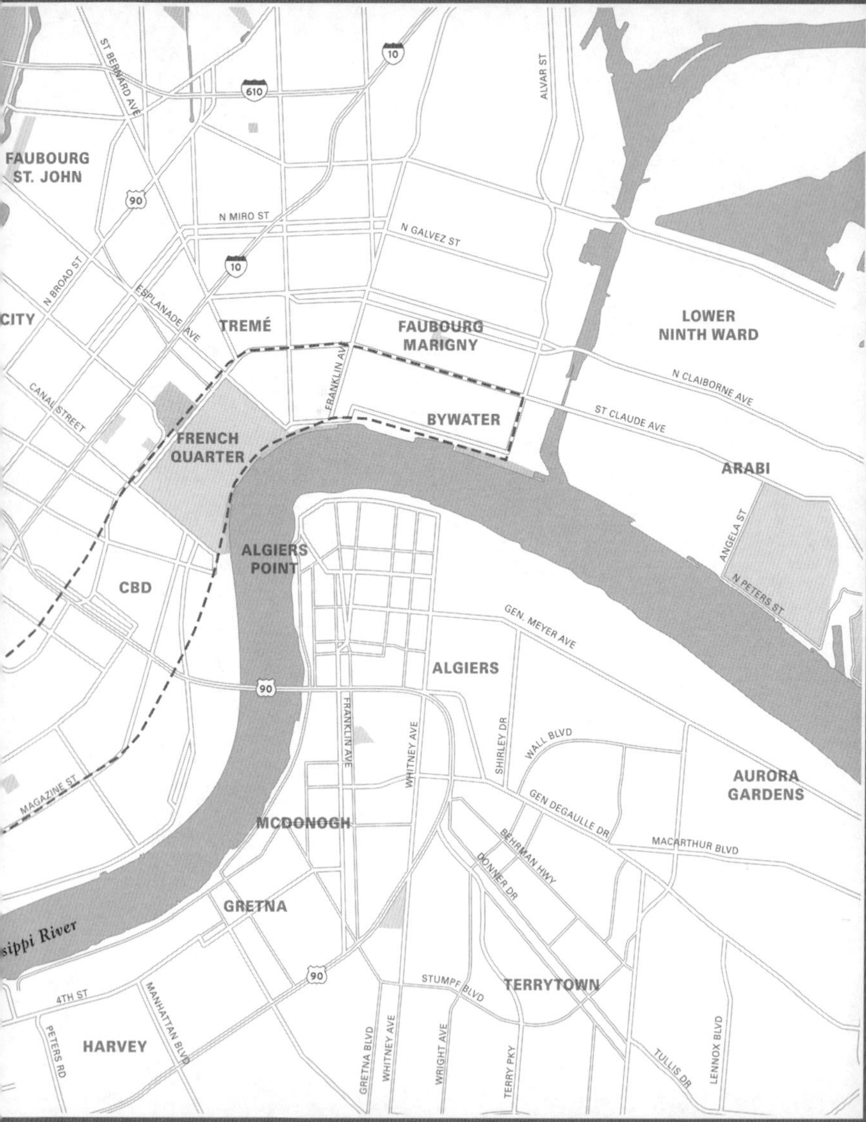

虛線標示出狀似茶壺的白人人口分佈的界線

第一部 紐奧良

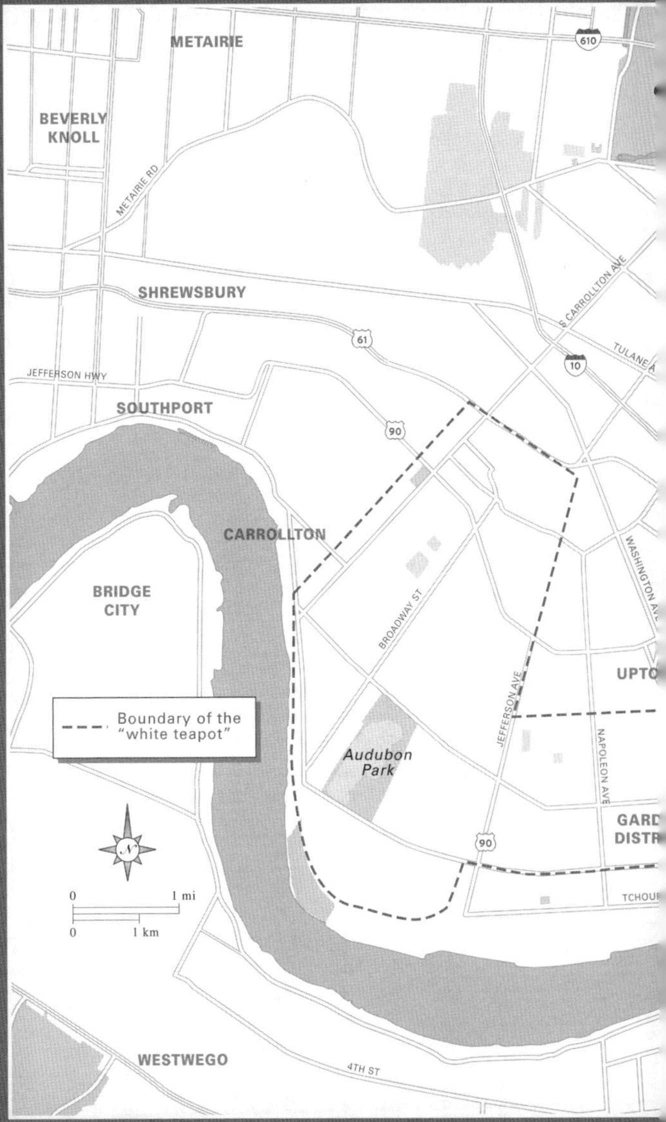
METAIRIE
610
BEVERLY KNOLL
METAIRIE RD
S CARROLLTON AVE
SHREWSBURY
61
TULANE A
10
JEFFERSON HWY
SOUTHPORT
90
CARROLLTON
WASHINGTON AVE
BRIDGE CITY
BROADWAY ST
UPTO
JEFFERSON AVE
Boundary of the "white teapot"
NAPOLEON AVE
Audubon Park
GARD DISTR
90
0 1 mi
0 1 km
TCHOU
WESTWEGO
4TH ST

第一章　掙扎

要認識紐奧良，你要知道紐奧良的社區跟其他地方都不一樣。在別的城市，富人和窮人住在不同的區域——高速公路、鐵道，種族歧視的規劃者所設置的各種障礙物，確保城市的富有和貧窮區域彼此分隔。在這裡，密西西比河的洪水一直是個威脅，富人居住在高地，窮人住在低地，這使紐奧良不平等地形交錯混亂。

數十年來，在高地街廓上的豪宅——聖查爾斯大道（St. Charles）、梅格辛街（Magazine）、濱海街（Esplanade）背後，低地上藏著紐奧良勞工階級住的殘破獨棟房屋。搭著古色古香街車、沿著聖查爾斯大道漫遊的觀光客，讚嘆座落於精緻草坪上四千平方英呎的百年豪宅，不會知道往大道北端走五十呎，他們就會看到一個遠不同於觀光手冊和好萊塢呈現的紐奧良。你可以開車、走路、騎自行車、搭著街車從法國街（Frenchmen Street）經過遊樂園化的法國區（French Quarter），沿著梅格辛街、聖查爾斯大道，卻永遠不會意識到在這些街道之外，居住著這個城市所長久遺忘的人民。

這些社區，藏在我們一般想像的紐奧良之後，貧窮但充滿文化與社區感。春梅（Treme）、濱水區、中市區（Mid-City）、中央市區（Central City）、上九區（Upper Ninth Ward）和下九區（Lower Ninth Ward）、卡羅爾頓區（Carrollton）是多數紐奧良人住的地方：音樂家、街上遊行的表演者、擦旅館欄杆的清潔人員。

但縉紳化挑戰了這樣的地理疆界，有錢的人不再滿足局限於城市的高地，開始突破他們原本的堡壘。幾乎每個鄰近密西西比河的社區，在二〇〇〇到二〇一〇年間白人人口都有增加。這些社區——法國區、中央商業區（Central Business District）、濱水區、瑪格尼區（Marigny）、花園區（Garden District）、愛爾蘭區（Irish Channel）、和上城區的一部分，數十年來創造了城市裡一抹狀似茶壺形的白人人口分佈。但二〇〇〇到二〇一〇年間，杜蘭大學的地理學者理查·坎普聶拉（Richard Campanella）發現，這個茶壺的形狀不但加大，內在也逐漸「變白」[1]，在每條街都可以看到這樣的趨勢，新的潮流象徵——咖啡店、精品店、藝廊開始大放異彩，儘管很多房屋在卡崔娜颶風後還殘破待修。

城市在慶祝重生，但幾乎沒有一位當權者——市長、州長、市議員關心還沒回到城市的上萬名黑人。當我訪問在颶風後離開紐奧良的非裔美人，他們告訴我他們害怕回去，那感覺上已是個不同的地方，不再屬於他們，某種程度他們是對的。

全國性報紙和雜誌開始重新關注紐奧良，以紐約時報的字眼來說，「以新的眼睛和耳朵」[2]去感受這城市。他們不厭其煩地描繪新的紐奧良，以幾乎全是白人的藝術家、演員、音樂家、廚師所居住的社區為對象。根據這些報導，紐奧良充滿了迷人的享樂主義，等待著被發掘。「在紐奧良，成功的定義取決於你有多瘋狂。」[3]一位音樂家這麼告訴紐約時報。「但這個城市還不像洛杉磯或紐約那麼時尚，」[4]一名女演員這麼說：「紐奧良還不夠大都會，在這裡買不到羽衣甘藍。」

災後貧窮和死傷的論述，逐漸被轉化為浴火重生，紐奧良可以重新開始。是政府官員和改革的支持者發動公關戰，想要說服世界，隨著新市民、新餐館、被冠上新名字的舊街道和舊社區（有時候只是在舊名前冠上一個「新」字，像是「新法瑞特街」〔new Freret Street〕、「新瑪格尼街」〔new Marigny〕），紐奧良在卡崔娜十年之後終於回復舊觀了——從流失城市一半人口的破壞、經濟瓦解中恢復。

認真來說，經濟比較好了，人口逐漸回復到颶風前的數字，但是「回復舊觀」是個錯誤的字眼，因為現在住在這裡的人大部分不是颶風前住在這裡的。紐奧良損失了超過一半以上的人口[5]，超過二十五萬四千名居民流失，因為人為疏失，導致一個移動緩慢的颶風讓城市傷亡慘重。災後重建的紐奧良是個不同的紐奧良：過去城市有百分之六十七的黑人人口，只有四分之一是白人，根據二〇一〇年的普查資料，現在白人佔了人口的百分之三十，而黑人沒有回到同樣的比例，只約佔人口的百分之六十。這樣的改變——從百分之六十七到百分之六十看起來也許不多，但如果你看到數字，人口的損失是顯著的：二〇一〇年時，白人人口已快回到颶風之前的數目[6]，而今日還有將近十萬名黑人，再也沒有回到紐奧良。

城市的意圖是很明顯的，政府官員在媒體上巡迴，慶祝在颶風十年之後城市的重生，地方政府（包括聯邦和州政府單位）已停止追蹤或甚至談論流浪在外的人口。透過有限的研究[7]，我們知道有上萬人還寄居流浪在休士頓和其他德州城市，有些人搬到路易斯安那的小鎮，或是猶他州、紐約州等遙遠的地方，只有紐奧良的黑人社群至今仍記掛著這些消失的人。

我曾經聽過人們以「殖民」、「佔領」、「種族滅絕」來形容卡崔娜之後發生的事。對外人來說也許太過戲劇化，但你又該如何形容一組，在實際效果上、或看起來像蓄意剔除一個小城市人口數目的黑人的政策呢？你該如何形容一組鼓勵白人和有錢人取代這些流失黑人的政策呢？這些臆測也許像是陰謀論，但在颶風後的地方報紙，就明明白白的昭示紀錄了政治家和生意人的看法，他們群起反對舊紐奧良，看來歡欣鼓舞的迎接新時代。「這颶風是千載難逢的機會」[8]，州長凱薩琳・布蘭柯（Kathleen Blanco）在颶風後幾個禮拜說道：「我們不能輕易讓機會流逝。」

除了假定背後有縉紳化的野心企圖之外，你該如何形容由政府領袖、政治家、商業利益主導的行動，照一位房地產鉅所形容——巨幅的改變城市的「人口、地理、政治版圖」？

對許多被驅離的黑人來說，卡崔娜使他們身無長物，感到城市對他們的處境袖手旁觀，甚至刻意勸阻他們回家，殖民、佔領、種族滅絕這些字眼，對他們來講並不是危言聳聽，而是真實發生的事。

我來到紐奧良後第一個說話的人，是我在聖湯瑪斯（St. Thomas）一帶租房子的女房東。我隨口說這個地區看起來很不錯，她答到：「感謝老天帶來卡崔娜，終於把這裡清理乾淨了。」

後來發現我住的那條街，正是城市改變最劇烈的一區。我在紐奧良遇到的人都搞不清楚我住的到底是屬於哪個社區。白人會認為它是愛爾蘭區或下花園區（Lower Garden District），而對紐奧良的非裔美人來說，它還是聖湯瑪斯——以一處在二〇〇〇年初期開始拆除的社會住宅命名。拆遷行動在卡崔娜之後開始加快，讓上千名低收入的非裔美人流離失所。這些社會住宅之後則被私人、混合收入的住宅開發取而代之，由紐奧良最大的房地產商普瑞斯・克巴可夫（Pres Kabacoff）擁有。

我到紐奧良不久後就遇到艾莎娜・碧佳（Ashana Bigard），她看來是當地碩果僅存的老居民。她四十歲，從事教育與受刑人平權的社運工作，在重新開發的聖湯瑪斯，勉強取得一席之地。但就像很多留在這裡的人，她正抓著繩子的尾端勉力支撐，根據她自己的說法，她已經跟新的紐奧良格格不入了。

「我一點也沒啥特色。」她說：「我是本地人，我是黑人，我有小孩，我很無趣。」

對碧佳來說，這個地區仍是聖湯瑪斯，而不是愛爾蘭區、下花園區、或是什麼別的地方，她答應帶我走走，看看這個地方改變了多少。

我在新聖湯瑪斯住宅區——現在被改名為河濱花園的社區接她，她與兩個小孩同住那裡。新的建案跟周遭環境頗不協調，過去聖湯瑪斯是傳統的社會住宅——多層磚造建築，以綠地庭院包園，但它營建和維護得不差，卡崔娜對它並沒造成很大的破壞，但紐奧良市政府卻還是將它夷平，並且置換成上百棟粉色系連排房屋，沿著弧形的街道排列，四周被空曠、無人、充滿駐警的綠地所包圍，側邊有一棟郊區典型的沃爾瑪超市（Walmart）。如果沒有一端阻擋密西西比河水的水泥堤防，另一端華麗的梅格辛街，你會恍然以為自己並非在紐奧良。

碧佳在卡崔娜之後就辛苦的謀求溫飽。在過去的五年她無法找到穩定的非營利組織工作，即便她在教育和受刑犯人權領域已有將近二十年的經驗。現在她年過四十，她試著擴展邊界、多方取得收入。有時候她在花園區新的昂貴餐廳擔任女侍，有時非營利組織會花幾百元請她當顧問，但多半它們期待她當義工。碧佳最新的兼差是為科技和非營利工作者的共享辦公室仲介座位。這辦公室位在一棟新整修的建築，座落在奧莉塔卡斯特勒海莉大道（Oretha Castle Haley Boulevard），是以種族平等大會領導紐奧良分會的人權鬥士命名，如今這裡成為縉紳化得最厲害的地區。

我們沿著紐奧良坑坑洞洞的街道行使，開過聖湯瑪斯和舊的花園區，到奧莉塔卡斯特勒海莉區叫做中央市區的社區。現在已經開始展露所有縉紳化社區的徵兆，新的挑高建築、兩間新的小博物館、一間咖啡店、一個表演藝術和放映空間、一家拳擊運動中心、還有一間高級的墨西哥餐廳，突然在幾年內出現在五條街的範圍內。在一個過去幾十年來都是黑人經營小生意的地區，儘管這條街的活化看起來像是城市經濟復甦的徵兆，背後有許多不為人知的由上而下的規劃過程。

二〇〇六年，當時紐奧良的副州長、後來擔任紐奧良市長的米奇·蘭德里厄（Mitch Landrieu），指定奧莉塔卡斯特勒海莉大道為四條「城市主街」之一，讓城市得以投入資金作環境改善。其他三條城市主街——聖克勞德大道（St. Claude Avenue）、橡樹街、北堡壘街（North Rampart Street），也都位於快速縉紳化的區域。很快地，紐奧良重建局（New Orleans Redevelopment Authority），在災後負責管理閒置土地和規劃主要發展計畫的機構，將總部搬到奧莉塔卡斯特勒海莉區，帶來一千八百五十萬美金的混合開發案，以辦公室和高級公寓為主。在這條大道上，重建委員會至少為六個開發計畫上挹注資金[9]，它也借給非營利組織和餐廳經營者兩百萬美金[10]。最後，城市引進拆遷大隊，優先拆除奧莉塔卡斯特勒海莉區內被棄置的舊建築[11]。「我相信這會帶來槓桿作用」[12]，當被問到政府為什麼投入私人開發案，而非補助社會住宅時，市議員史黛西·海德（Stacy Head）如此辯護，「政府的工作是帶動市場」。因此，被上百萬市府經費支撐的奧莉塔卡斯特勒海莉，成為一則都市的成功故事。

有必要指出的是，紐奧良或任何地方的人當然不會抱怨改善的社區環境，可是當這些改善帶來他們無法負擔的餐廳、房租，三線道大街、腳踏車道、甚至路面修補都成為迫遷和文化流失的徵兆。也代表著政府看重新住民更甚於以往居住在此的舊居民。當奧莉塔卡斯特勒海莉還是貧窮的黑人社區，沒有縉紳化可能時，市政府並無意改善這裡。清除殘破空屋、街道美化不必然意味著縉紳化，但在現行的體制裡，卻絕對有正相關。

碧佳給我看的共享辦公室很美觀，是整條街上的金字招牌，它位於一棟十二年前被廢棄的小學建物裡，現在外牆以木材和閃亮的磁磚覆蓋，一樓是間佔地兩萬三千平方英呎的「新鮮在地食材有機超市」，中間懸掛著一盞巨大的水晶吊燈。

碧佳不認得任何常去這些奧莉塔卡斯特勒海莉大道新店家的消費者，她說沒有朋友會去那裡。每當她租出一張共享辦公室的桌子，她可以抽取些仲介費，但她可負擔不起每個月美金四百七十五元的租金。碧佳告訴我儘管她樂於協助出租空間，她知道自己也是造成這地區縉紳化的一份子。畢竟在一個有百分之四十的家庭處於貧窮線下的區域，有誰能負擔這麼昂貴的辦公室[13]？

當我們回頭開過那些新餐館、電影院、博物館，碧佳告訴我她覺得像她一樣——低收入、黑人、有孩子的中年人，在這新的再開發區是不受歡迎的。在卡崔娜之前，這裡沒有足夠的中上階層人士足以支持有機超市和共享工作空間，環境的改善當然是不錯，但感覺不是為她而做的。

「像這樣的事情真讓我擔心，」她說：「當他們開始在你的社區蓋一間博物館，你知道你沒有存在的必要了。」

碧佳的生活和生涯選擇在卡崔娜前後是一樣的：她以前是個教育家兼社運者，現在也是，她住在同樣的社區、同樣的城市裡。但以前她可以維持生計，現在卻不行，她自己沒變，但圍繞她的環境卻改變了。

從學術名詞到大眾用語，縉紳化這個詞的意思不斷延伸和改變。在大眾報導裡，縉紳化通常被當成是個人行為的加總——雅痞和文青們從郊區搬到原本衰敗的內城區，逐漸改變當地的環境，碧佳這些人的處境是附帶發生的。但縉紳化不只是這樣，新貴的增加、碧佳等人的搬遷、生活品質惡化，是縉紳化造成的結果，不是它的起因。縉紳化是個有目的性的行動，而不只是一個大眾趨勢，要定義縉紳化，我們必須要能辨識它背後的行動者以及他們的行為。

縉紳化，最根本的意思，是將城市原本為窮人和中產階級提供的空間，改成為有錢人累積資本使用。這個趨勢不只發生在城市，過去幾十年來，美國政府的保守主義者致力於將經濟自由化，減少對社會安全網的投入，將美國由凱因斯*的福利國家轉變為友善企業、財團的新自由主義，只關注在讓上層階級所持有財富的比例增加。

---

* 二十世紀初的經濟學家，相信強大的政府介入是必要的，才能平緩資本主義內部蘊含的動盪和不平等。

傑森・哈克華斯（Jason Hackworth），多倫多大學規劃與地理學的教授這麼寫道：「縉紳化不只是住宅和商業區表面環境的改善，它代表的是將凱因斯主義下被公共政策保護的內城置換掉——原本這裡具備各種硬體環境與制度設計，用來平衡資本主義造成的不平等，現在則被私人主導，具有排他性的新自由主義空間取而代之。」[14]換句話說，縉紳化是新的資本主義顯現出來的都市型式。

以此定義來看，縉紳化就不只是無數紐約時報報導下無法解釋的大眾現象，而是可被理解、也可被複製的特殊行動。透過這個過程導向的觀點，我們會理解到那所謂的咖啡廳、文青（以及有關他們的系列報導）、碧佳所面臨的財務問題，不是出於偶然，而是刻意的結果，目的是重新打造城市，獨惠於擁有資本的人。

在每個縉紳化城市，意思是指那些有著新咖啡店、新建案、文青新貴、處境日益艱難的舊居民的城市，當你追溯起來，這些改變不是由幾個城市先驅者帶來的，而是一系列聯邦、州政府、地方政府政策的加總所造成，這些政策偏好創造財富，而非創造社區。通常這些政策來自於將交通、教育、特別是住宅等都市服務自由化或私有化[15]。事實上，當新貴出現時，這些為他們鋪路的政治、經濟力量早在好幾年前就開始運作了。

在紐奧良，縉紳化所有的過程在一口氣發生，卡崔娜帶來的混亂，在很短的時間內，打開了縉紳化政策實施的機會之門。政客和開發商一舉通過以往沒有辦法輕易通過的法律。在聯邦政策的支持下，地方領導人利用颶風的機會，將城市的各項服務都資本化。學校、住宅私有化了，工會瓦解、只要有人願意投資，就給予免稅或種種誘因，幾乎毫無任何附加條件，最重要的，他們盡一切可能確保黑人不會回到城市。卡崔娜颶風並不是第一次城市試著去除它的黑人人口，但卻是最成功的一次。

卡崔娜颶風的死傷人數裡，有超過一半來自於「下九區」，作為紐奧良黑人文化、社群和商業的核心基地，從以前就一直飽受攻擊。一九二〇年代間，社區中央蓋了一條運河，用來運輸石油和其他工業用物資，自此之後，下九區就被隔絕在城市之外，只能透過橋樑相連，也缺乏好的大眾交通系統。這讓社區發展出自己的個性，居民對市政府也特別不信任。在卡崔娜之前，下九區的人口幾乎百分之百是黑人，儘管被貼上城市裡的貧民區標籤，事實上，大部分的居民都是中間收入，根據二〇〇〇年的普查，家戶的收入的中位數是三萬七千八百九十四美元[16]，這裡黑人擁有自有住宅的比例[17]，也是全美最高。

卡崔娜發生時，工業運河的混泥土堤防破裂[18]，洪水淹沒了整個社區，摧毀了大部分的房屋，單在下九區裡就有一千人死亡。在風災之後，居民爆料說當颶風肆虐時，聽到巨大的爆炸聲[19]，人們猜測阻擋工業運河河水的堤防是否故意被炸開，以便拯救位在高處、城市較富裕的地區，流言四起。記者和政治家對這樣的陰謀論嗤之以鼻，但紐奧良的黑人社群自有道理相信政府會摧毀黑人社區，以便保護白人社區。

要理解政客和開發商在風災後對紐奧良的作為，你必須了解：這個城市一向對黑人居民充滿敵意。一九二七年密西西比河泛濫時[20]，路易斯安那州水利單位的長官決定防洪的最佳方案，是在緊鄰紐奧良的鄉村——傑佛森區（Jefferson Parish）將堤防炸毀，讓水流出，以免淹沒紐奧良市。這個被選中區域的居民多數是黑人佃農，為了補償金答應放棄他們的土地，有些甚至被用槍指著強迫離開自己的家園。這些佃農也被迫清理洪水後受災的紐奧良，他們始終沒有獲得土地的賠償。在一九六五年時，紐奧良黑人又經歷了一次迫遷[21]，當貝西颶風（Hurricane Betsy）對紐奧良和鄰近的聖伯納區（St. Bernard Parish）帶來洪水，包括下九區的貧窮黑人社區被水淹沒，其他地區則較少災害，跟卡崔娜所發生的情況詭異的如出一轍。

認知到這樣的歷史，你就不意外為什麼對很多人而言，卡崔娜只是紐奧良將黑人趕走的又一嘗試。「政府計劃把某種他們要的人帶進紐奧良，把其他人趕走。」金．福特（Kim Ford），一個一輩子住在下九區的居民這麼告訴我。

城市領導人說的話也吻合她的看法。當紐奧良的水還沒有抽乾，房地產開發商、百萬富豪、政治家、保守的學者專家就開始對居民和大眾大肆宣揚，卡崔娜是一個偽裝成災難的祝福。他們的理論是：颶風的確很可怕，將近兩千人死亡、城市近一半人口流離失所，的確是個悲劇，但在颶風之前，紐奧良一向就又貧窮又混亂，現在是改造城市的機會了。詹姆．瑞斯（James Reiss），一位來自紐奧良富裕上城區家族的商業人士，在風災時搭乘私人直升機逃離，當他回來後接受華爾街日報的採訪，他的言論代表了菁英們對卡崔娜的看法。

「我們想要看到城市重建，但要改頭換面，在人口上、地理上、政治上。」[22]瑞斯這麼告訴媒體：「我不只代表我自己發言，我們不能再讓城市像過去的樣子，不然我們就出局了。」瑞斯之後在紐奧良市長雷．奈吉（Ray Nagin）的人事安排下主掌交通局，對紐奧良稀少的公共交通選項握有決策權。

州長卡薩琳・布蘭柯（Kathleen Blanco）也把風災視為重建紐奧良、揮別貧窮過往的機會，特別是改革學校體制。但其中，大衛・布魯克（David Brooks），紐約時報保守的專欄作家預言得最準確。颶風過後一個禮拜，當人們還困在旅館裡、在大巨蛋排隊等食物發放，布魯克就倡議，利用颶風的機會，讓紐奧良那些貧窮的社區自生自滅，鼓勵有錢人搬進來取而代之。

> 重建守則的第一條應該是：不要重蹈覆轍。長久以來，大多數積極進取、循規蹈矩的人們遺棄了紐奧良內城……如果我們重建房屋，讓同一批人搬回他們的舊社區，紐奧良將會跟以前一樣破破爛爛、亂無章法……。卡崔娜之後，不想搬回紐奧良的人會四散到全國的中產階級社區……。因此重點是吸引這些中產階級家庭參與在城市重建，吸引他們搬進來，即使知道他們的街區會有一些窮人。[23]

在重建過程推展了十年之後，我們忍不住懷疑紐奧良的政客是否把布魯克的文章當成腳本來操作。卡崔娜對於政治人物來說，是個實現社運作家娜歐蜜・克萊恩（Naomi Klein）所謂「震撼資本主義教義」的完美機會，利用災難帶來的混亂，推動布魯克倡議的改革：瓦解為窮人提供服務的機構，將城市打造為更適於資本流入。造成的結果是：城市的確比以往富有，但對於新經濟適應不良的人，則毫不友善。碧佳就是屬於這類人。

———

在美國，紐奧良是本土出生人口佔居民比例最高的城市[24]。碧佳，和其他人一樣，她的在地根源可以回溯到至少一八〇九年。她的祖父是嘉年華會中著名的印第安裝扮的舞者（Mardi Gras Indian）。即便她跟這個城市的淵源深厚，碧佳說，她已經無能再掌握這個城市。過去十年來，她被迫一間房子換過一間，住過卡倫道雷（Carondelet）、奧莉塔卡斯特勒海莉大道上、傑克森大道、路易斯安那大道、到南羅培茲街，為了尋找可負擔的租金。她曾在愛爾蘭區的中心——聖喜街（Annunciation Street）上住過的三房住宅，原本租金一個月只要五百五十元美金，現在這個區域內類似的房屋租金要兩千元。要是她沒有河邊花園補貼住宅的一席之地，碧佳說，她很有可能要搬去跟母親住，或徹底搬離這個城市了。

碧佳的工作也受到紐奧良縉紳化現象的影響。卡崔娜來襲時，她為紐奧良家長聯繫網（New

Orleans Parent Organizing Network, NOLAPON）工作，協助家長面對紐奧良複雜的學校體制。但是路易斯安那州的政治人物，利用卡崔娜之機，關閉了幾乎所有的公立學校，轉換為公費補助，民辦民營的學校（charter school）。颶風後的幾個月之間，城市的一百二十八所公立學校，有一百零七間轉變為新的、民辦民營的學區[25]。當碧佳對這樣的變化提出異議，她得罪了組織裡新的、贊成民辦民營學校的領導階層，她被解雇了。自此之後，她就辛苦的找工作。

像很多紐奧良人，碧佳從來沒有取得大學文憑[26]，她曾經試著念了兩所當地大學（戴爾加多社區學院〔Delgado Community College〕和南方大學紐奧良分校〔Southern University of New Orleans〕），但當她媽媽開始生病，一個月的醫療費高達一千美金，碧佳只好休學找份全職工作。在卡崔娜之前，她沒有大學文憑並不會影響就業，但颶風把全國的非營利組織帶進紐奧良，而這些組織並不想招募碧佳這類的人，他們寧可將來自華盛頓、紐約各地的顧問和職員帶進紐奧良。

「我覺得我們補助這麼多錢給這些非營利組織，卻沒有設立任何判準，規範他們如何應用這筆錢、用在誰身上、用在什麼地方，因此我們啟動了縉紳化的列車。」碧佳告訴我：「當我走進這些非營組織的辦公室時，他們常常只要我腦袋裡的資料，可是如果我來自紐約、穿著套裝，那就是一個小時要價兩百五十元的顧問工作……我來自一個理應無條件幫助鄰居的社區，但現在我聰明多了，當他們問：『可以告訴我們妳所知道的嗎？』，我大概會說：『你們請顧問的預算是多少？』」

白人志工和非營利組織的白人僱員取代了以往的黑人中產階級工作者。很難正確估算在颶風之後，有多少非本地的白人來到紐奧良為非營利組織和學校工作，但在地人私下認為不在少數。到二〇一三年，在紐奧良的學校就已經有至少三百七十五個為美國而教（Teach for America）＊的教師。來自全美各地上百位仁人家園（Habitat for Humanity）的志工義務蓋房，這些工作原本可以由本地勞工擔任的。奈特．透納（Nat Turner），一個從紐約搬來此處的黑人，在下九區經營一個農場和教育中心，他這麼告訴我：「你看到在街角喝啤酒的那些人，過去就是他們會維修你的屋頂、裝上水電。」而受大學教育的白人非營利組織工作者，大多數來自美國東北地區，則取代了碧佳這樣的人的位置。地理學家理查．坎普聶拉估計，緊接著颶風之後，大約有超過五千個新的非營利組織工作者到來[27]，隨後有兩萬個白人為主、大學學歷的年輕人到來，從事非營利工作，或投入其他高技術的專業領域，像是新興的電影業（受到免稅政策的驅使進駐紐奧良）。

在辛苦找工作好幾年後，碧佳在二〇一二年申請了政府的住宅援助支付方案（Section 8

＊為美國而教（Teach for America）為美國非營利組織，於一九九〇年成立。透過招募大學畢業生投身課業落後的學校，解決美國教育不平等現象。

housing voucher），這些補貼是聯邦政府的計畫，補助低收入者，使他們得以負擔私人出租住宅或公寓的租金。但一年之後，由於聯邦政府的預算刪減，紐奧良住宅委員會被迫取消七百位補助[28]，碧佳也在其中之列。有好幾個星期，碧佳無家可歸。

最後她找到了現在的居所——河濱花園。在這裡還是聖湯瑪斯社會住宅的時候，這個住宅區提供了一千五百個家庭居所，但市政府夷平聖湯瑪斯，將開發權轉讓給私人開發商普瑞斯．克巴可夫後，卻只重蓋了六百零六個單位，其中只有一部分是受到政府補貼的低收入住宅。還有六十二個單位，是私人擁有受到稅收抵免補助，讓低收入的家庭可以申請的可負擔住宅，期限只到二〇一七年為止[29]。碧佳就住在這樣的單位，一旦稅收抵免截止，開發商普瑞斯．克巴可夫就能夠把單位租金調回市價，儘管他不一定會這樣做，但根據河濱花園社區的網頁，像她這樣一戶單位，租金可在一千兩百元到一千五百元美金之間，發展商沒有道理繼續維持低租金。一旦他這麼做，碧佳說，她可不知道自己會流落到哪裡去。

「我在卡崔娜之後回來，因為我愛我的城市。」碧佳告訴我：「我覺得即使發生了這麼多事，人們還是會彼此打招呼，彼此聊天，互相扶持，不會再有地方像這裡一樣。但我能不能住得起這裡，是另一回事……我會抓、會爬，用盡一切方法留在這裡。我想要在我的城市裡買一間房子，開一輛好二手車。但我能做到嗎？我不知道，我祈禱我可以，我希望。」

即便碧佳留下來，她說她感覺自己被拋在後面，在邊緣看著新的紐奧良包圍她的舊城市。聖湯瑪斯社會住宅過去儘管危險，卻也是社會運動和文化的泉源。美國最成功的租屋者團結運動——聖湯瑪斯居民委員會（St Thomsa Rsidents Council），就誕生在現在河濱花園和沃瑪超市所在之處。碧佳和其他人告訴我過去幾乎每個週末，都有聖湯瑪斯傳奇性的派對和烤肉餐會，那時這裡充滿了社區感和同儕情誼。而現在，多數的居民，孤立在彼此分隔的獨棟住宅裡，彼此不說話。對碧佳來說，紐奧良其他的地區，也在往同樣的方向發展：變得不友善、個人主義、無聊。

碧佳，跟許多人一樣，知道她無力干涉這些新居民的到來。她對紐奧良新居民最大的疑慮，不是他們的到來，而是他們對這個城市之所以獨特的原因缺乏認知。她說，這些新居民看來並不了解，一個充滿音樂的城市——爵士樂、節奏、嘻哈，有時候人們會在詭異的時段在你的隔壁練習樂器、製造些噪音。新居民不了解像碧佳這樣有孩子的家庭，有時候會吵吵鬧鬧。在河濱花園社區，這些文化控制和壓抑被執行的格外嚴厲，近幾年，住戶曾發起抗議行動，反對管理者因為他們違反住屋規定的一些小事：音樂開得太大聲、廚房櫃子的把手脫落、燈泡壞掉，就把他們舉報給警方。「我們黑佬在這裡快待不下去了！」二〇一三年一個抗議的標語這樣寫道。

「以前，你可以看到人們坐在聖湯瑪斯社會住宅外面，玩玩音樂、有些人烤肉、小孩在旁邊玩。」當開過空無一人河濱花園社區的街道，碧佳這麼說：「現在這裡看不到這些活動了，但那是讓我們之所以連成一氣的原因，現在你在這裡不被容許當紐奧良人了。沒錯，以前這裡犯罪率、貧窮率都很高，但那些犯罪和貧窮並沒有消失，你只是把它分散到其他地方了，而你也摧毀了那些美好的事物。」

第二章　縉紳化如何運作

縉紳化這個詞由英國社會學家露絲・葛拉斯（Ruth Glass）在一九六四年提出[1]，在她的書籍《倫敦的改變》（*London: Aspects of Change*）中，葛拉斯描述倫敦的某些社區，因為來自鄉村中產階級「縉紳」的進駐，產生的擾動與不安。

「一個接著一個，許多勞動階級的住宅區被中產階級（包括中上或中下階層）入侵了。」[2]葛拉斯這麼寫道：「一旦一個地區的縉紳化過程展開，就會進展迅速，直到多數的勞動階級居民被迫遷離，而整個地區的社會特性改變。」在那個時候，縉紳化已意味著在犧牲舊居民的情況下，將社區重新打造以迎合新的居民。

在美國這邊，縉紳化第一次被提起則是在四年之後——一九六九年，一個叫艾弗列・歐騰（Everett Ortner）的白人創立了布魯克林赤色砂石住宅*復興委員會（Brown Stone Revival Committee），一個致力於推廣「赤色砂石住宅」生活格調的非營利組織。歐騰開始出版「赤色

＊以往遍佈紐約，特別是布魯克林區，十九世紀以赤褐色砂石為建材的房屋。

砂石住宅」雜誌，用來說服中產和上流階級的白人搬到布魯克林。雜誌中的一篇文章宣稱：「縉紳化不是種族滅絕（genocide），而是創世紀（genesis）。」[3]像歐騰這類縉紳化的支持者，意圖說服遷入者，縉紳化是由想要改善社區的人組成的自然行動，換句話說，他們想要將討論的焦點從社會脈絡，轉移到個人選擇。歐騰在雜誌內寫道：「我想我們應該把購買一幢赤色砂石住宅，看作像是一場戀愛，置身其外的人認為那只是一棟尋常連棟街屋，但對於赤色砂石住宅的鑑賞者來說，它是具有建築同質性城市景觀的一部分，就功能來說尺度完美，可以居住不少人，但為每個人提供私人空間，以及合理的生活型態。」[4]

即便是當時，在縉紳化發生之初，這個過程除了愛以外，也跟一系列特定的政策和從中受惠的企業有關。歐騰在一九七四年創立的第一次「重回城市大會」（Back to the City Conference），就是由紐約發展委員會（Development Council of New York City）、布魯克林聯合煤氣公司（Brooklyn Union Gas company）贊助。會議的目標比較像是要提振布魯克林房地產公司和煤氣公司的營收，而不是要幫助重振社區。當時大量閒置的空屋不利於地區煤氣的經營，搬進來的人口會提振當地的經濟，也提升布魯克林煤氣公司的財務報表。煤氣公司甚至整修了自己位於公園坡（Park Slope）的四層樓赤色砂質建築，在地方報紙上刊登廣告：「這棟被煤氣燈點亮的家屋，內部也一樣舒適：全年煤氣空調，充足的室內空間，一直延伸到後院陽台，點綴有長青的灌木叢，還有一座以煤氣燃火的烤肉台。」[5]

歐騰和他委員會的夥伴們，就像全國各地類似的團體，在塑造縉紳化的論述上，扮演重要的角色，他們所創造出縉紳化是由「一群善良的城市先驅者」領導的形象，至今仍影響著媒體。但歐騰的故事證明縉紳化不只是個人行動，更關乎由有錢人、政治家、企業共謀推動的政策，使他們能夠從被縉紳化的社區中得利。今日，縉紳化的過程甚至更加顯著的由上而下引導。

一九七九年，ＭＩＴ麻省理工都市研究的教授菲利普．克雷就提出縉紳化的四個階段[6]，至今依然可被參考。根據克雷的說法，第一個階段開始於當一些沒有受到政府或機構支持的個人，決定搬進原本貧窮的社區，開始整修房屋。鮮少受到媒體報導，新遷入的人主要是透過口耳相傳的方式，逐漸增加。部分證據顯示，在歷史上這個階段的縉紳化，往往由男同志、女同志打頭陣，他們從單調的郊區離開，想要尋找可以聚集的安全所在。第二次世界大戰時，舊金山湧入了大批男同志[7]，主要是因為當時軍隊將太平洋基地上有男同志傾向的軍人開除，集中到舊金山。儘管沒有確切數字，資料顯示白人同志社群，特別是女同志，在一九七〇年代在布魯克林也扮演先鋒的角色[8]。紐奧良著名的白人酷兒文化也早於其他地方。（底特律在此是特例，當地沒有明顯的同志文化。）

克雷提出的第二個階段，是社區產生的改變，開始吸引人們到此購買房地產。這第二波進來的人，有些想要參與塑造社區新的文化樣貌，有些是小型的投資客，希望在房價仍低時買進房屋，以後再脫手。在這個階段，媒體開始報導了，紐約時報可能會寫篇報導，討論這個社區是否會是下一個熱門地點，所謂下一個威廉斯堡（Willamsburg）。空屋率開始下降，迫遷開始發生。

我認為這兩個階段正在某些城市仍然發生著——像是底特律、克里夫蘭、肯塔基州的萊辛頓等等，在這些地方，年輕人開始群聚，新的餐廳開張，報社把大膽的記者送去那裡，報導一度死氣沉沉城市的驚人復甦。但這些階段分類也有點不合時宜，在底特律或克里夫蘭的年輕人，儘管看來像當時舊金山的男同志一樣，是自由聚集的，但其實在今日，他們多半是受到州政府或其他相關組織的補助引導。

克雷的第三個階段，基本上就是紐奧良正在經歷的，中產階級的遷入者在社區裡開始取得具有決策性的地位，他們擔任社區組織的委員，對外人宣傳社區是個適於中產階級移居、享有好生活品質的地方。在這個階段，克雷說，你可以預期銀行開始對原本缺乏投資的社區，借出越來越多款項。開發商（而不是個人）成為主要的住宅整修者和興建者。警察和其他保全措施增加，確保新移入的縉紳階級有安全感，舊居民和新居民之間的衝突開始發生。

第四個階段，是當社區已然縉紳化，並且變得越來越富有。管理階級的專業人士取代了藝術家和龐克族，由開發商持有的空屋，被改建為昂貴的住宅，迫遷的情況惡化，縉紳化開始蔓延到其他地方。

一九七九年時，這些階段對縉紳化過程的描述堪稱完整，也具有指引性。但好幾位研究者建議，今日我們需要在這些分類中加上第五個階段，才能正確描述在紐約、舊金山這些地方發生的事。在全球化城市中的縉紳化，不再關乎個人，也甚至不關乎在地開發商想在社區裡賺點錢，用地理學家尼爾·史密斯的字眼來說：縉紳化是「全球資本之手往下深入在地社區」的故事[9]。

今日，許多開發計畫是由國際投資者啟動，許多社區只有國際性的菁英才住得起。竄升的建築物不是一般人的住家，而是為百萬富豪、億萬富豪提供的住宅。在曼哈頓中城區短短的一段路，最近蓋滿了摩天大樓，都是價值數百萬的公寓華廈。根據紐約時報的調查，百分之五十的公寓，每年大多數的時間都是閒置的[10]。換句話說，到了第五個、也是縉紳化的最後一個階段，社區不只是對資本友善遠甚於對人，也不再是個有辦公室、家庭、學校、社區中心，可以過正常生活的地方，而只是一個昂貴的商品。

這些階段粗略的描述了縉紳化是如何運作的，也顯示發生的過程是可預測的——先鋒者、咖啡店出現之後，很有可能就會有專業人士、公寓華廈產生，不管你在哪個城市。但縉紳化遠比這複雜，有的時候這些階段同時發生，或沒有按照次序。舉例來說，底特律的縉紳化，看起來主要是由專業人士大批進駐所引發，而不是個人的先鋒者。但不管哪個階段先發生，這些階段都導向同一個方向：縉紳化提高社區和城市的價值，直到它們不再適合一般人居住。

克雷的階段有助於我們了解縉紳化如何運作，但沒有解釋一個根本的問題：縉紳化為什麼發生。為什麼社區和整個城市突然成為投資的熱門地點？在這些分析中，有一個重要的準備期沒有被提起，第〇期。城市的房地產與分區政策，是由地方政府、州政府、聯邦政府決定的，要讓第一階段到第五階段都發生，必須要得到政府的容許。

學術圈對於是什麼力量說服了執政者歡迎或是鼓勵縉紳化，仍有爭議，有些人認為縉紳化是由生產端引發——房地產開發商看到內城具有吸引年輕新貴的潛力，想要迫使窮人搬遷。有些人認為縉紳化是由消費者驅動——一百萬個類似艾弗列．歐騰的人聚集在城市裡，在郊區長大的那代白人，將內城視為可以發揮個人自由、創造財富的地方，來到這裡再造城市空間以滿足自己的需求。在這樣的觀點下，縉紳化的負面影響（迫遷、文化流失等等），只是無可避免的不幸結果，是由上百萬的個人決定造成。認真說來，這個從消費者立場出發的解釋不無道理：內城的確是吸引人的文化空間。我認識數十位在郊區長大的年輕白人，就相信自己只有在城市裡才能找到理想生活，他們來到紐約市來當藝術家、社會工作者、作家、做各種創意工作[11]，將自己從郊區生活的一成不變解放出來，他們想要單身、當同志、或只想與眾不同。

有些人提出縉紳化代表一種更邪惡的個人主義——殖民。像歐洲人殖民美國一樣，有些學者認為，這些遷入者把內城當成是個缺乏控制，需要白人文明力量介入的地方。「美國戰後郊區化（suburbanization）*的趨勢，致使城市被視為蠻荒之地。」[12]尼爾．史密斯在他一九九六年有關縉紳化的鉅著《都市新疆界》中寫道：「在縉紳化的用語裡，有很多用語都訴諸邊界這個意象：都市先鋒者、都市拓荒者、都市牛仔，他們是都市傳說裡新的拓荒英雄。」

我們無法否認縉紳化完全沒有包含這種可怕的殖民主義心態。有無數次，我就聽過人們說

* 郊區化（suburbanization）：相對於都市化（urbanization）意指人口從鄉村移動至都市，郊區化指的則是居住人口從內城轉移至郊區的過程，並且導致都市面積的擴張。然而低收入者相對較沒有能力通勤於郊區與內城之間，因此郊區化經常伴隨著低收入者集中於內城的現象。

道，要改善社區的唯一辦法，就是他們自己搬進去住。開發商和遷入者的用語，也常常帶有帝國主義的意涵，一九八三年，當時代廣場西側一棟新的公寓大樓開幕（當時是個尚未縉紳化的地區），開發者在紐約時報登了全版廣告，慶祝「馴服了大西部」，「開拓者篳路藍縷」[13]。

在縉紳化的地區，許多商店也反映著潛意識的殖民心態。在布魯克林，有商店取名為「帝國美乃滋」（Empire Mayonnaise）、「前哨咖啡」（Outpost Café），（做什麼的前哨？）兩者都是光鮮亮麗的白人店家，開在以黑人為主的社區裡。在二〇一四，一幢布希維克（Bushwick）的新建築被命名為「殖民地 1209」，而這裡可是一個以拉丁美洲裔居民為主的地段。它的文宣聽起來就很做作：「在這裡你可以找到一群志同道合的新移民，將自身的文化融合在紐約的老社區裡，創造藝術、社區、新的生活方式。我們來拓墾吧！創造布希維克風格。」[14]值得一提的是，這棟建築十五年來從市政府獲得免稅額度，高達八百萬元。

但這些文化性的解釋並不足以說明縉紳化的第〇期為什麼發生。有錢的年輕白人被內城空間所吸引，沒錯，這很重要，但最終縉紳化不是只關於文化，而是關於金錢。遷入者想到內城裡創造藝術、逃脫郊區的規範、展開探索，但如果沒有利潤，這個過程不會持續運作下去，開發商蓋房屋不是用來賠錢、或支持藝術的，他們促使城市把社區的土地使用全盤重劃，目的不是在於追求內城文化復興。要回答縉紳化為什麼發生，我們必須從城市如何讓這些遷入者獲利開始。

如果開發商無法從中獲得利潤的話，縉紳化不會發生。沒錯，文青和雅痞搬進一個社區，可以墊高當地的房地產價值，但要大型、全面性的城市改變，是由開發商的獲利動機來推動。

城市不是一直都有利可圖的地方。到一九六〇年為止，開發商在郊區可以賺更多錢——以便宜的價格取得土地，建造獨棟住宅，利用興盛的房貸市場，把房屋賣給多數是白人的中產或上層階級。但到了一個臨界點，郊區的獲利空間逐漸消失了，如果你看看紐約市周邊的郊區帶，你會知道原因：到一九六〇年，所有沿著通勤鐵路或合理開車距離的地方都被開發完畢了，房價變高，開發商難以再買低賣高、獲取利潤。誠然，他們可以購買離城市更遠的土地加以開發，但通勤者不願意跑那麼遠，而紐約的郊區通勤時間已經超過一小時了。城市內部的土地，反過來說，由於過往白人移出、又去工業化的關係，反而可以廉價取得。

一九七九年，地理學家尼爾·史密斯提出了對於縉紳化可能是最具影響力的學術觀點：租隙理論（rent gap theory）。史密斯認為，過往越缺乏投資的空間，在縉紳化時越能夠獲取利潤。他理論的背後有個自由市場經濟的基本假設：資本會流向有最高獲利回報、獲利可能的地方。史密斯意識到縉紳化不是隨機發生，它是可預測的。如果你想要知道哪個社區接下來會縉紳化，你只要看看城市哪個地方最有獲利空間——哪些地方建物可以被便宜取得，在短時間就可以被高價售出。

根據房地產稅收資料，史密斯可以指出哪些街區最容易被縉紳化，這些地方的建築物通常很破舊（所以可以被便宜買下），鄰近其他縉紳化地方（所以移居者可以就近遷入），租隙（rent gap）是指房地產的現況價值，和它被縉紳化後價值之間的差異，差異越大，地區縉紳化的機會就越高。

社區裡，縉紳化的變化看起來發生得很快，但它經過長期的醞釀：某些精明的房地產開發商了解如何從都會區裡大範圍、長程的空間變化獲益。史密斯指出，開發商的獲利來自於：對窮人盡可能地收高租金，盡可能不維修房屋，先榨出房屋現況的利潤，時機成熟時，再踢出舊居民，進行維修，對新居民收取更高租金。

「為了利潤，他們現在湧進社區，把自己塑造成為民福利的英雄、冒險犯難的拓荒者、新城市的營造者。」[15]史密斯這麼寫道。

這個「榨乾後再整建」的策略聽起來可能有點陰謀論，但現實卻往往與其吻合。紐約的房地產和銀行大亨在倡議將曼哈頓去工業化時，事先在郊區的外環買下了大片的土地，因此他們可以從遷出的產業、和被迫搬遷到布魯克林、皇后區工作的窮人身上獲利。但這其實不需縝密預謀，創造市場獲取最高利潤——購買破舊而缺少維修的建築，加以整建而後轉手，本來就是合理的經濟行為。一個窮人能安居、每個人都有房子住的租屋市場，屋主就要花更多錢來維修，利潤更少。

史密斯認為，資本不停歇地尋找最高的獲利可能，像蹺蹺板一樣在地方上擺盪，先創造了郊區，又創造了今日縉紳化的美國內城。在一九三〇年間，多數的美國人在城市或是鄉村都有一個穩定的居所，但當時整個國家經濟蕭條。透過在城市外建鐵路、補貼和對郊區住宅提供信用貸款，聯邦政府在幾年之間，創造了蓬勃的郊區住宅產業，刺激經濟成長，為開發商帶來了上百億的利潤[16]。然後，當郊區沒有空間再發展，開發商又在尋找提高他們獲利率新的方式，縉紳化、遠郊化（exurbanization）*都是其嘗試。

利用租隙理論，史密斯精確的預測包括下東區、哈林區、公園坡等紐約社區的縉紳化。他研究房屋稅欠款的資料，發現縉紳化發生在房屋欠稅達到最高點之後。代表屋主藉由不維修、

＊遠郊化（exurbanization）：相較於郊區（suburban）意指都市外圍的住宅區，遠郊（exurban）則是比郊區距離都市更遙遠的地區。因此遠郊化是指，都市或郊區的居住人口轉移至遠郊的過程。

不付稅來從持有房屋中得利後，已準備將房屋脫手。艾弗列．歐騰想要縉紳化的公園坡社區，在一九七六年欠稅總額達到最高點。不意外的，一九七七年開始，好幾棟建築從租屋，被整建為共有住宅、私有住宅售出。從一九七七到一九八四年間，在公園坡就有一百三十棟房子改建[17]。這個社區的整建案之多，在那幾年佔了該行政區的百分之二十一。

史密斯的理論是否意指每個遷入者都在尋找最高的利潤？並不盡然，這理論也不代表開發商都有意識到他們扮演的角色，但不管個人動機為何，基本的原則不變：縉紳化的集體現象能發生，是因為許多內城區被刻意的任其破敗，也因此現在重新投資能夠有利可圖。史密斯因此做了結論：「縉紳化是一種『重回城市』的運動沒錯，但它是資本的重返城市，而不是人。」[18]

美國多數的城市自從去工業化和白人移出後，都經歷緩慢的資本流失，最終讓內城區縉紳化的時機成熟。但因為卡崔娜，紐奧良的經濟蒸發在一夕發生，在颶風之前，紐奧良的房地產本來就相對便宜，卡崔娜颶風讓價值跌到谷底，甚至業餘投資客都有能力去搶購幾棟損壞的建築。颶風也讓城市的可能價值提高了，在卡崔娜之前，許多紐奧良社區並不歡迎白人外來人口，犯罪率高，多數的社區以黑人居民為主。颶風改變了一切，讓開發商得以想像把社區營造成，以白人為主、或至少有更多白人，更高檔、也更有利潤。當房地產價格低，而重新打造城市的可能性高，租隙前所未有的升高，紐奧良的縉紳化從經濟角度來說，變得合理。

然而，私人利潤只能部分解釋縉紳化的原因，如果沒有文化性的需求、房地產資本的投入，縉紳化不會發生，但是為什麼縉紳化會這麼無所不在——從主要的文化、金融中心，到鄉村小鎮、中型美國城市，只有透過一個大到足以影響政策的角色才能解釋，這第三個積極推動縉紳化的角色就是：政府。

過去的半世紀以來，聯邦政府一再地削減社會住宅、社會福利、大眾運輸的預算，城市只能自力更生。這促使形成了許多「創業家」式自由主義政府的型態，鼓勵商業和產業發展，連帶吸引高收入或中高收入的家庭移入城市。透過繳稅，這些家庭協助負擔過去由聯邦政府提供的城市基本設施。同時城市也被迫刪減公園、大眾運輸、社會福利。換句話說，城市想要那些有錢和中上階級的居民，以他們的稅金和購買力提供財源，來彌補過去美國福利國家制度下，受強大聯邦政府補貼的財務缺口。

底特律、紐奧良、還有無數的城市都寄望，千禧世代消費導向的生活方式和購買力，能夠創造強大的稅基，以供其他人依賴。在基礎設施好、較有錢的城市，像是舊金山、紐約，政府依靠千禧世代、大企業、百萬富豪、億萬富豪，為城市帶來大量稅收。一九六〇年，經濟學家費列德利克．海耶克（Friedrich Hayek），新自由主義首要的提倡者之一，提出了以下縉紳化策略：「儘管大部份的人一輩子會住在同一個地方，還是有足夠的人，特別是年輕、有創業心的人會流動，地方政府必須要以合理的成本提供好的服務，才能跟別的城市競爭。」[19]海耶克倡議聯邦政府應該要越少支出越好，認為城市為了生存，要盡力爭取年輕有錢人的遷入。

六十年後，你可以看到這個策略在大多數美國城市實現了：紐奧良毫不保留地吸引產業，特別是電影產業進駐，底特律有各項政策鼓勵年輕人遷入城市，舊金山給予推特（Twitter）和其他科技公司上百萬的免稅額，讓他們留在城市，在貧窮的社區蓋企業大樓。紐約提供有錢人住宅補貼政策，希望他們能在其他地方支付城市的財政開銷。

「他們付了很多稅，」紐約億萬富豪、前市長麥可．彭博（Michael Bloomberg）這麼說道：「他們在商店和餐廳花了很多錢，構成我們經濟的一大部份……如果我們能讓全世界的億萬富豪都搬到這裡，將會是天賜良機。」[20]

聯邦政府給城市的預算好幾十年來一直在減少，但是當一九八〇年隆納．雷根總統（President Ronald Reagan）當選，正式批准預算刪減，才註定了這些城市發展的命運。雷根總統在第一屆任期，將美國的非國防預算刪減了百分之九點七[21]，在第二屆任期，他大筆將房屋與都市發展署（Department of Housing and Urban Development）的預算砍了百分之四十，讓城市再也難以負擔社會住宅的費用。交通局在雷根的第一屆任期，預算也被砍了百分之十點五，第二屆則是百分之七點五。預算刪減迫使城市們轉向替代財源，例如發行債券，用以支付大眾交通運輸系統和維修鐵路。但不是每個城市都能發行債券，地方政府首先要能證實自己有償還能力。能夠評鑑政府或企業信貸資格的兩家信用評鑑單位：標準普爾（Standard and Poor's）和穆迪（Moody's），過往主要針對私人企業作用信用評級。現在他們以同樣的思維來評級政府，當政府支出較高（有較多社會安全福利）、收入又不夠時（有較多貧窮人口），他們就會調降政府的信用評級。這正是底特律的遭遇，它的支出太高，收入太低，它的信用評級不斷被調降，直到城市再也無法獲得貸款[22]。

以規劃和地理學教授傑森．哈克華斯的用語來說，城市被逼迫在短期內展現得更有創業精神[23]。他們開始聘僱城市經理人、公關團隊，把城市當成企業一樣，期望能將自己迅速改頭換面為可營利的單位。最近，常常有小城市在大城市裡面發起宣傳活動，希望能吸引有錢的二、三十歲年輕人搬入。在華盛頓的地鐵裡，一度貼著俄亥俄州哥倫布市的宣傳廣告，標語上寫著：「與眾不同在這裡不會孤單」（Where Standing Out Never Means Standing Alone）[24]。費城也在華盛頓、芝加哥刊登了宣傳看板，並發起了一個叫做費城校園（Campus Philly）的組織，希望來費城唸大學的人，在畢業之後能夠留下來。

紐奧良沒有這麼直接，但也同樣致力於吸引有錢人來到城市。透過免稅措施，城市為高科技公司、電影與電視製片公司提供誘因，進駐到城市裡[25]。卡崔娜之後，許多貧窮社區裡被遺棄的房屋，被賣給高級開發商[26]，在旅遊廣告上，城市開始宣傳法國區以外的社區[27]，特別是縉紳化得特別厲害的瑪格尼區和濱水區。

這些措施，讓紐奧良在卡崔娜之後成為一個截然不同的城市：變得更有錢、更多白人、人口較稀少。而這個更新、更有錢、更白的城市，卻建立在上萬名貧窮黑人被迫離開的基礎上，這實在很可悲，只有關心財務狀況改善的市政府人員，才會覺得一切美好。

「卡崔娜颶風是個可怕的事件。」市長米奇．蘭德里厄的特助，雷恩．伯尼（Ryan Berni）在二〇一五接受《政治家雜誌》（*Politico*）採訪時這麼說：「但它提供了紐奧良機會，提供實驗室，成為美國創新和改變的核心。」[28]

第三章　破壞是為了重建

當紐奧良的非裔美人說在紐奧良日子過得不容易，他們不只是在埋怨缺乏工作、住房不足、或是歧視，他們是真的說在城市裡快待不下去，卡崔娜之後，生活每況愈下，他們擔心自己將不得不離開。當政客說卡崔娜是個城市改造城市的機會，災後無家可歸的人卻得不到資金去整修自己的房屋，聯邦緊急事務管理署（FEMA, Federal Emergency Management Agency）發給災民一張單程車票，讓他們到離得遠遠的城市避難，這些事情都透露出一個訊息：這個城市沒有你們會更好。

無形中，似乎有一場隱而不宣的共謀，阻止人們回到紐奧良。露絲．艾妲庫拉（Ruth Idakula），之前為市政府工作，現在是一個倡議社會正義非營利組織的社運人士，她來自奈及利亞，在美國住了二十四年，後來在紐奧良安頓下來，用她的話來說，是因為她覺得紐奧良是「西半球的非洲」。她現在住在濱水區的一幢公寓，一個幾乎等於是縉紳化同義詞的社區。但回來後日子過得頗不容易，自從被迫遷離她在花園區的家後，艾妲庫拉必須通過重重考驗才能回到紐奧良，甚至必須說謊。在颶風之後，她有四個月住在什里夫波特（Shreveport），路易斯安那州西北方的城市，然後又在亞特蘭大住了四個月。她每個禮拜都打電話給ＦＥＭＡ，迫不及待的詢問是否能獲得補助，協助她重新安頓在紐奧良。在她打了第四次或第五次電話後，艾妲庫拉說，一個ＦＥＭＡ職員告訴她：「妳得不到任何補助的原因，是因為妳一直說妳要回到紐奧良。」

迫使人們搬遷並不是一項官方政策，但感覺起來ＦＥＭＡ似乎想要把人送走，勝過讓他們回來。沒有能力自行疏散、也沒有辦法回到紐奧良自立整建房屋的居民，被安置到全美五十州的各個地方——但就是沒有被安置在紐奧良。儘管沒有確實數據顯示，在颶風後有多少居民離開紐奧良流落在外地，但從向ＦＥＭＡ申請補助的一百三十六萬申請書看來，有八萬四千七百四十九份來自休士頓，四千一百八十六份來自紐約，兩萬九千兩百五十二份來自亞特蘭大，而九百六十六份來自明尼阿波利斯和聖保羅市[1]。一年之後，至少有十一萬一千名卡崔娜後的災民仍住在休士頓，有五萬到十萬人住在巴吞魯日（Baton Rouge），七萬名住在亞特蘭大[2]。

「ＦＥＭＡ盡可能地把人送走，」一名研究此現象的教授告訴我：「如果有間在阿拉斯加的教堂說他們可以安置一些人，ＦＥＭＡ就會把他們送上飛機。」[3]

沒有聯邦法律強制要求政府在災後應該要協助人民重返家園。因此卡崔娜的受災戶被安置在任何能提供住宅的地方。有將近六百個紐奧良人被安置在猶他州，上萬人被分散在喬治亞和德州等美國南方各州。許多人再也沒有回來，有的是因為他們負擔不起，有的是因為他們不想——他們的家和社區已經被摧毀了，他們也開始在新的地方安頓下來，營造新的生活、建立新的社區關係。

但艾妲庫拉決心要回家，別無選擇、又迫切需要錢的狀況下，她更改申請書，申明她想要搬到亞特蘭大。幾天之後她的銀行戶頭裡，FEMA的匯款已經進來了。

在現在的紐奧良生活，對艾妲庫拉並不容易，她在濱水區的住房，租金在卡崔娜之後上漲了兩倍[4]。這跟城裡的趨勢是一致的，紐奧良一般市民花在租金上的費用，原本佔收入的百分之十四，在颶風後躍升為百分之三十五。艾妲庫拉之所以還能負擔得起她的二房（2 bedroom）住宅，是因為她的房東是一名退休的社會工作者，希望讓像艾妲庫拉這樣從事社會工作的黑人能留在濱水區，所以只收她五百美金的租金。

她告訴我她對搬進這個地區的白人沒有反感，但她希望他們多瞭解自身造成的影響。當白人，以及連帶吸引的白人店家出現在濱水區這樣的地方，他們做的並不是融入當地社區的紋理，而是將其取而代之。在聖克勞德大道上，濱水區北緣縉紳化最快速的區段，許多的黑人店家在卡崔娜之後再也沒有重新營業。取而代之的白人店家，他們在窗戶上並沒有貼著「禁止黑人進入」的招牌，但客戶群明顯跟舊居民涇渭分明。在這裡，有一間身心療癒中心（也是由房地產商普瑞斯・克巴可夫所擁有），裡面有高級的健康飲食和藝廊，有一些同志龐克酒吧、有機果汁店、還有昂貴的咖啡店和早午餐店。這些店家理論上沒有錯，但艾妲庫拉說，問題是這些店家對地方過去的紋理脈絡一無所知。她覺得新來的人不是來和當地的老居民彼此交流、彼此融合，他們只是利用一萬名黑人居民搬走的機會，來此大賺其錢。

「這不是大家共享一張餐桌，」露絲告訴我：「這是把我們的食物掃到桌下，然後逼我們吃你們的東西。」

韋恩・蓋拉朋（Wayne Glapion）也有同樣的感受，他在春梅（Tremé）長大，這個社區在歷史上，匯集了十八、十九世紀間的自由黑人（通常因為有部分歐洲血統而沒有成為奴隸）。在近代，則成為爵士樂手的集中地和城市的文化核心。在紐奧良土生土長的蓋拉朋是一名音樂經理人，在颶風之後，就努力保住他在春梅的家：一棟他父母在一九四五年買的傳統雙拼住宅（double shotgun house）。

對蓋拉朋來說，回到紐奧良的每一步都困難萬分。在卡崔娜之後，他被迫划著一艘小船離開這棟房子，先到一個乾燥的高地，再步行到會議中心（Convention Center），當地提供的救援服務既不足又混亂不堪。他最後被一輛巴士帶到靠近阿肯薩斯州史密斯堡（Fort Smith）附近的一處軍營收容所。當他知道他有親戚被送到德州的沃斯堡（Fort Worth），蓋拉朋想要跟他們團聚，所以他再次步行離開軍營，打算走上二十哩路，到最近的城市搭車、買張機票、或用任何方法到達沃斯堡。他走了幾哩路後，一對白人夫婦在路上停下車來，問他：「你是來自紐奧良的難民嗎？」

「我本來沒有意識到我是難民，」蓋拉朋回憶道：「可是那一刻我才發現我是。」

這對夫妻為他付了租車費，因此他可以開車到沃斯堡。他在兩個禮拜後回到紐奧良，開始重建他父母的房子。

蓋拉朋每天都會清理房子，晚上多半睡在他的拖車裡，每個星期三和星期天開三個半小時的車，到查理斯湖（Lake Charles）他堂弟住的地方去沖澡。每天他都會遭到國家警衛隊（National Guard）的人、或私人駐警的盤問，告訴他不可以留在這裡。他在清理房子時得冒著生命的危險，這樣的恐懼並不是無的放矢，在卡崔娜之後，種族暴力在紐奧良非常嚴重，一個叫做亨利·克勞佛（Henry Glover）的黑人發現被射殺，屍體經焚燒，被置於警車的後車廂。有五名警察被證實與槍殺有關，並蓄意掩蓋事件。其中一位叫做大衛・華倫（David Warren）的警察，因為這起槍殺被起訴二十五年，但在二〇一三年上訴後被無罪釋放。一直到二〇一五年，克勞佛的案子才被宣判是謀殺案[5]。除了克勞佛以外，還有兩名黑人身無武裝，在徒步到旅館、過橋往高地的路上，被警察射殺[6]。

「我要求加派四萬名駐軍。」州長凱薩琳・布蘭柯這麼說道：「他們的M－16步槍是上膛的……我要告訴那些想趁火打劫的人，這些軍人知道怎麼開槍、也準備射擊，只要情況有必要，他們一定會動手，我也期待他們這麼做。」[7]

蓋拉朋不認為自己有什麼問題，但他知道這些軍人會把他當成是趁火打劫的人，他冒著被逮捕、甚至被射殺的風險，繼續重建他的房屋。

「他們威脅要把我送到安哥拉（Angola，路易斯安那州的監獄），」他說：「但他們不知道這個城市的重要性，我想要讓它恢復以往。」

蓋拉朋花了好幾年整修房子，慢慢把房子整理到一個狀況，但即使他這麼努力，他還是沒有辦法保住房屋。FEMA和路易斯安那州的補助計畫（Road Home Program）都沒有辦法提供足夠的錢，讓房子徹底得到整修，所以房子的部分還是很殘破。漸漸的蓋拉朋的錢用完了，最近他把房子賣給一個投資客，買主會把這個雙拼可供兩個家庭居住的房子，改建提供給一個家庭居住。蓋拉朋還是住在紐奧良，但會搬到位於春梅北邊的另一個社區。

「這個城市跟以前不一樣了。」我跟他一起在市中心他工作的酒吧附近喝咖啡，他這麼告訴我：「城市還是充滿活力，也會重新復甦，但我不會說城市會變得比以往更好，因為我認識好多沒有辦法回來的人。這個城市會有一張新的臉。」

要讓紐奧良縉紳化，除了把黑人趕走外，相關的社會組織也必須瓦解。首當其衝的就是公立學校。在卡崔娜之前，紐奧良的公共學校系統跟美國其他貧窮城市的學校沒有兩樣[8]：經費不足、學生人數過多、成績表現不佳。在颶風兩年後，紐奧良的學校體制已迥然不同了，還是一樣經費不足、學術人數過多、成績表現不佳，但它現在可是全美國第一個完全公辦民營的學區（all-charter school district），只有四所學校還是公立的。

每個保守派的學者、機關，像是美國企業組織（American enterprise Institute）和新自由主義的經濟學大佬米爾頓．佛列曼（Milton Friedman），在卡崔娜之後，都大聲疾呼路易斯安那州應該藉此改革城市的學校體系。

「這是個悲劇，」佛列曼在華爾街日報的專欄上這麼寫道：「但也是個重整教育體系的機會。」[9]

颶風之後才幾個禮拜，州長布蘭柯簽署了法案第三十五號（Legislative Act 35），這項法案付予州政府掌控任轄區內表現不佳學區的權力，從時間點上看來，顯然立法的目標是針對紐奧良。路易斯安那州過去有書面規定，准許州政府接管連續四年平均評鑑分數低於四十五分的學校。但因為多數的紐奧良學校表現沒有低於標準，在過去（颶風前三個月），州政府只有接掌過四所學校。但布蘭柯的第三十五號法案，大幅的改變了州政府標準，在卡崔娜颶風之後，只要是低於州政府平均評鑑八十七點五分的學校，都有可能被州政府接管。大多數的紐奧良學校達不到這個標準，州政府因而得以在颶風兩年內，將紐奧良近乎全部的學校交由新的重建學區（Recovery School District）掌管。杜蘭大學的研究指出，許多紐奧良市的學校只要稍低於八十七點五的分數，就會被移轉到新學區，相反的，路易斯安那州其他地方的學校，儘管低於六十分，卻仍然沒有被州政府接管[10]。社運份子稱這樣的作法形同教育界的「搶地皮」（land grab）。[11]

十年後的現在，保守人士和民營學校的支持者，往往將紐奧良視為城市教育改革的模範。部分數據顯示，重建學區的改革的確是成功的[12]：高中的畢業率由二〇〇四的百分之五十四，提升到百分之八十。但事實是否如此樂觀，仍有待觀察。在重建學區裡，只有百分之六的畢業生入學考試成績足以進路易斯安那州的大學[13]，比颶風前高出百分之二，這實在不算多麼成功。

也有證據顯示，新學校體系對黑人學生來說，並沒有帶來那麼多好處。在二〇一三年的一項調查，有百分之五十三的拉丁美洲裔父母認為學校系統在卡崔娜之後改善了[14]，但只有百分之二十九的黑人家長同意如此。

紐奧良新的學校分發制度，要求父母在每年學期開始前申請學校[15]，如山般令人困惑的文書工作，只有有錢、有閒的家長有辦法應付，家庭有狀況的學生，往往就落到最差的學校。學校排名較後面，也意味著家長接送、學生通車的路程增加，特別是這些新學校通常沒有音樂、藝術等課外活動，要參加這些活動，學生必須被家長接送到其他學校上課，當中沒有大眾交通系統接駁。

紐奧良的新學校體制，也意味著州政府得以摧毀城市黑人中產階級的堡壘：教師工會。在颶風前，紐奧良教師聯盟（The United Teachers of New Orleans）由七千五百名教師組成，在紐奧良學區委員會的教師有百分之九十是黑人。但在州政府接管紐奧良的學校後，七千五百名教師都被解聘，在由州政府組成的新學區重新申請教職。

「這摧毀了工會，」紐奧良教師聯盟的領袖布蘭達・米雪兒（Brenda Mitchell）一度這麼說：「這摧毀了勞動階級的精神，也否定了他們的權利。」[16]

被重新聘僱的教師被剝奪了爭取集體福利的權利[17]，如果他們要求薪資條件，往往面臨被解聘的威脅，他們得接受「自由聘僱」的合約，意即他們的任期得隨時依雇主要求終止。沒有資料顯示，這七千五百名教師有多少重新被新學區聘僱，只有一份杜蘭大學所做的研究稍稍透露端倪，這份研究調查在卡崔娜前後紐奧良教師的年資，在二〇〇四到二〇〇五學年度，只有百分之九點七的紐奧良教師教學年資低於一年[18]，將近百分之三十的教師有超過二十五年以上的經驗。但在二〇〇七到二〇〇八學年度，百分之三十六點七的教師的教學年資在一年以下，只有百分之十一點六有超過二十五年的經驗。

紐奧良黑人社群的另一個堡壘是城市的公共住宅，這些以傳統磚造的房子，像是ＣＪ皮特（C.J. Peete）、墨爾波墨涅（Melpomene）、ＢＷ庫柏（B. W. Cooper）、聖湯瑪斯、聖柏納德（St. Bernard）、Desire、Florida、拉菲特（Lafitte）、伊貝維爾萬怡（Iberville）、普勒斯公園（Press Park）等公共住宅，今日，幾乎全部都消失了，有些被私人經營、營利性、混合收入的建案取代，如河濱花園（River Garden），有些則被拆除，成為閒置的空地，等待私人開發。

在美國幾乎所有的城市，公共住宅都受到聯邦政府住宅法裡 HOPE VI 計畫的影響而縮減，這項計畫在柯林頓總統任內提出，鼓勵地方政府拆除傳統的公共住宅（通常為磚造的龐大建築），重新建造為郊區風格、低密度、混合收入的住宅模式。通常這些新的建案不是由公部門興建，而是由私人開發商或非營利組織建造。HOPE VI 計畫背後的概念是降低窮人集中居住造成的社會問題，特別是犯罪問題。但實際上，HOPE VI 造成的結果是上萬戶社會住宅的拆除，卻缺乏足夠的經費去創造新的替代方案。

在一九九〇到二〇〇八年間，二十二萬戶（住宅單位）的公共住宅被拆除[19]，其中至少有一半是直接由 HOPE VI 計畫所引導。但 HOPE VI 計畫只提供經費，建造六萬戶的混合住宅作為替代。HOPE VI 計畫對某些城市的影響格外嚴重，芝加哥少了將近一萬六千戶的公共住宅，費城少了七千八百戶，紐奧良一開始的公共住宅就沒有其他城市多，因此拆除的五千六百二十五戶公共住宅，對於窮人來說是重大的損失。

在卡崔娜之前，政府就有計畫拆除紐奧良多處的公共住宅，包括聖湯瑪斯。但在颶風後，當上千位居民撤離城市、政治情勢變化下，輿論轉而攻擊既有的公共住宅，拆除計畫得以加快進行。

「颶風帶來許多破壞，」菲尼斯·薛納特（Finis Shelnutt），一名不動產開發商在颶風剛過的九月，告訴德國明鏡週刊：「帶來許多蓋房子賺錢的機會……更重要的，颶風把窮人和罪犯趕出城市，我們希望他們不要回來……他們的好日子終於結束了，他們得去美國的別處找地方住。」[20]

地方政客也以颶風為藉口，加強對公共住宅的攻擊，曾經擔任市議員的奧立佛·湯瑪斯（Oliver Thomas）這麼說：「過去我們太縱容了，到了一個時間點，你必須說不，不，不，不，不能再這樣。」「我們不需要那些層次低俗的居民了。」[21]

一名州政府代表甚至說公共住宅的居民應該要「被消毒過」[22]，曾經代表路易斯安那州首都巴頓魯治，擔任十屆眾議員的理查·貝克（Richard Baker）說：「我們終於把紐奧良的公共住宅清空了……人做不到的事，上天替我們做到了。」[23]

卡崔娜之後，聖湯瑪斯公共住宅的拆除加快了進度，市議會開始討論如何處置城市剩下的四處公共住宅。由於民眾有組織的抗議、加上市議會內部的激戰，才讓四千五百戶的公共住宅拆除計畫暫緩執行。然後二〇〇七年，當市議會的白人議員代表首度在二十年內超過半數時，議會終於投票表決拆除所有剩下的公共住宅[24]。以美國政府平均每戶平均二點二人的數據來估算，這導致一萬兩千三百八十一人的流離失所[25]，其中百分之九十九是黑人，他們絕大多數在卡崔娜之後，被迫遷移離開紐奧良穩定的公共住宅。

紐奧良的公共住宅也是租屋者權利運動的發源地，藉由摧毀公共住宅、迫使上千名紐奧良黑人居民搬遷，也壓抑了黑人社會運動的力量。在一九九〇年代的聖湯瑪斯公共住宅，羅伯・赫頓（Robert Horton），以酷黑（Kool Black）的名字為人所知，他協助成立當時首創的社區巡守網絡，並為孩童提供課後活動。聖湯瑪斯也是第一個建立居民委員的公共住宅，跟當地的非營利組織合作，確保政府為公共住宅提供的社會服務能夠符合居民的需要。

在城市新的住宅開發下，沒有租屋者權利團體容身的空間，居民告訴我，也沒有所謂的社區感。由非營利組織和私人公司營運的管理單位[26]，以各種繁瑣的規定，小心翼翼的監控這些混合收入的住宅。

「在這樣的地方，社會運動能夠存在嗎？人們還能對權力說真話嗎？社會服務會像什麼樣子？」在他的公寓訪談時，酷黑這麼對我說。在公共住宅被拆除後，他已經搬到距離聖湯瑪斯十哩之遠的地方，在紐奧良東部邊緣的一個郊區，「這就是 HOPE VI 計畫帶來的破壞。」

除了公共住宅外，颶風也減少了一般市場性房屋的數目，政府部門協助這些家庭重建私人房屋的機制有很嚴重的問題，補貼的發放也帶有種族歧視。路易斯安那州政府提出返家計畫（Road Home）[27]，理應發放來自聯邦政府數百億的預算，協助房屋擁有者重建自己的房屋。但直到二○○八年，三分之二的預算還沒有被發配，在二○一一年，法院發現返家計畫的補助方式對各種族並非一視同仁[28]，白人社區的屋主得到的補助，往往比黑人社區裡類似房屋的屋主來得多。

無法回到紐奧良的人，或因為政府落後的補貼方案而無法負擔整修房屋的屋主，往往發現他們的財產被市政府查收或拍賣。如果政府認定某棟房子被棄置、殘破不堪（儘管房屋可能只需要重新油漆、或修剪草坪），市政府可以傳喚屋主，對房屋科以重罰，通常一個月可以累計到上千元。如果屋主沒有在一個月內整修好房屋，或是不能負擔罰款，市政府對房產就有留置權，在三十天後，如果屋主仍無法讓房產達到法規標準，市政府就可以將房產收為己有，將其上網公開標售。從二○一○年起，市政府已然賣掉或拆遷了至少一萬三千戶獨棟住宅，多數是在卡崔娜之後被棄置，並且位於快速縉紳化的區域。

由於公共住宅的數目大幅減少、私有住宅的縮減，紐奧良目前的房價居高不下。在二○一六年，由非營利組織做的研究，發現紐奧良有全美第二昂貴的住宅市場[29]，有相當高比例的人必須將百分之五十以上的收入用來付房租。租金的上漲解釋了為什麼城市會流失舊有居民。我訪談了好幾位目前居住在休士頓、南方各城的紐奧良人，儘管沒有受到FEMA或是其他政府組織的刁難，他們沒有回到紐奧良，因為他們在休士頓、達拉斯、亞特蘭大、什里夫波特等地找到相對便宜的租屋，所以他們決定留在那裡。不是他們不想回來，而是他們已然負擔不起。

新遷入城市的人和縉紳化的推動者往往難以理解。窮人和有色族裔並不是反對有人搬進城市，問題是縉紳化幾乎總是以他人的犧牲作為代價。新搬入者以新鮮的眼光看城市，沒有心理包袱，對於他們到來前所發生城市的活化與再造，絲毫不見其邪惡之處。新搬入者甚至可能有高尚的意圖——想要加入成為社區的一部分、讓社區更好、創造社會改變，或者他們也可能只是為了對他們來說相對便宜的租金而搬入。不管怎麼說，我們很少看到新搬入者徹底的瞭解這個過程，或認知到他們的出現往往意味著其他人生活面向的損失：另一個人需要搬走，或是在紐奧良的例子裡，甚至是風災所引起居民的死亡。新遷入者的心態很重要，如果他們關心周遭的鄰居，就有可能稍微修復縉紳化造成的傷痕，若他們願意參與保存社區的文化，或協助推動改革的社會

行動。但即便是這些善意的心態，還是無法阻擋縉紳化的發生。在紐奧良的歷史上，只要身為白人、比社區多數的人更富有，比起其他被壓抑的窮人來說，你就有更多的購買力、更多特權與自主性。我認為這就是為什麼新遷入者不願意承認他們是造成縉紳化的一份子：他們不願意覺得自己像是暴力和不平等的肇事者。

對自身階級位置的無知，有可能使新遷入者最終也變成受害者。如果你看看舊金山和紐約的例子，縉紳化在城市的周圍發生已有數十年的時間，你就會發現這些新遷入者——龐克、藝術家、同志社區，後來也無可避免的被一群更為富有的文青所取代，這些文青而後又被更有錢的雅痞驅趕。小型的獨立店家被星巴克、銀行分行取而代之，高漲的房屋讓人人有壓力，甚至是白人中產階級。透過重組城市榨取利潤的方式，讓每個市民都受害，不管他們的社經地位為何。預算減少使大眾交通系統不足、博物館與文化機構運作困難、學校開支捉襟見肘，就像露絲・艾妲庫拉提出的譬喻：如果城市是一把階梯，縉紳化迫使每個人下降一階，最弱勢的人被徹底的推下去，中產階級則落到底層，甚至有錢的人也會感受到來自上層的壓力。

只有那些完全不依賴政府提供大眾服務的人——那些有私人交通工具、負擔得起私立學校學費、有足夠資金購買房地產、或承受租金漲幅的人，才能飄浮在縉紳化浪濤的水面之上。我們很難對富人產生同理心，但縉紳化無形中也影響了他們，一個完全縉紳化後的社區是個無聊的社區，而一個完全縉紳化的城市（紐約就是個好例子）是個無聊的城市，無法為新遷入者提供他們尋找的社交生活、多樣性、鄰里的真實感。如同珍．雅各所寫的：「我們必須意識到：是成功，引發城市對多樣性的自我摧毀，而非失敗。」[30]

縉紳化為城市帶來金錢、新的居民、整建後的房地產，但也同時摧毀了城市。它讓城市變得難以負擔、抹煞多樣性，城市因此難以孕育獨特、大膽的文化，縉紳化消毒淨化了一切。眾人眼睜睜的看著這個現象發生（即使是紐約、紐奧良超富豪的遷入者，都在哀嘆城市文化的失落），沒有人想被當新遷入的掠奪者。誰想要成為謀殺城市的共犯？

約翰和艾莉西亞．文特（John and Alicia Winter）搬到紐奧良的理由跟大多數人很像：跟其他主要城市相比，它的開銷較為便宜，而且感覺起來「很歐洲」。

「這裡就像是美國最靠近歐洲的城市，」他告訴我：「讓我想起布魯塞爾。」

約翰來自倫敦，艾莉西雅來自德州，在決定搬到這裡以前他們住在休士頓。約翰在家裡工作，為銀行和能源公司設計軟體，所以他的工作地點很自由，艾莉西雅在教育界工作，在搬來紐奧良之後，她希望能夠設立她自己的日間安親班。這對三十多歲的夫婦說他們準備好在一個怡人的都市建立新生活，休士頓對他們而言，代表了美國城市負面的部分——城市過於擴張、缺乏社區感與多樣性、到哪裡去都需要開車。

「休士頓居民對城市沒有熱情。」約翰這樣告訴我。

艾莉西雅也同意，她補充道，除此之外，休士頓也不像紐奧良這樣有多樣性。

「能夠住在一個居民有貧有富的地方比較好。」她說。

我在一個法瑞特街（Freret Street）的街道市集遇到約翰和艾莉西雅，原本這裡是城市東北角，一個被閒置遺棄的區段。法瑞特街距離其他繁華的地區不遠，他就在聖查爾斯街的北邊，兩旁有整齊劃一的建築排列，有名的街車路線經過它的中段，並且在杜蘭大學和羅耀拉（Loyola University）的東側，教授和行政人員在此有些時髦的寓所。在法瑞特街周邊的地區，過去幾十年來居住著為數頗多的中產階級黑人。長久以來，法瑞特街的商店店面幾乎都是閒置的，現在這個地區正面臨快速的縉紳化，社區裡閒置的建築物從二〇〇八年的百分之二十八，到二〇一〇年的百分之十六，顯示有能力整修店面的人開始遷入[31]。房屋的價值升高近一倍[32]，在二〇〇〇年時房價的中位數是八萬一千美元，二〇一三年時已上升為十八萬四千美元。在法瑞特街縉紳化最為嚴重的區塊，根據人口普查[33]，黑人人口從百分之八十二降至百分之七十二，而白人人口則從百分之十三上升為百分之二十二。

法瑞特街跟美國城市其他縉紳化的社區感覺很像，如果你在這裡逛個幾次，你會以為你是在布魯克林的威廉斯堡（Williamsburg），或是舊金山的米慎特區（Mission District），在法瑞特街角落的那家魔力咖啡（Mojo Coffee），跟布魯克林或是波特蘭的任何一家咖啡店都很像，依靠著一群使用蘋果電腦、二十幾歲的年輕人，點著一杯四塊美金的咖啡來維持生意。刺青店有可能來自德州奧斯丁，而漢堡店可能來自明尼亞波利斯的上城。就像如今每個城市的近郊都群集著像是目標百貨公司（Target）、Bed Bath and Beyond、OfficeMax 等連鎖商店，現在每個城市幾乎都有一條法瑞特街。

我遇見約翰和艾莉西雅的市集被稱作法瑞特街市集，在每年的三月舉辦，根本上是一場為新社區所做的廣告。咖啡廳、餐館、酒吧和藝廊將它們的擺設陳列在人道旁，市集的參加者（幾乎全部都是白人）遊走其中，吃著六塊美元一個的小漢堡、乳酪薯條、鮮榨果汁，橫跨街道的布條上寫著：「歡迎來到新的法瑞特街。」

約翰和艾莉西雅在那裡探索他們的新社區。幾個月之前，這對夫婦在厄普蘭街（Upperline Street）以三十七萬美元，買下他們的家，他們知道這個價格比起幾年以前高出很多。他們一搬過來，就馬上愛上了這個社區，但他們希望能成為社區紋理的一部分，所以去拜訪了法瑞特社區中心，一個協助低收入居民的非營利組織，詢問是否有擔任志工的機會。約翰想也許他可以教一堂電腦課，艾莉西雅在考慮當地家長也許有托兒的需要，他們把名片給中心的職員後，就離開了。

他們兩個人都聽過縉紳化這個詞，約翰提到他痛恨縉紳化對倫敦達爾斯頓（Dalston）造成的影響，他很多住在那裡的朋友，都說那個地方改變了，從一個前衛、時尚的地方，變得平淡無聊，而住滿了雅痞。

當我問約翰和艾莉西雅他們如何看待自己成為縉紳化過程中的遷入者——兩個年輕的白人移居者，有足夠的錢買下三十七萬美金的房子，他們表示從來沒有這麼想，但他們的確有可能是。

「我不知道我們會不會造成像達爾斯頓那樣的影響，」約翰說：「但也許我們是改變社區的壞蛋，有時候我覺得有罪惡感，我好奇鄰居們看到我時會不會想『他們毀了社區』。」

約翰和艾莉西雅都認為他們有盡力讓自己融入社區，除了尋找擔任志工的機會，約翰說就算在地人的經驗比較少，他的軟體公司會盡量雇用在地人，艾莉西雅也說她會確保她的安親班費用合理，至少她會設立獎學金計畫。即便他們兩個人都立意良善，憑著約翰和艾莉西雅這類人的有限力量，勢必無法阻止社區的改變往負向發展。

在法瑞特社區中心的不遠處，是丹迪斯的理髮店，丹尼斯．史格（Dennis Sigur）在同一個地點經營店家已經四十三年了，他見證一九七〇年代時城市經濟穩定、白人也尚未搬離市區時，這個社區早期的熱鬧，一直到今日的縉紳化。他的店不是為新遷入者而開的，門口當然沒有標示阻止他們進來，但是丹尼斯並沒有刻意吸引他們。他的員工是黑人，依我所見，他的顧客也全是黑人。店的生意很熱絡，但丹尼斯說，生意不像以往那麼好了，他卻看著以服務白人客人為主的店家，一間一間的開張。

「我們的顧客搬到越來越遠的地方，」他說：「我們在奮鬥求生，這地方卻又敞開大門歡迎新來者。」

法瑞特街的新遷入者的確得到一點特殊待遇，在卡崔娜之後，州政府劃定法瑞特街為文化街區[34]，讓沿著商店街的新店家享有稅收優惠——藝術家的收入免稅、整修店鋪可以得到稅收減免等等，只有新的店家能夠申請，而像丹尼斯理髮店這樣長期營業的店家則不行。城市也通過特殊的分區管制，鬆綁規定，准許酒吧和餐廳能夠集中在這個區域。一般說來，在一個飲酒盛行的城市，市議會對於新酒牌的簽發往往相當嚴格，但在法瑞特街上，卻大門洞開。在新的分區管制下[35]，任何餐廳都可以不經過市議會的同意，就申請到酒牌。這導致幾個月之內，好幾家餐廳連續開張，迅速吸引了一群年輕、白人、暢飲酒精的顧客。這看起來可能沒有什麼，但設想，假設法瑞特街的餐廳像城市的其他地方一樣，要經過重重難關才能申請酒牌，如果這些新店家沒有減稅優惠，法瑞特街的發展會截然不同。

多數我訪問過的紐奧良人，並不認為政府提出誘因，吸引人們來到城市原本乏人問津的區域是個問題。但也有部分的人，對這些誘因的使用方式不以為然，這些獎勵優惠措施引入了白人的高消費商店，造成的影響有正有負。二〇一三年的春天，有上百名法瑞特街的居民群聚在一間學校的自助餐廳開會，討論是否要加收區域的房屋稅，將收入用來聘僱私人警衛來做社區巡邏。在會議的討論桌上，有兩個白人居民代表支持此提案，兩個黑人居民代表則反對此提案，反對的聲浪相當高——多數的黑人居民擔心增加的警衛措施，會讓警方常騷擾當地黑人的情況雪上加霜，最終提案被擱置了。但是這突顯出，紐奧良的社區被活化後，往往造成衝突，有些人覺得受益，有些人感到自己被拋在後面。

「結果遲早是：如果你的收入不夠高，你就無法留在這裡。」丹尼斯．史格這麼告訴我：「新住民跟舊居民之間的鴻溝越來越大。」

到了縉紳化的中期階段——「先驅者」安頓下來，資本自動源源不絕的湧進，尋找能夠獲利的社區，人們就開始被分化，不只是黑人、白人、富人、窮人，而在這些群體間又創造了次群體。促成縉紳化的菁英，也會產生各種自我認同的分類，既然沒有人願意被當成破壞城市的始作俑者，有一個新的階級誕生了：一群相對富有、但反對縉紳化的白人。

萊絲莉．杭黛（Leslie Heindel）就屬於這一類人。我透過萊絲莉的媽媽麗莎認識她。麗莎是一名房地產經紀人，為了瞭解紐奧良房市，我到麗莎位在高級地段花園區的辦公室訪談她，過程中，她的女兒萊絲莉不斷地停下手邊工作，故意大聲嘆氣。麗莎建議她加入訪談，結果發現，原來縉紳化是萊絲莉和她的朋友圈內幾乎每日討論的話題。

萊絲莉說，縉紳化已經對她目前生活形成迫切的危機，要在紐奧良能夠生存，除了在她媽媽辦公室的行政工作之外，她還必須在酒吧額外打兩份工。就像其他二、三十歲的年輕人一樣，她自己沒有房子，必須要租屋，因為隨著房地產的飆漲，她沒有錢去負擔購屋的頭期款。

我們去愛爾蘭水渠區的一間酒吧裡抽了幾根菸，喝了幾杯啤酒，該區離艾莎娜・碧佳住的地方不遠，萊絲莉跟她的朋友跟我傾訴，她們觀察到紐奧良目前的種種問題——新進駐的電影產業侵佔了空間、房屋市場、工作機會，Airbnb 鼓勵人們短期出租房間，已然造成租金上漲，在主要觀光地點法國人區，附近的社區越來越觀光化、「迪士尼化*」，伴隨著逐漸消失的社區感。

「我在這個酒吧工作已經十年了，」萊絲莉手中拿著萬寶路淡煙，吐了一口煙：「有些晚上來的人我甚至一個也不認識。」

萊絲莉和她的朋友享有身為中產階級的餘裕，沒有立即被迫遷的危機，但卻感到自己被迫搬到更便宜的社區、更狹小的公寓，要接更多的工作，才能留在自己的城市。她們感到自己被推下露絲・艾妲庫拉所比喻的階梯。

「每個在這裡成長的人對紐奧良的認知都不同。」萊絲莉承認，但她和她的朋友認為，在卡崔娜之後城市的改變更為快速、劇烈。

---

* 根據迪士尼公司主題樂園的形象，打造或轉變物件、場所或文化元素的過程。特性包含逃避現實、幻想、消費主義與社會理想化。

「如果你在六年前問我，我會告訴你我們正在往對的方向進步，」萊絲莉的朋友克莉絲塔・瑞克（Crista Rock），一個影片製作人這麼說：「我會說電影業的到來太棒了，城市的創業氛圍也很不錯，我想沒有人預見會有這樣結果。我本來充滿期待的。」

萊絲莉和克莉絲塔抱怨的各種產業，是透過稅制誘因被吸引到城市的。路易斯安那州和美國各州一樣，設有各種免稅制度、獎勵誘因，鼓勵企業來此設立，但是路易斯安那州的制度遠較其他地方寬鬆，州政府每塊錢美元的預算，有百分之二十一用在企業身上[36]，遠高於其他州，只次於德州和密西根州。在路易斯安那州，製造業購買物料有十年的免稅期[37]，使用當地研發技術的公司，可享有百分之四十的減稅獎勵，績優表現的公司可以有百分之二十五的減稅獎勵，振興傳統商業模式的企業，則可在五年期內享有百分之百的免稅，對企業的獎勵辦法可稱無窮無盡。

二〇一一年，州政府給予亨廷頓英格斯（Huntington Ingalls）造船廠二億一千四百萬美金的稅收抵免[38]，吸引該公司留在紐奧良。同年，謝尼埃能源公司（Cheniere Engery），一個天然氣和石油公司獲得價值十五億元的免稅獎勵[39]，該公司二〇一三年付給執行長的薪水是一億四千兩百萬美元。

謝尼埃能源公司是獲得最高稅收抵免的個別公司，但整體而言，在路易斯安那州，以電影和電視製作產業獲得最高的稅收抵免，這些產業主要集中在紐奧良。光在二〇一三年，州政府就給予電視電影產業二億五千一百萬的稅收抵免[40]，每當A&E電視公司製作的鴨子王朝（Duck Dynasty）電視影集在路易斯安那州錄製時，該集節目便會獲得三十萬美金的獎勵。

種種稅制獎勵為紐奧良帶來了上千個高收入的工作機會，他們的薪水遠高於紐奧良收入的中位數三萬六千九百六十四美金[41]，這造成了兩個經濟體——一個是低收入的本地人，一個是經由路易斯安那州納稅人的補貼，得以享有高薪的高收入份子。對於高收入的人來說，路易斯安那州的房地產可說相當廉價，萊絲莉告訴我，在她母親的辦公室，客戶多半來自紐約、洛杉磯等外地，某種程度來說，儘管力量微小，萊絲莉也在將自己逐步推下階梯。

那麼在階梯最頂端的人又怎麼想呢？如果即便是中產階級的菁英也看到縉紳化帶來的破壞，為什麼縉紳化持續發生？普瑞斯·克巴可夫是紐奧良最主要的開發商之一，就是他將聖湯瑪斯社會住宅改建成市場價格的混合住宅。他跟市政府的決策系統關係緊密，是住宅委員會的主席，也是全國性重要都市規劃組織——都市土地學會（Urban Land Institute）的成員，克巴可夫的意見，對於市政府官員有強大的影響力。

克巴可夫相當親切，就一個以私人開發致富的百萬富豪來說，他的許多觀點出人意料。像是他認為聯邦政府應該花費更多經費照顧窮人的住宅需求，他認為美國政府在戰爭上花太多錢，而在教育上投入不足。但關於縉紳化，克巴可夫的觀點還是頗令人不安，特別是當他對一個以貧窮黑人為主的城市有這麼大的支配權。

「你若不是成長，就是死亡。」他在他位於市中心、深色木質裝潢的辦公室裡告訴我，「為了保護鄰里社區而停止開發，不是個好的選項。」

在克巴可夫看來，紐奧良的最佳願景是變得像紐約或舊金山一樣，「我們過去失去了很多中產階級的人口，這變成一個惡性循環。中產階級並不需要這麼多政府服務，他們可以負擔這些服務。如果城市的中產階級離開，窮人集中，你需要投入的服務必須增加，但稅基又變少，所以城市就會走下坡。這就是之前紐奧良的狀況，底特律、印第安納州的紐瓦克、蓋瑞市也是這樣。」

但艾莎娜・碧佳或是萊絲莉・杭黛（Leslie Heindel）這些人怎麼辦呢？在城市試圖吸引更多中產階級、甚至中上階級的過程中，其他人覺得自己越來越被推到階梯的底端。克巴可夫的回答，基本上認為這是過程中無可避免的結果。

「的確，當社區開始復甦時，許多過去可以住在這裡的人，現在無法負擔了。」他說道：「但這就是現實，當你想要把一個狀況很糟的社區活化，過去那裡可能因為犯罪、貧窮、種族等問題，導致當地房市不活絡，一旦市場機制進入這裡，有些人開始搬到其他社區，這很可能會讓人難受，但他們會搬走。」

紐奧良很顯然願意以任何方式去鼓勵、包容像克巴可夫等開發商所倡導的這類活化計畫，我問克巴可夫他是否覺得紐奧良會變得像紐約或舊金山那樣，即使是中產階級的人也覺得在城市裡生存困難，人們開始為了反對縉紳化而走上街頭。

「你可以說紐奧良需要一點縉紳化，」他這麼回答我，「在舊金山或紐約，事情已經達到飽和點，在此之後，人們就會開始走上街頭。但我會擔心在紐奧良人們會走上街頭抗議嗎？還不會，我們還不到那個程度。」

要把克巴可夫描繪成一個站在金字塔尖端操弄城市，無視於大眾感覺的惡棍很容易，但他的想法跟萊絲莉．杭黛、紐奧良市議會的政策、學界、規劃界的看法沒有什麼不一樣，他們把縉紳化等同於城市活化。對於不會直接被迫遷的中產階級人士來說，他們似乎只想要程度剛剛好的縉紳化，來改善周邊的生活環境，但改變又不要大到威脅他們自己的銀行存款。文青們喜歡咖啡店，但對於雨後春筍冒出的精品店、銀行分行感到不安。雅痞們可以接受精品店和銀行分行林立，但對於開發所引起的地景與文化改變感到失落。而像克巴可夫這樣的開發商支持地景的改變，只要程度不要引發抗爭。問題是這點點滴滴都是縉紳化過程的一部分，一旦你開始將城市轉化為累積資本的機器，就很難回頭。

———

我們很難說紐奧良在十年、二十年後看起來會怎麼樣，但很明顯的是這城市幾乎已完全專注於經濟成長，而不在於修復或回顧卡崔娜帶來的傷痛。今日在紐奧良的報章雜誌，鮮少看到有關縉紳化或是流失人口的報導，紐奧良的政府官員已經放棄追蹤，因為颶風而離開城市的十萬名居民的去向，這些人似乎就消失了。而城市已經開始了新的一頁，不去探討其中族裔或階級的變化，而只強調發生的「進步」。

克羅拉多州立大學族裔研究的教授艾瑞克．伊須華達（Eric Ishiwata）在卡崔娜後一篇分析政治論述的文章中寫道：颶風顯示了多數的美國人還是無法接受，國內有極端種族歧視和極端貧窮現象的存在。有一群弱勢者，他們的權益被侵犯、介於生死存亡間，但只在像是卡崔娜等重大災難發生時，社會大眾才會短暫意識到他們的存在。颶風過後幾個星期，九月十九號發行新聞週刊的封面故事就把這些「被遺忘」的人稱作「美國的另一面」。在卡崔娜發生四天之後，麥克．布朗（Michael Brown），ＦＥＭＡ的主任，如此為ＦＥＭＡ狀況百出的應變措施辯護：「民眾不瞭解情況是多麼的特殊跟異常——原本我們甚至不知道存在的一群人，突然出現在在橋上、尚未被淹沒的高速公路上。」[42]

根據伊須華達的解讀[43]，像是「我們不知道存在的一群人」、「美國的另一面」這類用語，意味著「絕大多數卡崔娜颶風下的受害者，以不受歡迎人物的面貌被呈現，在新自由主義主導下、漠視種族差異的美國，被視而不見。」

換句話說，一直到這些人被政府遺棄，走上橋樑自謀生路，這樣的畫面被ＣＮＮ捕捉送到上百萬美國人家庭的電視機之前，這些貧困紐奧良黑人的死活根本無人在乎，甚至理應保護他們的ＦＥＭＡ的主任麥克．布朗，也不知其存在。

卡崔娜打開了一扇窗，讓我們得以窺見真實的美國，但一旦災難過去，這扇窗就關閉了，美國整個國家的心態又恢復常態，漠視黑人，特別是低收入黑人。他們的權益不斷被否定，就像伊須華達所指出，整個社會形同倒退，不只遺忘了不平等和種族歧視的議題，也遺忘了一整群弱勢居民的存在。

這扇窗戶的關閉，解釋了為什麼只在幾天之內，人們就再也不關心紐奧良的重建問題，停止關注颶風後無法回到家園的十萬名非裔美人。對大多數的政治人與大衛．布魯克這樣的意見領袖來說，要讓一個以黑人佔大多數、窮人佔大多數的城市恢復舊觀似乎是不必要的。當時有數千名逃難者以巴士被送往休士頓體育館避難，前第一夫人芭芭拉．布希在前去採訪時，對廣播採訪表示，逃難者的情況比起留在紐奧良還算不錯。

「你知道，有好多人在體育館的人本來就是弱勢者，」她說：「所以他們還蠻能適應這種狀況的。」

颶風過後的一個禮拜之內，當被問到政府是否應撥上億經費將紐奧良重建，美國眾議院議長丹尼斯．哈斯特（Dennis Haster）回應道：「我不知道，對我來說不太合理……在我看來許多地方應該被夷平。」[44]

對紐奧良黑人處境集體性的忽視，解釋了為什麼聯邦政府從來沒有追蹤，卡崔娜遷出紐奧良的難民究竟有多少人，十年來，沒有一個政府機構研究卡崔娜造成的流亡人口下落，最大規模的研究是由非營利組織RAND機構所做[45]，而這項追蹤計畫也在五年前中止了。

卡崔娜以及其衍生的人為災禍撕裂了紐奧良，然而十年之後，「另一半美國」的論述已然被大眾忘記，裂縫被填平，被另一個重生與成長的論述取而代之，在大眾媒體上，根據《野獸日報》（*Daily Beast*），城市浴火重生了[46]，根據《國家週刊》（*National Journal*），紐奧良的成長是個經濟奇蹟[47]，快速攀升為商業雜誌、報紙旅遊版上十大最佳居住、工作、戀愛地點。儘管還有上萬人離散在外地，紐奧良卻已「恢復舊觀」，即便重建問題重重，面臨各種失敗，城市的領導人卻仍向我們保證，像是大衛．布魯克所說的，卡崔娜颶風的確是個偽裝的祝福。

對於「他者」生活的忽視，導致縉紳化不斷的發生，莎瑞法．羅德琵絲（Sharifa Rhodes-Pitts）在她的著作《獨一無二的哈林》（*Harlem Is Nowhere*）寫道：當一個社區開始縉紳化時，媒體往往以「人們開始搬進這個社區」或是「以前這個地方鮮少人去，現在不一樣了」等詞句來描述，彷彿意指在縉紳化之前，沒有人住在這個地方，或至少這些人不太重要。在紐奧良和其他城市，情況就是如此，如果你忽略縉紳化對長期居住在此弱勢居民生活的衝擊，情況的確看來一片大好，但若你認可他們的生活及其意義，那事情顯然有很大的問題。我們不只是忽略了這些人，也不斷以進步之名，侵蝕了他們的話語權。

我們為縉紳化城市創造了這樣的圖像：人們以嶄新的眼光來體驗紐奧良[48]，人們遷入底特律，將城市變得更棒[49]，布魯克林還有一些隱藏的角落[50]、舊金山是下一個房市熱點[51]、城市的老舊地區被更新[52]，社區正在活化[53]，經濟正在復甦[54]。

然而我們知道，從被縉紳化影響的人看來，地區活化幾乎是迫遷的同義詞，新的商機往往不是讓所有族群受惠，而熱門地點也意味著社區感的失落。

我想這兩種觀點都是正確的：當有些人樂於享受新發現的新興社區時，有些人則發現他們再也無法負擔住在這些社區，當有些人覺得新的紐奧良、新的底特律充滿希望，有些人則不以為然。在光明與希望之外，事情還有更複雜、令人不安、失落的一面，影響著經濟、種族等面向，而新遷入者、政策制定者、有權勢的人是否能認知到這雙重面向？這關乎我們城市的未來。

就像珍．雅各在《偉大城市的誕生與衰亡》寫道：「私人投資形塑了城市[55]，但是社會觀念（和法律）能引導私人投資的方向。如果我們知道自己想要的圖像，就能設計出適當的機制，讓圖像成真。」

在我們的心中，對我們的城市抱有什麼樣的圖像呢？

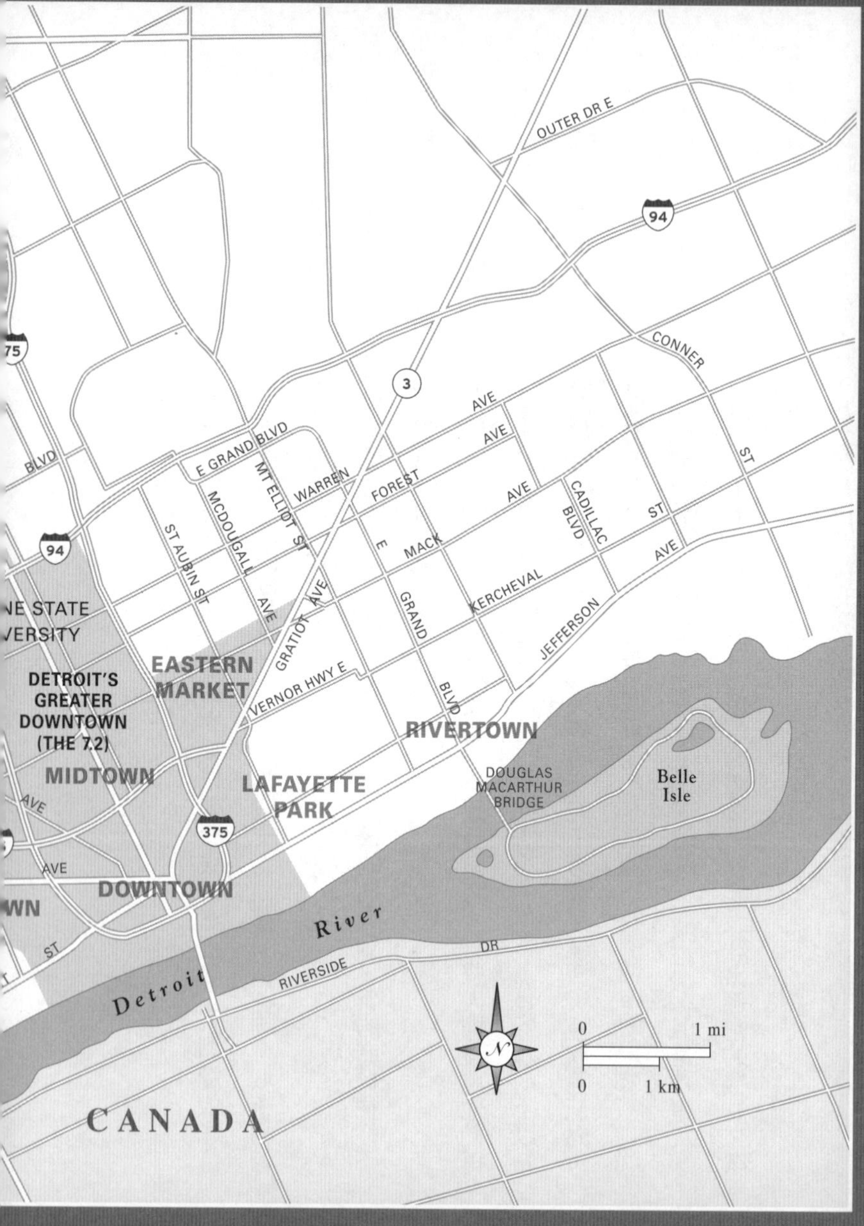

從底特律河河畔，延伸出底特律新興的黃金 7.2 區（圖中深色區域）

第二部　底特律

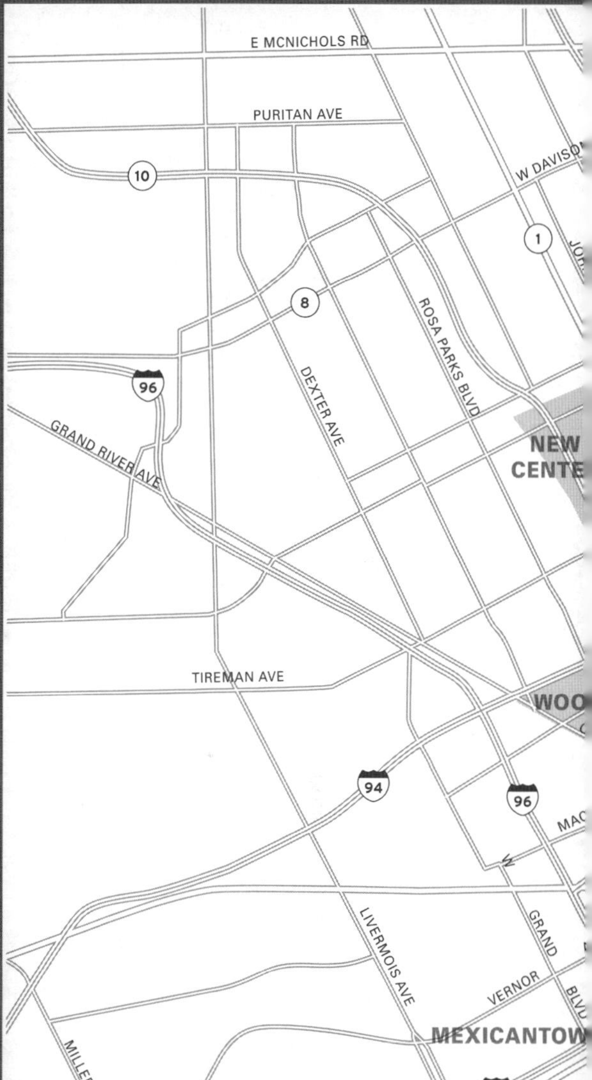
E MCNICHOLS RD
PURITAN AVE
W DAVISON
10
1
8
ROSA PARKS BLVD
DEXTER AVE
96
GRAND RIVER AVE
NEW
TIREMAN AVE
94
96
LIVERMOIS AVE
GRAND BLVD
VERNOR
MILLER RD
75

第四章　新底特律

二〇一五年初夏的某日，底特律至少四家高檔自行車品牌之一的「底特律自行車」公司（Detroit Bikes）在市中心開了首家店面，租下阿爾伯特大樓（The Albert）整個地面層。這棟底特律最新的改建大樓座落在剛整頓好的國會公園（Capitol Park）對面，它所在的商業區直到近年都很沉寂，最近某些區域突然頭角崢嶸了起來。店門外，店員一邊發送印有商標的貼紙，一邊跟幾個來往的行人閒聊——有人在遛狗、有人騎單車或走路準備上班。這景象在其他城市再平凡不過，如今終於變成底特律的尋常風景，只不過五年之前，要人們到市中心散步、消費、買個百元的自行車坐墊，對很多底特律人來說簡直離譜。

店內，「底特律自行車」的創始人札克・帕沙克（Zak Pashak）招待客人品嘗在地的墨西哥玉米粽，客人們在店裡穿梭，研究新貨：兩種車款，一輛七百美元，英國布魯克斯（Brooks）的皮製坐墊一百美元，美國伯恩（Bern）安全帽六十五美元，還有一些高檔單車郵差包、幾款變速車。

「我愛市區，這裡是整個歷史城區的中心。」我倆在國會公園的長椅上坐下，帕沙克接著說：「只消留意你要進駐怎樣的地方，當個好客人。」

不久前，國會公園正在面臨崩毀。二〇〇九年，市政府整頓園區，把周邊幾棟市府持有的建物賣給開發商，隨後至少就有十五起開發[1]，多棟中古辦公大樓和老舊公寓被改建成豪華公寓。國會公園如今是底特律最昂貴的地段，雖然舊街區依然存在——公園裡仍有流浪漢；街角的廉價咖啡館和熟食店也沒少——但整個街區似乎更往這群新菁英階級靠攏：昂貴時尚的餐廳、平價酒吧卻賣著昂貴的調酒，甚至約翰．瓦維托斯（John Varvatos）的品牌賣店一雙鞋要四百美元起跳。底特律似乎跳過了縉紳化的初期階段，沒有附庸風雅的雅士文人、沒有悠閒的咖啡店、沒有激進分子，直接從破產的反烏托邦都會，變身雅痞遊戲場。

我在自行車店裡遇見二十四歲的麥克斯．高登（Max Gordon），他幾個月前才從相對富裕的郊區搬進市區，現在是「底特律自行車」公司店面大樓的物業經理，他衷心贊同新大樓帶來的轉變。

「終究要變的，」他在店外跟我對話，「我們正走在時代的尖端。」

阿爾伯特大樓目前由兩大開發商，「基岩」房地產（Bedrock）和「博得與沙克斯」物業（Broder & Sachs）共同管理。底特律最大的房地產公司基岩的負責人，同時也是全美最大房貸業者「速貸」（Quicken Loans）的創始者丹・吉伯特（Dan Gilbert），就是新底特律的啦啦隊長。二〇一〇年，他將「速貸」總部和上千員工從郊區遷到底特律市中心。從那時起，他陸續收購摩天大樓，現在至少擁有八十棟市區的建物[2]。他擅長營造街區氛圍、引入園區設計、辦活動吸引遊客，選店來契合他昂貴卻獨樹一格的美學。正是他決定讓「底特律自行車」承租、進駐阿爾伯特大樓。

吉伯特說，他的使命不只是要藉著底特律便宜的不動產賺飽荷包，而是要將底特律市中心轉變成觀光客、生意人，尤其吸引年輕人的世界級勝地。他最愛的座右銘是：「行善之人，萬事如意」[3]，這使命讓他成為眾矢之的，一面受到企業領袖、政府官員、國內外媒體的盛讚（某篇報導甚至稱他是超級英雄）[4]，另一方面又被社運人士抨擊，認為他把底特律帶向寡頭政治，由他和少數幾個權貴掌控底特律的再生，市中心如今甚至被當地人稱為「吉伯特城」。

吉伯特的部分策略是，不僅要買下底特律全數土地，還要重塑底特律的形象。他的開發團隊在市中心張貼了數百張海報，黑色背景上寫著「底特律良機」白色類塗鴉字體。公車載運著他的員工，也載運著這個商標。某些「底特律良機」的海報還附贈幾則啟發人心的引文：「找不找得到機會，關乎你相不相信它就在眼前。」麥克斯・高登念了一段，他穿著光鮮，綠色 polo 衫搭配緊身牛仔褲，帶著底特律製造的席諾拉（Shinola）名錶（城裡另一家高檔貨製造商，他們的腳踏車動輒千元美金、手錶也要五百美元）。他是其中一個新底特律和吉伯特的信眾，告訴我上千年輕人搬進底特律市中心不只是一時風潮，而是個運動。

「能打入移居市中心的這群年輕人以及『基岩』相關企業很重要，住在這就像是身在大學新鮮人這一年，大家都在找朋友。我覺得這很棒。」他說。

談到縉紳化，麥克斯否認「分裂」這個形容。

「總得把手弄髒，才能把事情做好。」他逐字引用國會園區附近其中一張「底特律良機」的海報。「這個地方需要投入很多努力。」札克・帕沙克的措辭緩和了些，他仍然認為批評吉伯特、批評底特律該不該重新發展的聲音應該收斂。畢竟，發展嘛，就算像丹・吉伯特形容的「暫時不民主」[5]，也比完全停滯好。

「我認為吉伯特很棒，」帕沙克說道，「上哪找比他更厚道的億萬富翁。很多人都抗拒改變，所以我不喜歡縉紳化這個字眼，底特律需要改變。」

札克說他相信自己就是這股變化的一部分，但我繼續追究縉紳化的問題，我問他認不認為這樣會形成兩個底特律——新底特律的人能負擔每個月一千兩百美元的工作室公寓和七百美元的腳踏車；而另一個底特律的人均所得每年僅有一萬五千美元[6]。

「得確定這裡的人也雞犬升天」帕沙克回應。不過真實情況是，底特律大部分地方還是經濟困頓，而對這波再發展浪潮興起之前，國會園區附近的住民來說，新底特律絕對不是恩賜。

開發商「博得與沙克斯」在二〇一三年買下格里斯沃爾德街（Griswold Street）一二一四號的建物，將其根據底特律最出名的裝飾藝術建築師阿爾伯特・卡恩，重新命名為「阿爾伯特大樓」。二〇一三年之前，這棟建築物住著將近百位低收入的老人，多虧了「第八章房屋補助券」才得以租賃棲居於此。他們全數都被「博得與沙克斯」驅逐，給了一些搬遷補助券，四散在城市各處。現在這棟大樓的住戶多半都是白人千禧世代，阿爾伯特大樓的公寓每月一千兩百美金起跳，「博得與沙克斯」從改建案動工時就獲得十年減稅[7]。

公園的對面是另一棟豪華的出租大樓，產權屬於丹・吉伯特的基岩公司，過去都租給藝術家，兩年前藝術家也被趕出去了。這兩起迫遷案在底特律造成抗議，但對帕沙克和高登而言，迫遷都是進步的代價。

「這就是市場趨勢，」帕沙克說，「大家的立意都是好的。」阿爾伯特大樓幕後推手的地產公司副總裁陶德・扎克茲（Todd Sachse）似乎所見略同，他向底特律自由新聞（*Detroit Free Press*）表示：「我敢打賭，一百個搬離此地的人，九十五個如今更快樂。」[8]

此話並不盡然：我曾訪談過的阿爾伯特大樓前住戶，每個人對於搬離一事，溫和點形容，情緒仍很矛盾。確實，據他們所言，格里斯沃爾德一二一四號已經分崩離析，但它著實區位絕佳，近市區、近所有地方，他們有些人本來決定要在此安老。不過現在許多人被迫搬到底特律外圍，附近除了高速公路和加油站什麼都沒有。

七十二歲的傑洛姆・羅賓森（Jerome Robinson）過去在福特汽車（Ford）和克萊斯勒汽車（Chrysler）的生產線工作，他從小生長的地方現在叫做中城。二〇〇七年當格里斯沃爾德一二一四號釋出空房的時候，他欣喜若狂——羅賓森的視力不好，不再能開車，他所需要的一切服務，包括藥房、銀行、圖書館等，幾乎都可步行抵達。五年後他被告知要搬遷，現在他住在幼時住處附近的一間小公寓，被高速公路切隔開。附近沒什麼大眾運輸系統，沒有藥房、沒有銀行。

「這真的很困擾。」他在新客廳對我說：「一九六七年有個暴動，我是要說，白人離開了這裡。一九七〇年有個黑人市長上任，又有一些白人走了。後來就是這些傢伙來了，開始到處置產、拆屋、重建，然後白人又回來了。」

「人們怎麼看待有錢人進駐、希望他們做這個做那個，怎樣都可以，我只是覺得住在這裡很自在，」羅賓森繼續說，「我只是想待在這兒，但他們把我趕走。」

租隙理論解釋了新底特律生成的經濟原因：資本會流向潛在價值大的方向，而最大的收益來自城市經濟觸底後，縉紳化的條件成熟。底特律已經歷經長達數十年的衰退，二〇一三年破產反而造就租隙的回彈空間：不僅城市破產，所有財務由緊急處分管理人（emergency manager）歐爾（Kevyn Orr）接管，他大幅削減各項都市服務，讓底特律成為投資標的。這也說明了札克·帕沙克等許多人受到像丹·吉伯特這類有力人士驅策，而紛紛進駐底特律市中心的驅力；至於傑洛姆·羅賓森這樣的人則被忽略（甚至還被施恩般地告知說他們應該要心懷感激地接受發生的事）。不過，底特律的縉紳化並不只是因為帕沙克等人心血來潮的念頭，帕沙克和他的夥伴們，僅是整個更大的活化策略中的一步棋而已。

二〇〇八年，美國可能最知名的都市規劃理論學者理查德・佛羅里達（Richard Florida）到底特律的「創意城市高峰會2.0」（the Creative Cities Summit 2.0）發表專題演講，講題是「重新想像底特律」（the re-imagining of Detroit）[9]。二〇一三年佛羅里達又回來演講，這次是參與「底特律政策會議」（the Detroit Policy Conference），跟丹・吉伯特投資集團旗下的巨石創投（Rock Ventuures）執行長麥特・卡倫（Matt Cullen）一起發表，和底特律市其他行業的領導者共同討論「打造底特律品牌」。

「更新、活化很明顯不是從政府端引動，而是由透過創業者和創意階層帶起的。」[10]佛羅里達在會議前發表了一系列五集的影片，「每個人其實都創意獨具，重建底特律的關鍵就是善用每個人的創意。」

二〇一五年，佛羅里達再度回到底特律，這回是要指導「創造：底特律」研討會，討論如何「建立更具創意、更有包容力的城市」。研討會最大的贊助者是吉伯特的巨石創投和精品品牌席諾拉。

佛羅里達在會議上表示：「我們不需要創造底特律，底特律正在創造它自己。」他在每一段演說和出廠前的影片裡，都聚焦在市中心和中城核心區，讚頌此區細緻的城市紋理和歷史建築，指出高等教育份子似乎陸續移入，新公司也逐一開張。佛羅里達從沒在這三個會議裡，談起底特律的重生時，說出這個城市每年仍以驚人的速度萎縮。雖然底特律的創意能量源源不斷，人口在二〇〇〇年和二〇一〇年之間卻掉了四分之一[11]。二〇一五年人口數持續下降，一八五〇年底特律人口數量降到最低點，其後就一片低迷。但佛羅里達不談那部分的事，他也沒說大部分住在底特律的人，尤其是那些非創意再生社群的人，認為居於此大不易：整整三分之一的底特律人計畫接下來五年內要離開這裡[12]。不過這正是理查德．佛羅里達的賣點：說服城市相信縉紳化是經濟復甦的唯一出路。

他的代表作《創意新貴》（*The Rise of the Creative Class*）在二〇〇二年出版。身兼多倫多大學馬丁繁榮研究所（Martin Prosperity Institute）主任和《大西洋月刊》（*The Atlantic*）的資深編輯，佛羅里達大力鼓吹破產的城市引入「創意階層」來恢復元氣，基本上美國沒有別的城市像底特律那樣嚴重破產[13]，就如同某個社運人士告訴我的，「理查德．佛羅里達正巧投其所好」，也不令人意外。

佛羅里達二〇〇二年出版的那本書就像一線曙光，許多城市都面臨全美工業化時代後，都市中心轉向，經濟需要重建的課題。全球化現象使得工廠倒閉或遷移，剛開始搬到沒有工會的州，後來乾脆直接遷到海外；中產階級夢寐以求的安穩和財富走向崩解。城市步入後工業老朽階段，成為夢想的句點。而佛羅里達給了一記解藥。

他提出城市能透過吸引「創意階層（creative class）」來自我復甦。佛羅里達用「創意階層」來指涉這群難以明確界定的工作者類型，任何需要創意的職業都含括在內——醫生、律師、藝術家、電影製片、會計師、髮廊老闆、「精品」銷售人士（包含了收銀員、經理、挨家挨戶推銷的業務、不動產經紀人、模特兒）等等。

佛羅里達指出，一九八〇年全美的勞動力人口有百分之二十四都屬於這種類型[14]，二〇一〇年又增加了百分之三十二點六。他認為這現象表示創意階層的人數越來越多，而不把它解讀成，比方說，當全職工作機會較少時，難免有些人得獨立創業和變成自由作家。（同樣的歷史遺忘事件還有一樁，佛羅里達將工會的式微，歸因於工作條件不需要再改善，忽略過去半個世紀勞工組織受到惡意攻擊的事實。）

根據佛羅里達的說法，全美製造業工作機會大幅流失，解方就是讓每個勞工都變成「創意工作者」。至於該怎麼做仍是個謎[15]，佛羅里達在他的書中並沒有指點迷津。為創意階層律師服務的星巴克店員要怎麼變成一個創意店員？如何把仰賴低薪勞力的經濟體轉變為創意經濟？該怎麼解釋創意階層的崛起，似乎總附帶中產階級的萎縮？

即使佛羅里達承認創意階層的種種限制——他們解決不了經濟失衡、無法妙手回春恢復城市的生機，他在書中仍致力布局投其所好的都市治理策略，通篇高呼只要創意階層來了，城市就會發達，至少好過現況。佛羅里達的著作正是縉紳化的藍圖。他主張城市要跟上千禧世代的腳步，要吸引藝術家和「波西米亞族群（bohemians）」，據他所言就是一群喜歡跑步或熱愛運動（團隊運動不算）、愛上畫廊、買骨董珍品、注重飲食樂趣（不上高檔餐廳）的人。佛羅里達說，千禧世代「渴求體驗」永無止盡[16]，城市的責任就是要提供一份追尋體驗的地圖，為城市帶進錢潮。

佛羅里達這麼寫著：城市已經無法守株待兔，等著事情自然發生了，必須在三種領域投入資源——科技（techonology）、人才（talent）、包容力（tolerance）[17]，以吸引創意人才，種下創意成長的種子。換句話說，都市必須投資高科技產業、提升教育，確保可以留住各類創意人才（尤其同性戀被視為創意階層的指標人物），才能鞏固整個波西米亞的堡壘。

城市對佛羅里達的主張趨之若鶩，不只因為感染到這位浸信會傳教士的熱情和活力，還因為他們被承諾了一帖有利商業的解方，得以回應後工業時期美國城市的發展問題。不必增稅、不必造路、不必通過新法案——只要減些稅、給點誘因、來點廣告跟品牌行銷，然後「砰！」，你的城市發達了！

那也是佛羅里達的著作成為都市規劃和經濟科系的必備讀物的原因之一。第一刷賣了三十萬本[18]，如此銷量在都市規劃書籍根本是天方夜譚。反正也沒有正式統計佐證，我敢說美國幾乎所有中型城市的每一個商業團隊的每個人都熟讀此書。

底特律市中心和中城區域，正是佛羅里達所謂的新時代都市再生典範的一顆明珠，每個街區都有新餐廳、藝廊、工業風空間（loft）*。幾個砥柱機構（anchor institutions）——包括速貸（Quicken）、巨石創投、底特律美術館（Detroit Institute of Arts）、克雷奇基金會（Kresge Foundation）、家樂氏基金會（Kellogg Foundation）——都為城市創造了新的工作機會。如果你站在吾渥大道（Woodward Avenue）和塞爾登街（Selden Street）的路口，在數年停滯之後，這裡確實有些新鮮事發生了。底特律，至少這一區，就如佛羅里達說的，是一樁成功案例，因此底特律，至少這一區，就如都市規劃人士認定的，是發展成功的新區域。二〇一六年的「新

＊ Loft 在牛津字典上的解釋為「屋頂下方用於住宿或倉儲的閣樓」，二十世紀後期這個詞演化為指涉「倉庫與廠房改建成的住家」，格局多半高大寬敞，強調展現自我風格的空間運用和布置，代表一種時尚的生活方式和居住概念。

城市主義大會」（Congress for the New Urbanism）就在底特律舉行[19]，與會者除了可以參加既有的室內工作坊，也可以報名參加底特律新興街區的走讀活動。再往前一年，聯合國教科文組織（UNESCO）封底特律為「設計之都」（City of Design），與本土品牌和商家聯合發起活動，來展現底特律「對全球創意領域的貢獻」。

都市規劃界和佛羅里達的追隨者，似乎都認同底特律以吸引創意街層來復甦城市有正面效果。反正只要忽略其他城市裡其他區域和那裡的慢慢人間蒸發的居民（多半是黑人）就好。

佛羅里達確實在書中曾經坦承：「（創意階層崛起）其中一個後果，就是加劇人群和城市經濟階級的分類框架。社會不僅變得更不公平，不平等也蝕刻在地理分布上……社會階層的地理區分可能造成新的隔離現象——跟種族隔離，或市中心和郊區的分裂不同的那種，甚至可能危及國家的團結。」[20]

佛羅里達曾在《大西洋月刊》（*The Atlantic*）的系列報導裡，談及包括底特律在內的一些城市即使引入創意階層也難以挽救：「要知道，最終我們都無法阻擋某些地方的衰敗，甚至連嘗試都嫌傻。」[21]而底特律正是其中之一。

不過，對阮囊羞澀的城市本身和規劃界人士來說，期待文青能夠扭轉晚期資本主義的後果，比起認清許多美國的大城市如今因為後工業衰退和不平等加劇而頹勢難挽，實在有吸引力多了。縉紳化或許會建立新的稅基，但也重塑了城市的樣貌，將城市變成不平等的共犯，仰賴自由市場，但永遠無法照顧貧者的需要。要解決美國城市的經濟問題，想找解方可能需要下些工夫：更多稅金、更多法規、聯邦政府端的介入。但這麼做不容易；縉紳化比較容易。

市政財務困窘，未來希望渺茫，政治人物和規劃者（以底特律來說，法人組織和非營利機構已經取代了這兩者）乾脆視而不見都市規劃典籍的諄諄告誡。城市全心追隨理查德．佛羅里達的獻策，要討好千禧世代，卻不去看這麼做的限制和各方的後續效應；它們忽略佛羅里達曾承認創意階層並非特效藥，也忘了另一位知名的都市學者珍．雅各談過真正讓街區可愛且充滿社區活力的是什麼，還有政府如何因為中產階級而催化毀壞地方。政府似乎走投無路了，急著找到某個方法，什麼方法都好，來讓城市繼續前進，領導者避談縉紳化作為都市更新手段的風險和血本無歸的潛在後果，反而急著擁抱「就來吧」策略。底特律之前某位經濟發展專家說：「再來點縉紳化，不好意思，但我是要說，就放馬過來吧！」[22]

底特律宣布破產的前幾年，匯聚了一股新自由主義信念，由縉紳化的成功案例像是紐約，和理查德．佛羅里達這樣的先知傳播，結合握有資本、如丹．吉伯特這種願意對底特律孤注一擲的人（他們也從掉到谷底的動產價格獲利），共同影響了城市發展的轉向。

現在底特律也不再以亟需援助的貧困形象現身，反之成了獨立自主、吸引新興世代的巨擘角色，沒搭上順風車的人將被拋諸腦後。這表示重新將治理整個城市的能量和資源，從政府方轉移到相對小範圍、有潛力縉紳化的區域。二〇一〇年，底特律市長賓恩（Dave Bing）提議縮小行政區界[23]，切割開經濟持續惡化的區域，全力支持市中心。此建議一出，立刻引來外圍區域居民（底特律多數人口）的抗議，但沒能動搖這個構想。

從那時起，規劃者、創意圈、企業便與政府聯手，將所有精力集中在市中心、中城和少數指定區域，忽略城市的其他部分，拒絕給它們同等的媒體版面和政治表述，任其房屋傾頹，交通網絡匱乏。新底特律如今幾乎是一個封閉的小圈圈，住在新底特律的人幾乎可以完全不踏足舊城區。

每當一家新店開張（通常是白人店主，走文青或雅痞風），線上雜誌「D型模範」（Model D Media）通常就會仔細著墨——「D型模範」是非營利組織和企業合資的媒體，專門正向報導底特律的大小事；騎士基金會（Knight Foundation）或克雷奇基金會這類「底特律為重」的大型組織也可能發新聞稿，一同搖旗吶喊給予支持，或者投入小額資金幫助空間修繕。接著，由騎士基金會部分贊助的「都市創新網絡（Urban Innovation Exchange, UIX）」或許會幫忙這家店跟市中心多如牛毛的非營利機構牽線，信手拈來如：「孵育底特律（Hatch Detroit）」、「底特律創意走廊中心（Detroit Creative Corridor Center, DC3）」、「科技城（TechTown）」，皆致力於輔導新創事業發展。底特律半公立的經濟發展機構（Detroit Economic Growth Corporation）也可能介入——投入資金、老屋整修費用、媒體宣傳。然後此店可能登上更大的媒體如房產網站「門面（Curbed）」或《底特律自由新聞》，形容它如何孤注一擲，立足於潦倒街區卻拔地而起。最後，《紐約時報》（*New York Times*）也許會親自來訪，給此店冠個名，比方說：「浮沉底特律的一線生機」[24]。

紐約時報的那篇報導談到五家企業，全部的企業主都是白人。底特律有百分之八十三的黑人人口，但目光焦點和知名度所在的新底特律卻幾乎全是白人。韋恩州立大學（Wayne State University）的研究生艾力克斯（Alex B. Hill）發現非營利機構百分之六十九點二的受贈者[25]、多個推動都市再生的非營利組織的工作成員，以及參與科技或商業育成的人都是白人。

基於同溫層現象，新底特律這群年輕領袖談起理念不夠有力道，對於外界批評他們所謂活力再現的城市其實充滿排他性，似乎顯得無動於衷，這點也沒什麼好驚訝的。為什麼一方面底特律某些區域似乎漸有起色，而其他區域卻持續支離破碎，光憑新底特律無法一概而論。

「很多人來到店裡，說『喔，這裡都找不到黑人創業家！』」安琪拉・福斯特，白人，之前住郊區，是一家名叫「咖啡與（＿＿）」咖啡店的老闆，店面位於黑人為主的社區。「咖啡與（＿＿）」也接受了政府的補助，「這不是黑人白人的二分，而是人們希望在社區裡面做點什麼，就這樣而已，就是如此。……這麼大的城市，有這麼多資產、這麼多機會，怎麼會有人被排除在外……我不太吃這套陰謀論。你總得知道方向在哪。有些人就是愛離群索居，他們可能就是被忽略的那群。」

一個由年輕白領創業家組成的商會甚至自稱為「征服者」。庫克鎮是底特律其中一個新興時髦的區域。商會的人正忙著確保庫克鎮一所教會營運的食物銀行有為排隊等待食物的街友規劃戶外的等候區，同時無損周圍的新潮風格。

「我是要說，我絕不會讓人餓肚子，」菲爾・庫利（Phil Cooley）是「慢慢」燒烤餐廳（Slows Bar B Q）的老闆，這家店可能是底特律最知名的新店家，也是商會（他們現在已經不叫自己「征服者」了）的其中一個成員。他繼續說：「但就只是不斷給食物、給食物、給食物，根本沒給他們其他希望，像是得到一份工作、或是脫離這個惡性循環——真令人沮喪。」

雖然他對待不幸的人態度有點漫不經心，但紐約時報在二〇一〇年報導「慢慢」的時候，下了這樣的標題：「餐廳行善，有極盡乎？」[26]

庫利樂於接受他成為新底特律典型代表人物的這個角色。幾乎所有關於城市復甦的報導都會引用他的談話，從《紐約時報》的專題人物；「D型模範」著墨「慢慢」餐廳如何轉化了庫克鎮的街區；《克雷恩底特律商報》（*Crain*）對庫利的專訪則被延伸為該報「二十位底特律20+權勢人物」專題。

「我想我選擇待在這，是因為我既年輕又傻。」菲爾在「騎小馬（Ponyride）」群落的二樓辦公室跟我談話，「騎小馬」是他在庫克鎮一手創立的共同工作和藝術空間，市政府和多個非營利組織都投入資助，也受到網紅主婦瑪莎史都華（Martha Stewart）和美國運通（American Express）的高度關注。「我希望感覺到自己正在成就某事，而底特律似乎是我可以發聲之處。這是個民主的城市……我們絕不希望底特律變成一座孤島。」但新底特律的塑造過程，從各方面來看都將使其成為孤島，更精確地說，成為一個城市裡的城邦國家（city-state），跟外圍毫無關聯、毫無從屬，很快你就能步行、騎單車、搭輕軌逛遍仕紳化的核心地帶且不出區半步。此區已經名符其實變成一個封閉迴圈。

由底特律幾間最大公司的資金支持的非營利組織「底特律河濱保育協會」（Detroit Riverfront Conservancy）在河畔造了一條步道，讓市中心與東、西側區域相互連接。河流的東側，可以取道迪昆德雷通道綠化帶（Dequindre Cut），一條由鐵路改建的自行車與人行步道，抵達東市場（Eastern Market），這個一百五十年歷史的農夫市集最近多了些手工藝品，質感提升。如果你要從市中心到中城（底特律另一個時髦區域，近期被稱為「卡斯走廊」〔Cass Corridor〕，因地產利益而鹹魚翻身），你可以走路、騎單車、或搭乘全新的M－1電車，這個三點二英里長的輕軌系統號稱是公共運輸系統，但它的資金幾乎都來自私人企業，像是通用汽車（GM）、丹．吉伯特的岩石創投等公司，以及許多非營利機構。

反縉紳化的社運人士很快指出，更多、更好的公共交通選項，對於像底特律這般極度欠缺交通服務的城市來說也不是件壞事。支持公共運輸的倡議者多年來都嘗試說服底特律好好處理公共交通，但只要一想到底特律有一百四十二平方英里，比波士頓、舊金山、曼哈頓加起來還大，而所有新的運輸系統都位於城市縉紳化中心這七點二平方英里的範圍裡，就該問問：這套運輸系統究竟何用？

M－1電車可能是因應縉紳化興建新基礎設施的最佳範例，剛開始它被設定為公共運輸系統，連接底特律北邊郊區，很多人從那裡通勤到市中心上班。不過現在M－1線只會有它原本的五分之一那麼長，而且只連接商業稠密的市中心以及中城的住宅和文教區。投機客紛紛搶購房產，準備將其變身成輕軌沿線的高檔公寓。就算是擁護者，也大方承認M－1線不再是公共運輸服務，而是地產開發的工具。

某個午後，底特律最有影響力的區域經濟發展組織「底特律中城公司」（Midtown Detroit Inc.）的老闆蘇．莫西（Sue Mosey）在她玻璃帷幕的辦公室對我說：「M－1電車創造了一個循環，讓中城和市中心的人在一個大市場中相互流通。其實為這裡或底特律其他區域解決公共交通的問題是公部門的責任，不是M－1的。那不該是M－1的事，是整個城市的事，是地方政府的事，是國家的事。我們的工作，不是要解決城市裡其他人的問題。」

從M－1線也可以一窺底特律近年發展的慣常模式：對外宣傳建設對公眾的好處，由一群有影響力卻又不需要對市民負責的非營利單位來規劃，再由底特律資金最雄厚的幾家公司籌資，從中也獲得不少好處。

但開發者的華麗詞藻經常掩蓋真正的事實。用通俗的話來描述新底特律，札克．帕沙克不只在生產昂貴的單車，他也在確保這裡的人因為這波單車製造的風潮而提升生活。菲爾．庫利不單只要牟利，他也參與了底特律含苞待放的民主歷程。丹．吉伯特最愛的職場座右銘：「行善之人，萬事如意。」似乎成了新底特律的宣傳口號，上百位年輕白人創業家對此深信不疑，認為他們不只是在賺錢，還在拯救整個城市。這也是為什麼跟「底特律中城公司」的蘇．莫西談話這麼提神醒腦，她直白地談論新底特律的利潤動機（profit motive），卻不躲在「涓滴經濟學」（trickle-down economics）*這種婉轉說法背後。

莫西告訴我，最大的問題就是「底特律中城公司」實際上幾乎已經沒有市政府的影子了，握有中城區規劃的實質權力，也不需要為贊助資金以外的人負責（開發商，或像克雷奇基金會這樣的非營利機構）。真正的市政府——歷經二〇一三年宣布破產，創下行政史上最大破產紀錄——根本沒有足夠的資金、專業和人力來規劃自己的街道。

「現在每件事都在重新洗牌，」莫西說，「我們支出所有規劃費用，付錢給所有專家，舉辦所有會議。然後我們得和市政府合作，達到他們一切要求。」

莫西承認，由她這類人來提供基礎都市服務，諸如交通和整體規劃，事實上獨厚了本來就有

＊涓滴經濟學（trickle-down economics）：該理論主張政府應對企業與富人減稅，並提供經濟上的優待政策，以刺激整體經濟發展，最終使社會中的貧困人民也得到生活上的改善。作者用以諷刺那些看似為大眾利益著想，實則利潤至上的企業家。

能力自行負擔這些服務的區域。中城因為鄰近市中心，是個有利可圖的地段，一些大公司和大基金會都駐點於此。莫西和「中城公司」每年得到近一千萬美金的經費[27]，用以治理中城這小小的微型城市。「中城公司」有能力雇用規劃師，然而其他底特律的社區卻請不起。

「我認為瓦解的公共服務系統對處境維艱的社區來說，根本無濟於事，應該好好修補。」莫西說，「這不對，不應該是這樣。但這也不是我的錯，我只是盡人事，我領薪水做這些事，我的公司也是，而且我們做得很好。」

其實也沒什麼人說新餐廳或新店家不好，對新大樓或治安改善也沒什麼意見。大部分受訪的底特律居民並不排斥從郊區或海岸線新移入的白人文青，畢竟他們遷移的理由很充分：房租便宜，有能力創立新事業、新工作。大部分世居的底特律人對市中心的重新發展有著複雜情結，看法也不一。有人甚至稱讚吉伯特慧眼獨具，決定涉足投資底特律的核心區域。

真正可能有害的，不是加諸於此的投資或新移入的人本身，而是媒體或資金對這些投資或新人的過度關注。丹．吉伯特已經得到市政府和媒體太多的溢美之言，他等若干人已經接受上億元的賦稅減免或獎勵，獲得新電車路線、腳踏車道，而底特律其他地方卻得學著過沒有紅綠燈、沒有垃圾回收、沒有穩定可靠的警察體系的日子，抵押條件很差的法拍屋（有的正是吉伯特的「速貸」融資公司經手的）成千上萬，水路管線損壞，隨時可能斷水，學校惡名昭彰，整個社區極度貧困。

沒錯，某部分來說，底特律復興是件好事，但其實底特律需要活力已經不是一天兩天的事了。一九五〇年代起，底特律的人口就急遽減少，有人問：為了維持搖搖欲墜的城市，居住於此的黑人一直都在工作，但為什麼只在白人出現的時候，大家才會注意到呢？

芒果酒吧（Cafe d'Mongo's Speakeasy）位於市中心的一條小街，周圍被幾棟吉伯特的大樓包圍，這間三十年的酒吧看上去比實際的年份還老，向來是底特律黑人菁英的聚會場所，過去在這見到國會議員和市長也是司空見慣。但「芒果」的老闆賴瑞·蒙戈（Larry Mongo）在一九九三年把店收了，因為此區實在太破敗，犯罪率也高到不適合再開店。

「白人離開了，」蒙戈坐在酒吧的高腳椅上跟我談話，「遊民離開了，連鴿子也離開了，只剩下我。」

此地封鎖了十五年，直到二〇〇八年，一個酒駕的司機開車撞上酒吧的玻璃門面，當時蒙戈不在底特律，當他回來時，一群白人少年仔——市中心的時髦青年（gentrifier）——起身保護酒吧不被破壞或被宵小入侵。蒙戈見到這群真心願意住在底特律如炸彈轟炸後的市區的少年仔，於是他決定重新開張酒吧。一直到現在，店裡幾乎總是高朋滿座。

最近某個週六，身為黑人的蒙戈為當初這群讓他願意重新開店的人舉辦了一場特別活動。那晚，爵士樂團在一個狹窄的角落演奏，全場站位，幾乎都是白人，穿著底特律最時髦店家賣的衣服，邊聊天邊啜飲經典調酒。蒙戈坐在戶外的座位，他稱這種慶祝方式叫「授粉者之夜」（Pollinator Night），對他而言，「授粉者」這個字，描述了縉紳化在底特律的變化：白人年輕一代搬進社區，資金、關注隨之而來。

蒙戈說「速貸」、巨石創投和其他搬進市中心的公司的少年仔都對芒果酒吧有利，但他不禁會想，這個城市似乎只認可現在的成就是成就，這是個問題。他說：「整個城市不認為過去的生活是生活。「授粉者」降臨的時候，才是文明到來的時候。……這點讓我很生氣，但你知道嗎？這就是現況。」

第五章 7.2區

底特律的縉紳化，其實不太是A群體取代B群體，跟紐約或舊金山的模式不同。一九五〇年代時，底特律有將近兩百萬人口，而今只有不到七十萬人。這個城市有很多成長空間、很多閒置建物和空地等著再利用。

只不過，底特律縉紳化的發展分頭並進：有錢的那群，大部分是白人移入者和他們的商業盟友，飽受媒體讚譽、政府關愛，還有底特律非營利團體的經濟支援；而另一群人——那七點二平方英里之外的一百三十四點八平方英里——逐漸從地圖上銷聲匿跡，因為法拍屋充斥、建物品質普遍惡化、欠缺公共服務而元氣大傷。而還留著卻沒能擠入那七點二平方英里的人，就眼看著城市就在他們周圍長起來。

謝麗爾．維斯特是7.2區之外的那群。我們遇見的時候，她站在前院，被六十個裝載著她過往生命史的紙箱團團包圍。底特律最活躍的反迫遷團體「底特律反迫遷連線」（Detroit Eviction

Defense）的幾個志工正幫她顧箱子，把它們一一封箱。有兩人在跟厄瓜多紀錄片導演進行訪談，其他人則領著韋恩縣（Wayne County）很低的時薪——底特律市位在韋恩縣的範圍內，把其他行李從維斯特的家搬出來，扔在垃圾桶旁的路緣。

一位副警長特准維斯特再看她的房子最後一眼並為我快速導覽一番。她帶我看粉紅地毯的起居室，一部分的廚房已經被新屋主打掉了，那裡曾經放著她父親的鋼琴。六十八歲的維斯特已經住在這裡六十年了，她看著社區的多數人口從白人變成黑人，歷經暴動和警力壓制，走過榮華與掙扎。她見證她的家如何走到今天這一步——美麗卻腐朽：這間有著四、五個房間的大房子，門窗釘滿木板，或給敲廢鐵去賣的人破壞得滿目瘡痍，面對街道的店面大門深鎖，窗子破了，屋頂垮了。我們走出房子，副警長對聚集在維斯特的草坪上的鄰居、社運份子和路人說，從現在這一刻起，只有韋恩縣的員工可以進入。

謝麗爾．維斯特一家從各方面來說，都外於當時支配底特律和美國的力量。當維斯特一家搬入的時候，街區的每一棟房子就跟其他城市的街區一樣有契約限制（deed restrictions）*，禁止非裔美國人買賣房產。即便如此，維斯特的父母還是從一對觀望出走的猶太夫婦手上買下這棟房子，成為街區第一戶黑人屋主。她父親也是底特律公立學校學區（Detroit Public Schools）第一位

＊指房地產使用上的限制，通常是不動產開發商、周圍鄰居或建設委員會設立的規定，以保證社區內成員或美學的一致性，也保障不動產保值或升值的可能。

非裔美籍的音樂老師，她的姊姊是因為報導一九六七年暴動事件登上全國版面的非裔美籍記者其中之一。

「我們親眼見證那場暴亂，而且熬了過來。」她在草坪上跟我說話，「我總覺得又有另一場動亂在蠢蠢欲動。」

維斯特和上萬底特律人一樣，在過去幾年失去了他們的家：因為她無法繳納天文數字的稅金。越來越多人離開底特律，表示所有城市的開銷全都要由越來越少的家戶來買單。大部分的底特律住民很窮，卻要被課房屋稅來支付道路、管線等各項設施，房屋稅每年上千元，但那些房子的市值根本已經不到美金一萬元。

多年以來，底特律市和韋恩縣任憑維斯特和其他數以萬計的市民欠稅，卻什麼也沒做。當維斯特的積欠的稅金已經多到需要申請分期付款協議（payment plan），市府和縣府就把房子強制扣押了。維斯特告訴我，密西根州稅制其實針對那群想方設法留在家園的人有解套辦法，但她因為技術問題（她因為在加州幫忙照顧還活著的親人，將近一年沒住在那棟房子）被拒絕了四次。事實上，一半以上想申請那個辦法的人都被拒絕了[1]。謝麗爾的房子在二〇一五年被韋恩縣以兩萬美元法拍，賣給一個年輕的非裔美籍女人，她在該街區已經有好幾棟房子。謝麗爾現在待在街角一個朋友家的頂樓，東西都還裝箱打包著。現在又一棟房子空了，雖然只是暫時的。街區上有許多破敗的房子，空地比被利用的地還多。

同時間，7.2區正發展得如火如荼[2]，至少跟底特律其他區域相較之下。底特律總共有五萬三千間空屋，但在那七點二平方英里的範圍，包含市區（吉伯特村）、中城（蘇．莫西工作的地方）、庫克鎮（菲爾．庫利擁有地產的區域），三者之間還有三個位居其中的社區，超過百分之九十的屋舍都是滿的。二〇〇〇到二〇一〇間，底特律少了四成的總人口，然而7.2區少掉的人卻不到一成。支持者認為此區變得更加多元。事實上，近年黑人人口掉了五成，白人增加了三成。底特律其他區域的住宅存量（housing stock）*持續下降，7.2區卻增加了一千三百戶新單元，成長率有百分之五。二〇一〇到二〇一二之間，7.2區有六十五個新建案完工，還有另外六十五個正在建造或規劃當中。如果只看7.2區，你會以為底特律發展得不錯嘛，看起來吸引創意階層的策略真的行得通。

不過，畢竟誘因和資源都集中在此區，它註定要恢復生機，而其他區域就慢慢消失在地圖上了。上溯到一九九〇年代，商業領袖和基金會的領導人鼓吹底特律將所有資源投注在7.2區，比起其他區域，此地人口稠密，建築集中，離都市菁英就業的摩天大樓更近。這些投入的資源近年確

＊住宅存量（housing stock）：指在特定時間內，一個地區所有的住宅單位數，包括有人居住、無人居住但供其他非住宅之使用及空屋等三種。

實有發揮功效，吉伯特買下市中心至少八十棟建物。他把「速貸」辦公室遷回市中心時，州政府給吉伯特減了五千萬的稅[3]，是當年密西根州最高的租稅獎勵。二〇一五年三月，吉伯特買下市中心一棟代表性的裝飾藝術（Art Deco）大樓，底特律市長麥克杜根（Mike Duggan）輕聲說：「很興奮能由成功人士掌握這些產權[4]……吉伯特所做的一切對社群貢獻良多，我真是太滿意了。」

吉伯特投資的不只建物——他組了一支保全[5]，每天在市中心巡邏，監管巨石創投旗下房產超過五百支的監視器。控制中心位於其中一棟巨石大樓，底特律市中心幾乎每個角落都被時時監控。保全員和警方關係密切，搭配韋恩州立大學資助的一支中城警力，保障底特律縉紳核心區連小奸小惡都降到最低。底特律市主要的大學院校韋恩州立大學提升警備階權，認證六十位校警擁有與一般警察同等的職權[6]。現在中城有六成的案件都由大學巡守隊受理，平均回應時間為九十秒。而底特律其他區域，回應案件的時間可能久達一小時，甚至連命案也是如此。

市政府的其他建設，吉伯特也分了一杯羹——M－1電車的一億七千九百四十萬經費[7]，大部分都被企業和非營利機構給吸收了，「速貸」也是其中之一。最大的金主是克雷奇基金會（宗旨：「為低收入者創造機會」），出資超過四分之一。吉伯特甚至出資活化市區公園和廣場，另外還有一些比較的低調方式來散播他憧憬的千禧世代活絡都心。軟體公司康博軟件（Compuware）（隸屬於速貸公司）的員工、速貸、底特律能源公司（DTE Energy）和其他幾家公司都能得到兩萬美元的免償還貸款來購買市中心的房子或公寓，或者補貼租金三千五百元。根據蘇．莫西的情報，底特律中城公司也有一個類似的方案，向中城的老闆們募來一千萬，鼓勵兩千人搬到此區居住。現在中城的居住率已經達到九成八。

從補助獲得好處的人，也就是7.2區的時髦人士，似乎沒有體認到他們被帶往此區、留在那裡所付出的成本。他們自詡為睿智的先行者，有辦法讓鄙陋城市的經濟活絡起來，卻無視於支撐他們生活方式和炫耀性消費的上億金錢，可以讓維斯特等人留在自己的家園；也沒有意識到自己從過去對他人的壓迫中直接受益，而受迫者正是那群他們認為該「有點長進」的人。

底特律之所以成本低廉，為縉紳化創造有利條件，是因為從一九三〇年代起，黑人就被全面拒於景氣大好的汽車業工作機會之外，甚至連後來房市起飛時也不得申請郊區貸款。底特律的黑人往往最後才被雇用、但汽車業崩盤時卻第一個被解雇，他們被褫奪享用基本城市服務的權利。底特律市的種族地理分布，顯示人口衰退的狀況極度不平均，二〇〇〇至二〇一〇年之間，白人人口減少了百分之三十五[8]，黑人人口則只減少百分之二十四，底特律的重生，事實上是由這群窮到走不開的人支撐起來的。7.2區就只能是個天堂般的補貼區，鞏固長久以來政府津貼和財富分配的不平等。

當然，私部門和基金會的錢想怎麼用就怎麼用。蘇·莫西說他們不用去承擔公部門的責任，以保障底特律最窮的市民還能享有舒適的公園、良好的治安、交通、工作機會和住宅品質。社運份子也不是要他們擔起這個責任。底特律的問題並不是因為錢都流入中城和市中心，而是一切成果都是憑空而來。在底特律最高度縉紳化的區域，私部門和非營利團體簡直已經取代了公部門，公共性付之闕如之故，無可保證中城、市中心，或其他縉紳化的區域會照顧沒有「速貸」薪資水準的人。

說到城市步入初期縉紳化，出現以下這些就是徵兆：男裝品牌約翰·瓦維托斯（John Varvatos）的鞋、酒吧賣著十五美金的雞尾酒、咖啡店賣一杯四塊的咖啡，席諾拉的錶、底特律單車——上述都是要有相當程度的閒錢才買得起的。而且就算店門口沒寫明老人和底特律大宗的非裔人口不得進入，那縉紳化的美學和昂貴的價格也能發揮同樣的效果。

「市中心能夠奇蹟地起死回生，要大大歸功於那些年輕的創意社群，他們在郊區成長，而今成為正宗的底特律人。沒有人想把種族拉進來談，我也不想，談那個太掃興了。」[9]《底特律新聞報》（*Detroit News*）撰稿人芬雷（Nolan Finley）在二〇一四年寫了這麼一段，「但這是個警訊，當你坐進一家市中心新開的熱門餐廳，發現十桌裡面有九桌客人都是白人，跟底特律本身的種族結構幾乎完全相反。」

湯雅．菲利浦（Tonya Phillip）是底特律西南區社區司法中心的執行主任，她對我說，新底特律很好，只是不適合她。

底特律近年的經濟隔離現象，非營利部門和私人企業是主要推手，市政府各局處對7.2區也施加了巨大的影響。就在底特律聲請破產的數週之後——理論上公職人員的退休金會被砍，各項服務也會減少——吉伯特前往白宮，說服歐巴馬總統撥款三億給底特律，其中三千五百萬用於M-1電車線，一億五千萬用於全市廢屋清除[10]。那一億五千萬過去和未來怎麼被運用，其實不太具體，但初期多數會用於拆除殘樓破屋。這些房子會變成這樣，吉伯特的速貸公司恐怕也要負點責任。多年來速貸都堅稱他們不是在重蹈覆轍，不會導致如二〇〇八年金融海嘯後，上百萬人財產遭法院拍賣。然而，《底特律新聞報》發現速貸名下的抵押房產，最後被法拍的數量是全市第五，而一半以上的法拍屋現在都破敗不堪[11]。

關於政府挹注資源給7.2區，最離譜的例子可能是底特律市議會在二〇一三年決議要幫底特律紅翼隊（Red Wings）*的老闆伊利奇（Mike Ilitch）支付蓋冰上曲棍球場的六成費用。伊利奇本身是個身家破億的披薩大亨（擁有美國第三大披薩連鎖店「小凱薩」〔Little Caesars〕），原本就已擁有一個體育場館：位於水岸邊的喬路易斯體育競技場（Joe Louis Arena）。新球場將會有住宿設施、辦公空間、高檔賣店，位於中城區縉紳化最徹底的街區。這個工程將花費底特律市政府兩億六千一百五十萬美元[12]，所有後續的場館收入都歸伊利奇[13]。而原本這筆經費是要用在密西根州公立學校上的，州政府說他們會想辦法補差額[14]，所以學生不會受到影響。但錢要從哪來，也是個未知數。

雖說紅翼隊球場協商是底特律政府浪費的特殊案例，卻也不是唯一的例子。市政府給予馬拉松石油公司（Marathon Petroleum）一億七千五百萬的稅賦減免[15]，讓他們在市內擴廠，市府因此換來十五個工作機會。二〇一二年，市長辦公室用五十二萬元，賣出一百四十公頃的公有土地給另一個底特律大富豪[16]——金融服務業主管約翰．漢茨（John Hantz），漢茨承諾要將此地發展成

＊底特律紅翼隊（Detroit Red Wings）是位於美國底特律的國家冰球聯盟隊伍。

一個綠樹農場。不過很多人認為他提出的都會農耕構想，只是為了獲取底特律中心區便宜土地的手段而已，最後都會變成用來獲利的房地產。

給大富豪一些千奇百怪的補助，這種怪象不只底特律有。密西根州也把政府收入的三成拱手送給私人企業[17]。在其他城市，運動場和棒球場一般都是政府買單，期待這些設施能夠幫助活絡城市，只是經濟學家幾乎一面倒地同意花公家的錢贊助私人體育場是最沒有效率的經費運用方式。在一個垃圾回收、街道修繕和紅綠燈都是奢求的城市，如此的用錢策略實在相當令人憂心。

「過去都用這種亂槍打鳥的方式，」底特律最大的開發商之一，同時也是底特律市中心夥伴聯盟（Downtown Detroit Partnership）的執行長艾瑞克．拉森（Eric Larson）這麼說。這個機構幫忙協調各種投入市中心的資金，也曾參與紅翼隊球場的交易協商。「但效果不彰，最後我們打算要把資源集中……先不談是否贊同這個作法，如果大企業不被課該課的稅，城市就沒有錢可以運用。」

另一個長期投入發展的人、身兼「底特律河濱保育協會（Detroit Riverfront Conservancy）」主席的馬克．華萊士（Mark Wallace）用另一種方式形容：「當我們把底特律變得更適合個人，就是讓他更適合全體。」然而，社區運動者致力於讓涓滴發展的經濟策略（trickle-down development strategy）發揮滲透效益的同時，開發者也使盡渾身解數跟他們打對台。多年來，關注都市發展的社運人士一直嘗試推動法令，要求底特律特大型開發案（包括紅翼隊球場）或案件受公部門挹注三十萬以上的開發商，必須跟公眾簽訂合約，保證提供地方工作機會和生活素質的保障措施，但所有的開發商都群起反對。密西根州議會提出議案，全力壓制圖利開發方的法令，而底特律卻是該州唯一一個傾向支持的[18]。

我問各家開發商和新底特律的支持者想跟那群覺得自己被這股復甦力量遺棄的人們說些什麼——他們看著上億政府經費、數十億私募資金流轉，卻只有百分之三真正用於整個底特律，甚至他們還被驅逐出去了。所有人的答案都很類似：每個人最後終究都會受益的。

「沒有什麼會一夕得來。」尚・傑克森（Sean Jackson）是岩石創投的員工，和吉伯特交情匪淺。他某晚跟我說：「我會說，就抱著希望等吧。」

底特律不需要一場颶風來除掉窮人。在7.2區之外，可能也不曾有過什麼天災或軍事政變，但我曾聽過有人用南非的種族隔離來比喻底特律的情況，稱之「無水的卡崔娜」[19]。7.2區有上億美金流動，但其他區域，所謂無利可圖的底特律，卻正血流不止。

上述形容聽來聳動，但也是那些參與了底特律毀壞歷程的人，共同導致這般戲劇化的修辭。除了新建的市中心和中城之外，底特律已陷入危機。底特律的中等收入約莫是兩萬五千元[20]，大概只有全美平均值的一半，但它的貧困率卻高出全國其他地方三倍。

底特律的失業率將近百分之二十五[21]，是其他大城市的兩倍甚至三倍。而且底特律的水費是全國最高的（平均每個月七十元，而全國平均值是四十元）[22]，幾乎四分之一的人口付不出水費。二〇一四年，底特律停止供水給這些欠水戶，上千人沒有乾淨的水可用。聯合國的專家稱此舉違反人權[23]。

如同美國其他地方，底特律從二〇〇〇年以來也受到次貸危機的衝擊，情況還更加、更加嚴峻。二〇〇五年，底特律人有百分之六十八的貸款都是次貸[24]，而全國平均值是百分之二十四。吉伯特的速貸公司發放了部分貸款，其他貸款則是由幾個銀行貸出，這幾個銀行甚至在底特律破產時，要求底特律政府砍公務員退休金來償還債務。

如今，底特律一半以上被抵押的房子都毀棄荒蕪，它們幾乎全部都位於城市的外緣。韋恩縣直接歷經這波大出走（mass exodus）：即使很容易用五千或一萬元就購得底特律某些街區的房子，整個底特律的不動產估價氣勢還是強強滾，至少不像窮途末路。有的人每年付三、四千元的貸款[25]，只為了買下市場價值只有七、八千的房子。

很多人認為他們不該繳那些離譜的房屋稅，既然大部分底特律街區一直到近期都沒有因為繳稅得到相應的服務，比方說紅綠燈或定時收垃圾。市民的冷漠、高稅率，加上本身就已困窘的經濟（底特律的人均所得不到一萬五千元）[26]，遭遇稅務和止贖危機必然勢不可擋。底特律所在的韋恩縣坐視不理欠稅多年，金額持續累積，最後很多人都付不起。直到二〇一五年，許多家庭拖欠的稅款已經高到超過一萬元，韋恩縣才開始嚴格取締。當年縣政府強制徵收、拍賣了三萬間房屋，裡頭起碼有一萬戶霸王屋。之後的幾年肯定也不遑多讓。

「我們一直拖，顯然讓事情變得更複雜。」在縣府協辦的減稅活動上，韋恩縣財政局副局長戴夫．西曼斯基（Dave Szymanski）對我說，「公平嗎？這就是現實。房子實在太多了。」

要完全掌握底特律外圍區域的變化程度很困難，都市擴張得太快，你可能不會注意到有些房子已經廢棄，而城市另一角的街區正要發芽。不少區域狀況實在慘到人人都可以覺察。二〇一五年某個一月天，寇博中心（Cobo Center）就是個例子。

寇博中心位於底特律河濱，是政府出資的會議中心，在全美的規模已經算是數一數二，但底特律市還想投入三億來擴大這個場地。這裡常常有博覽會、大型集會，每年的底特律車展也固定在此舉行。二〇一五年一月，整個禮拜就集結超過一萬人，他們為了救家園放手一搏，大部分人準備和縣政府協商納稅方式，有些人則是來向非營利機構求些指點（不是直接給錢），好與地主、縣政府和銀行打交道。

寇博中心的名號，用來形容當前住民經歷的崩壞，貼切得有些悲情。寇博中心的命名來自前底特律市長寇博（Albert Cobo），就任於一九五〇到一九五七年，無論發言和政策都是惡名昭彰的種族主義者，曾經發起反「黑鬼入侵」運動。許多人認為底特律沒落是因為白人出走（white flight），但很少人點出寇博就是始作俑者之一，他極盡所能促成這一切：強把公共住宅集中在市中心區，拒絕蓋集合型公宅，支持興建通往郊區的高速公路，一手造成都會區的非裔貧窮，富有白人離開[27]。

那年一月，在以寇博為名的會議中心裡，上千底特律居民在寬敞大廳的折疊椅上耐心地排隊，從他們的臉上，可以看出對數十年來惡劣又歧視的住房政策的反應。每個人從一台紅色機器抽出一張號碼牌，感覺很像準備點餐。他們被一一叫號，坐進一張摺疊桌，與韋恩縣財務部的代表面談，研擬出稅金支付方案。大廳裡幾乎每個人都是非裔。

「全都是黑人。」一位社運參與者評論道。她幫助房子被法拍的人想辦法找出路，「誰是首腦？誰導致這一切？這一切不可能無中生有，這種規模的事不可能憑空發生。」

確實寇博中心裡也有些好消息，五十二歲的廚師蓋伯．麥克尼爾（Gabriel McNeil）就和韋恩縣協商成功，將他欠的稅金從一萬元降到六千，他得先預付六百五十三元，月付費用則從兩百五十元降成六十六元。

「我可以靠撿飲料空罐來付稅金，」蓋伯說，「輕鬆了。」但寇博中心裡，氣氛還是普遍低迷。四十四歲的兼職代課老師克里絲塔．馬隆去年用一萬元買了房子，沒料到房屋稅竟然高達五千，導致她現在欠下九千元的債務。

「為什麼得花這麼多錢？」她問。「對街的房子全空了。一萬塊的房，每年卻要付五千塊的稅，這說得通嗎？」

魯拉．史密斯從一九五六年就住在底特律，丈夫過世後她開始拖欠稅款，二〇一一年被診斷罹患甲狀腺癌。過去幾年她試著申請稅金支付方案多次，這次她來到寇博中心孤注一擲，最後縣政府決定降低她每月款項到三百元。

「至少這表示他們在乎，」她說，「我覺得他們真的有想辦法幫忙，我會相信他們，直到他們證明我信錯人。」

對很多底特律人而言，縣政府的援手來得有點晚。底特律在二〇〇〇到二〇一〇年之間已經損失二十三萬七千人[28]，把原因歸咎於經濟很簡單，但其實大部分出走的人只是搬到底特律邊界對面的郊區，不那麼殘敗，稅更低，路更平，照明更佳，警力充足。韋恩縣旁邊的馬柯姆縣（Macomb County），在二〇〇〇到二〇一〇年間黑人人口就成長了三倍。還留在底特律外圍社區的人，如果不是經濟能力不許可，就是還在抗爭居留的權利。

迪莎·布萊恩四十八歲，符合上述兩種情況。二〇〇四年她繼承了阿姨的房子，地點在人人稱羨的俄林區（Russell Woods）。當時她在密西根政府的病例檔案部工作，然而二〇〇八年的金融危機迫使密西根縮減預算，她就被資遣了。欠稅多年後，二〇一四年縣政府拍賣她的房子，她想以五千元買回，但有個投資客出價八千，高於她的報價。如果迪莎付不起每月一千元的租金，那名投資客就會想方設法把她趕走。

「只是因為某個人出價最高就隨便賣，實在太糟糕了。」她說，「我們家族住在那棟房子四十年了，他們為什麼不買間空屋就好，反而要讓人流落街頭？」

針對布萊恩的問題，有個邪惡的回答。「底特律反迫遷連線」的成員某天解釋給我聽：底特律可能有成千上萬的空屋，但有人住的通常會被維持得比較好，屋頂有修整過，地板、燈光、花園都由現住民打理得好好的，所以把人踢走是門好生意。而且你沒辦法精確地知道像是布萊恩的房產最後被誰買下，當然有些買家是個體戶，但看起來大部分買家都是小型的有限責任公司。迫遷專家喬・馬奎爾（Joe McGuire）告訴我，過去數年有無數小型投資團體進場底特律，大量搶購房地產。他們的營業地址多半是某個人的家，雖住在遠地但有網路即時連線，擅長釐清底特律的迫遷名單。

「跟大銀行打交道其實比較容易，」馬奎爾說，「大銀行的遊戲規則很清楚，他們只在乎錢，但現在這群人只是一群小家子氣的瘋子，跟他們往來，會離真正的改變越來越遠。如果你贏了，你也只是贏過擁有七間房子的某人，而不是贏過整個美國銀行（Bank of America）。」

肯尼・布林克利（Kenny Brinkley）和珊迪・庫姆斯（Sandi Comes）正在面臨這樣的情況[29]。布林克利是磨城（Motown）知名的撒克斯風手，二〇〇二年心臟手術之後就找不到工作。二〇一〇年，他和庫姆斯擁有的房子被法拍，買下他們家的底特律物業公司（Detroit Property Exchange）（該公司宣傳自己的電話號碼是一—八八八〔發發發〕—翻轉—底特律）建議他們夫婦可以付租金再買回他們的房子。但四年之後，他們發現自己付了那些錢，包含房屋稅，根本血本無歸。那棟屋子又再度被拍賣，這次被加州一家名叫蘇塞克斯的房地產公司（Sussex Immobilier）買下，蘇塞克斯一直試圖要趕走裡頭的老人，底特律反迫遷連線目前一邊想辦法延後判決時間，先讓老人留在原住處，一邊找出蘇塞克斯驅離文件的瑕疵。

我拜訪布林克利和庫姆斯樸素的家，布林克利說迫遷迫在眉梢，他無法談太多，因為他實在太害怕了，心臟病可能會發作。我坐在他們起居室褪色的長毛絨沙發上跟庫姆斯談話，這間房子住起來很舒適。照片、植物、小飾物、布林克利還在演奏時期的紀念品，占了幾乎所有的空間。光是要招募個人來把這些所有東西移開，可能就會貴到讓布林克利和庫姆斯負擔不起。

「任何一天都有可能，」庫姆斯說，「他們會開來一台垃圾車，然後把所有東西當成垃圾丟了。」

我跟庫姆斯談話時，布林克利似乎試著想藉著踱步、擦洗廚房、幫植物澆花，好讓自己鎮靜下來。一會之後，雖然他剛才說不想講，他還是小心翼翼地靠近庫姆斯和我坐著的沙發。

「我想讓自己忙一點，才不會亂想。」他說，「但其實我應該要面對它，它已經在那了。」

這正是底特律外圍地區的狀態：迫遷的威脅感、停水、壓垮人的貧窮、越來越少的政府服務。一個接一個的研究記錄下貧窮者的壓力和沮喪[30]，在這裡感覺很明顯。人們不安、恐懼、憂心、充滿無奈——而且不只一個社區，整個城市都這樣，7.2區核心區除外。這裡的人覺得被遺棄，被逼到極限，而且無所適從。

我離開底特律的幾個月後，我聽說庫姆斯和布林克利被強迫離開家園，好幾組新屋主帶著鏈鋸前去，砍倒這對夫婦幾年前在前院種下的大樹。同一天，布林克利心臟病發。幾天後，某個非營利組織宣稱他們為這對夫婦在底特律非常邊陲的地方買了一棟新屋，所以在市中心鋪著地毯的會議室辦了一個小小的慶祝會。地方媒體形容這是個完美的結局。

第六章　白紙狀態怎麼來的？

底特律西北區的一個小鄰里公園——艾方索威爾斯紀念遊戲場（Alfonso Wells Memorial Playground）後方，有座彩色壁畫的水泥牆。今日看來，這堵牆似乎只是剛好在那裡，除了街道上的草之外，也沒隔開什麼東西。但它存在是有原因的：一九三〇年代後期，某個開發商想透過聯邦政府的房貸險取得低利率房貸，然後在白人社區發展一套建案。聯邦住宅管理局（The Federal Housing Administration）最後拍板，認為該區域的房子離「不和睦」的種族太近，因此不得申請房貸險。為了符合申請資格，開發商建了這堵六尺高、一個腳掌寬、半哩長的牆，隔開白人與黑人社區。幾個禮拜後，聯邦政府核可了這件申請。

該怎麼解決一個跟美國一樣歷史悠久的問題？縉紳化也許是晚近的現象，但地理學家尼爾・史密斯發現這只是「空間蹺蹺板」的延續——資本流動向潛在利益高的地方，之後當那裡不再賺錢，資本就再流向他處。房市永遠都在尋找新藍海，活絡可能的收益。五年前，那個地方還是郊區，今天已經變成城市。但那只解釋了一半，要了解城市為什麼急欲投入，就要先搞懂它們當初怎麼成為房地產的好生意。聽來有點廢話，但如果沒有縉紳化的條件，縉紳化也不會發生。真正地理上的公平就是沒有一處能被縉紳化。因此，縉紳化的首要條件就是區域的發展不均。

二〇一四年一份芝加哥大學布斯商學院（University of Chicago Booth School of Business）的研究發現[1]，已縉紳化區域周邊的貧窮社區，縉紳化的速度比鄰近的中產區域快上許多。和史密斯的租隙理論若相符合，經濟因素是最主要的：縉紳化的地區如果本來就便宜，就更有賺頭。所以真正的問題是：這些地方為什麼變得那麼便宜？

美國長久以來一直以明顯的種族區隔和住宅政策，奪取窮人擁有適當居住空間的權利。縉紳化的先決條件是先要有低廉的不動產，區域在縉紳化完全之前，已經先因為縉紳化的歷程被榨乾；從美國的公共住宅史，可以看出它們刻意集中非裔種族，之後便不照顧他們的生活。

說到美國住宅的不平等分布，很少人會有異議。只要開車在任何一個美國的大城市兜一圈，富人區和貧民區顯而易見，鐵軌、高速公路隔開西裔和白人社區，隔開黑人和亞裔社區。大部分人並不會想到這些大開發案通常發生在所謂的「問題社區」，富人的房子往往位於外圍郊區而非市中心。因為全美每一個城市都有上述的共通點，人們便內化了地理上的不均等，認為一切發生自然而然，再正常不過。但再看仔細點，便能窺見那股更巨大的、由上而下分配美國城市的人群和財富的力量。

城市也許看似混亂，但其社區的區位、布局和構成往往是精心規劃的結果。社會學家麥西（Douglas Massey）和鄧頓（Nancy Denton）合著的《美國種族隔離》（*American Apartheid*）一書提出清楚證據，說明有色人種從南方郊區大量移入北方城市，即使他們擁有公民權又有錢，美國的城市依然繼續維持住居空間分異或擴大隔離。

麥西和鄧頓提出一套「隔離指數」（index of dissimilarity）來評估美國城市街區的種族隔離程度[2]，以黑人在城市內遷移的百分比為計算依據，從每個街區精確推估全市的人口情況。百分比越高，表示隔離程度越高。研究者發現，美國的城市在二十世紀之前是高度融合的，一八六〇年南方之外的幾個大城市——波士頓、紐約、費城、舊金山等——平均隔離指數是四十五點七，意味著百分之四十六的非裔美國人必須搬進不同的街區，才能集中聚居。幾個南方大城在一八六〇年聚居的情況更明顯，平均指數是二十九。到了一九一〇年，北方城市的平均指數幾乎達到六十，南方城市則是將近四十。都市隔離程度變得更高了。一九四〇年，南方城市的隔離指數達到八十一；北方城市則是八十九點二。換句話說，百分之八十九點二北方城市裡的黑人必須遷移，才能找到適合聚居的城市。一九七〇年，全美的隔離指數高達前所未有的百分之七十九，值得注意的是，北方的隔離情況加遽，跟南方成千上萬的黑人，來到以工業為主的北部城市尋找就業機會有關。換句話說，來到城市的黑人越多，隔離的情況就越嚴重。

過去五十年，隔離情況稍微有點起色，但幅度不大：二〇一〇年隔離指數掉到六十以下[3]，還是沒有一處是真正有辦法融合的。底特律的隔離指數依然將近八十，是美國種族隔離最嚴重的城市。關於有色人種即使在日常其他領域獲得權力，美國的隔離情況還是越來越嚴重，麥西和鄧頓認為可能的解釋只有一個：空間隔離是美國白人刻意製造的。

底特律並非局外人——美國的每個城市都受到種族隔離的影響——但住宅隔離的結果在底特律清晰可辨，這裡就是美國種族隔離貽害的絕佳範例。

二戰後經濟復甦[4]，成千上萬的黑人來到底特律的戰艦和汽車工廠謀生卻舉步維艱。每當黑人搬進白人為主的社區，往往受到暴力威脅，一九四二年《生活》（*Life*）雜誌一篇報導下了這樣的標題：「煙硝底特律」，文中這麼說：「底特律可以炸毀希特勒，也可以炸毀美國自己。」

隔年，住宅、治安、就業歧視等各方面的種族衝突一觸即發，演變成底特律史上最嚴重的動亂。多名黑人、白人喪生，而白人背後有警察撐腰。騷亂尾聲，有一千八百九十三人被逮捕、七百人受傷、三十四人喪生，其中二十五名死者是黑人。十七人被警察射殺身亡，而且全都是黑人。

動亂佔據報紙頭版，但這還不是這個城市種族衝突的唯一案例。底特律的黑人無論在二戰期間或戰後，生活各方面都受到種族暴力和歧視。底特律的經濟繁榮了，但工會仍然試圖禁止黑人入會，汽車工廠只聘黑人做高危險又低薪的工作。

公會和企業極盡所能讓底特律的黑人居民成為經濟弱勢，政客和白人住民也極力讓這群黑人聚居在最經濟困窘的街區。一九四〇年代很常見白人社區的街上有幾面大大的布告欄，警告黑人離開，大部分布告僅寫著「白人專用」[5]，西區的一塊板子寫得更過分：「搬來這裡的黑鬼會被燒死。鄰居留。」

住居暴力持續不斷，一九六〇年代情況甚至越演越烈[6]。當黑人搬到新街區，他們的草坪常常被縱火，有時房子還被燒毀。白人社區的黑人新住戶常被丟石頭。一九六三年，底特律發生六十五件起居暴力事件，但有更多案件並沒有被通報，所以這個數字很可能只是低估。

還有一些讓黑人遠離白人社區更微妙但有效的方法[7]。一九四〇年代，社區發展協會常以限制性的合約細則來排除黑人，合約有時候很淺顯直白，有時候則是列出非白人幾乎根本辦不到的條件，比方說：若要搬進某個底特律的街區，該遷入者的老闆也得在申請書上簽名；某些街區只有現行居民的親戚才可移入。另一個底特律西北區的街區規定，該地區的地產「不得被白種人之外的任何人使用或佔領」。底特律市中心外百分之八十的土地在二戰後都出現類似的規定。現在一般人印象中幫助社區美化的良性組織「社區改善協會」，當初在底特律和其他地方興起時，其實是為了要把黑人趕出富有的白人區。

底特律的不動產仲介也推波助瀾這個城市的種族隔離。如同其他地方，他們也遵循美國國家房地產協會（National Association of Real Estate Boards）的準則，直到一九五〇年，規章裡面明定房地產經紀人「不可幫助任何人長期持有或短租社區物產，凡任何種族、國籍、行業，凡顯著不利於不動產價值者，皆不服務。」[8]底特律周圍郊區也致力於集中貧窮的黑人人口。迪爾伯恩（Dearborn）離底特律西邊只要幾分鐘車程，一九四一年哈伯德（Orville Hubbard）提出競選口號要讓城市「潔白如百合」而當上市長（後續還連任了十四次）[9]，他曾說：「黑鬼的居住問題是底特律的大麻煩。」底特律東邊的格羅斯岬（Grosse Pointe）安排了一套評點制度（point system）給想購屋的人，潛力住戶會根據他們的「黝黑程度」被扣點，猶太人則必須得到現有住戶的個人擔保才可以遷入，黑人則根本一點機會都沒有。

前底特律市長寇博也推波助瀾發生在社區裡難以計數的種族分化[10]，寇博中心就是以他為名。他在一九四九年選上的時候，承諾要將低收入戶隔絕於白人社區之外，於是很快開始推行隔離政策。寇博給某些社區協會的領導人在市政府裡安插了重要的職位，甚至包括都市規劃委員會，只因為這些人在合約加入種種關於種族的限制條件。市長轄下消弭底特律種族衝突的類政府單位「種族委員會」（Interracial Committee）對寇博的政策提出抨擊，特別是寇博不願整合低收入戶的公共住宅一事，該委員會在寇博上台之前就已成立，他們認為寇博「唯一的目的就是要再造黑鬼貧民窟，使其永世不得翻身。」寇博後來就把委員會解散了。

地方政府即便抱持著類似寇博等人的種族歧視，也僅能在各自的範圍內施力，只有聯邦政府有權力鼓勵、強化全國的種族隔離政策，但聯邦政府不像寇博會明目張膽地宣揚種族主義是終極目標，反而用經濟繁榮和個人消費選擇的文字遊戲來掩飾種族主義。

一九三一年經濟大蕭條時，胡佛總統（President Herbert Hoover）邀集了四百多位住宅專家，召開住宅營造和住宅權的國是會議，希望透過住宅方案扭轉美國的經濟頹勢。胡佛曾說：「我相信持有住宅的渴望根深蒂固在美國人心中，上萬租賃廉價公寓、套房的租戶……也希望有機會擁有自己的房子。」[11]

胡佛邀集的住宅專家群也同意政府若推動住宅自有，有助於美國經濟復原，因此他們建議胡佛推動如今人們習以為常的購屋貸款。在胡佛的住宅會議之前，償還期多於十年或十五年，且低利率的貸款幾乎聞所未聞，銀行擔心借貸者無法在短時間內還款。新的貸款方案延長了還款時間，降低支款條件，讓之前買不起房子的家庭也能夠買得起。

兩年後，經濟蕭條的情況更為嚴峻，胡佛下台後，新總統羅斯福繼續利用胡佛的貸款策略，成立屋主貸款公司（Home Owners' Loan Corporation, HOLC），提供胡佛推動的低利率、金額小的貸款給即將失去住房的家庭。這麼做有經濟上的考量：無法貸款的話，許多人的房子就會被法拍，如此美國的經濟將更加惡化。一九三三年七月到一九三五年六月之間，屋主貸款公司成交的貸款就超過一百萬筆，總額更超過三十億。由於聯邦政府介入私人貸款有很高的風險，屋主貸款公司不能說借就借，因此他們發展了一套完整的評估系統，來預估借貸人的還款能力，那套系統帶有十分露骨的種族歧視。

每個主要美國城市的街區都被用A、B、C、D分類，各別有相應的顏色：綠色、藍色、黃色或紅色。被屋主貸款公司認定「同質性」高的區域，充滿新建設和「美籍商業人士和專業者」，在地圖上被標記為A類。凡是被「猶太人滲透」或其他少數族群的社區，就沒辦法被歸為

A類、沒辦法得到綠色。社區裡有老舊半毀的房子也會扣分。藍色的社區在政府官員心目中是次之的投資標的——可能有一些猶太人，房子之間太稠密或坍塌。歸類為黃C的社區被認定為「顯著衰退中」，通常這些社區都在市中心種族混雜的區域。政府官員給紅D類社區的定義是「已經歷過發生在C類社區的狀態」，換句話說，也就是有種族整合和貧窮的情況。幾乎全國以黑人為主的社區都分到D，在聯邦政府的地圖上都被「標成紅色」（redlined），被拒於官方貸款之外。當幾乎每家大銀行都採納聯邦政府這套制度，這些標記成紅色的地圖讓情況更雪上加霜。屋主貸款公司成立的頭幾年，如果你是黑人，幾乎不可能在美國獲得任何貸款。

一九三四年，羅斯福總統（FDR）設立了聯邦房屋管理局（Federal Housing Administration, FHA），十年後甫成立的退伍軍人管理局（Veterans Administration, VA）也投入「居者有其屋」計畫，兩者的方案除了要讓更多美國人擁有屬於他們的家，也藉此挹注上億資金到建築業以振興美國了無生氣的經濟。

「美國的建築業無疑是失業率最主要的成因，」一九三四年某位住宅部門的官員如此告訴國會，「支付這筆帳的根本動機就是要讓人們有工作做。」

跟屋主貸款公司不同，聯邦房屋管理局和退伍軍人管理局並不提供抵押貸款，倒是美國史上頭一次建立了一套官方制度，為銀行貸款提供保險。只要符合聯邦房屋管理局的建造標準，假如銀行貸款不足，政府就會擔保貸款，如此銀行便有能力做其他風險更高的投資，或者提供更大金額的貸款。當代抵押貸款行業基本上就是這兩個單位促成的。

屋主貸款公司開始讓支付較低頭期款成為貸款的規則，但聯邦房屋管理局讓美國人只要少許的自付金就能夠買房子的想法更根深蒂固。聯邦房屋管理局成立後，頭期款普遍只要百分之二十或甚至百分之十，刺激房地產之外，也形成一群有能力一夕之間搬進獨戶住宅的新階級，等著房子增值用錢滾錢。一九三三年，建築業有九萬三千戶新屋[12]，一九三七年，就在聯邦房屋管理局成立僅僅三年之後，屋數就上升到三十三萬兩千戶。一九四一年，六十四萬一千戶開始興建。二戰之後，營造業更是一片大好，美國在一九四五到一九五四年之間就增加了一千三百萬戶，一九四六到一九四七年間，有百分之四十的戶數都是申請退伍軍人貸款購得的。

聯邦房屋管理局、退伍軍人管理局、屋主貸款公司顯然都依種族來決定是否通過貸款。聯邦房屋管理局訂了一套規則來判定貸款給哪些區域比較有利，一九三九年的核保手冊這麼寫：「擁擠的社區會降低吸引力」、「老舊屋產很可能加快中下階層佔據街區的速度」。手冊也明定人行道外牆縮進和房屋的基本寬度，不允許空間混合使用——像是有店面的建築就不甚理想。街區應該要是純粹的住宅區、商業區、工業區，遵循當代都市規劃的理論，認為空間和寧靜一定就好，擁擠和混亂一定不妥。很難區分聯邦房屋管理局的美學標準是純粹出於美學考量，還是有其他幽微的方式來加深種族隔離。比方說，在密蘇里州的聖路易（St. Louis），土地使用分區管制法從一九一〇和一九二〇年代就提出[13]，目的是要讓白人住民留在價值高的純住宅區，將貧窮的黑人住民往功能混合的市中心推。先不管聯邦房屋管理局的目的是什麼，它的分區偏好意味著城市裡多功能、多種族的區域，像是聖路易的例子，大部分都不符合住房貸款的資格。

聯邦房屋管理局的核保手冊也有類似屋主貸款公司針對種族的露骨規條，「假如社區要保持穩定，物產就必須持續由相同社會階級及種族者持有。」手冊中也建議，希望符合貸款資格的街區嚴格執行如底特律的合約，禁止有色人種進駐新街區。

聯邦房屋管理局的手冊恐怕是美國都市史上最不友善的文件案例。聯邦政府幾條主張分散（anti-density）和種族區劃的主張，就造就了獨立郊區和形成市中心幾近撤資的狀況。營造業要在市中心蓋屋阻撓重重，假如他們想得到貸款融資保險，就完全不能在市區蓋房子。市區人口稠密，功能混雜多元，在聯邦房屋管理局的眼中，這些特質完全不適合蓋新屋。

若認為這套指導方針太拙劣，或者視之為民智未開的產物而嗤之以鼻，可能還單純些，但聯邦房屋管理局完全知道這麼做會有什麼樣的結果。一九三九年一份關於華盛頓特區（Washington, DC）的備忘錄裡[14]，聯邦房屋管理局就承認他們的做法最後會把貧窮的黑人集中在市中心，並把經濟狀況較好的白人外推到郊區：「『向上過濾』（filtering up，也就是白人移往郊區的現象）的過程持續發生，而黑人也傾向聚集在華盛頓特區，兩相加總之下，必定會導向這樣的結果：最後特區會住滿黑人，白人家庭則會移往周邊的馬里蘭州和維吉尼亞州。」

不過聯邦房屋管理局多年來都沒調整他們的方針[15]，銀行也是跟著走。關於ＦＨＡ聯邦保險貸款的整體資料不多，但針對個別城市的調查卻顯示聯邦房屋管理局的影響深遠。比方在聖路易市，一九三四年到一九六〇年之間聯邦房屋管理局只通過了一萬兩千一百一十六筆抵押貸款，而聖路易郡（聖路易市的郊區）卻有將近六萬三千筆聯邦房屋管理局支援的貸款。長島納蘇郡（Nassau）涵蓋了紐約市許多郊區地段，獲得八萬七千筆貸款支援，布朗克斯郡（the Bronx）則獲得了一千六百四十一筆。

聯邦房屋管理局的種族政策已經行之有年，舉例來說，晚近的一九六六年，紐澤西州的肯頓（Camden）或帕特森（Paterson）市中心根本沒有聯邦房屋管理局支持的貸款，但一九五〇和一九六〇年代郊區的房子一半以上都受聯邦房屋管理局和退伍軍人管理局補貼。

聯邦房屋管理局對郊區的偏愛，以及拒絕承保幾乎所有黑人社區，將貧窮鎖在市中心，也讓非裔美國人繼續陷入貧窮。在如底特律這樣的戰後新興都市，黑人要找到工作或獲得合理的報酬已屬不易——導致他們比白人低薪、錢又被套牢。FHA聯邦保險貸款加劇了黑人的劣勢，白人蜂擁至郊區，迫使黑人回到市區。這樣的窘況，因為黑人被排除在郊區之外、工廠工作機會（特別是底特律的汽車工業）跟著白人一起遷往郊區而更加劇。一九四六到一九五六年之間，通用汽車（GM）、克萊斯勒（Chrysler）和福特汽車（Ford）花了將近八十億蓋新工廠[16]，幾乎全數都在底特律郊區。去中心化發生得極為快速，一九五〇年代韓戰時期，軍事裝備的訂單湧入，只有百分之七點五的採購發生在底特律市區之內。非裔美國人基本上刻意被拒於這些工作之外：他們不能住在郊區，也負擔不了開車到工廠上班的交通花費。

底特律，或說，全美國的黑人，不僅被推入市中心，也因為針對種族的郊區政策而動彈不得，卻又被「都市更新」的驅力推離市中心。聯邦政府出錢蓋的高速公路在二戰之後切過底特律，公路不只加速白人移居城郊，地方政治人物更視之為「剷除貧民窟的便利手段」[17]。底特律強迫幾格拉蒂奧大道（Gratiot Avenue）沿線某區近二千戶黑人家庭搬離，只為了除掉城市裡消耗稅收比付出多的區域。前底特律市長寇博稱都市更新為「進步的代價」[18]。

長久以來的種族隔離，後果就是黑人變得更窮，更無法企及白人的成功。研究非裔美國人種族隔離狀態的《滯於其所》（*Stuck in Place*）一書裡，紐約大學的社會學家派屈克・夏基（Patrick Sharkey）發現[19]，過去五十年非裔美國人的收入幾乎沒有任何成長。中產階級家庭的白人孩子預期薪資平均是七萬四千元[20]，比他們的父母多二萬元；黑人孩子一年的預期薪資則是四萬五千元，不僅顯著比白人少，甚至還比上一代中產階級黑人家庭的平均收入少了九千元。中等收入的黑人孩子有一半掉出上一代的經濟階梯之外[21]，而白人孩子只有百分之十四掉出。

夏基認為合理原因只有一個：「當白人家庭的經濟位階前進的時候，他們有辦法將這個經濟優勢透過在優秀學區和良好環境的社區置產，轉換成空間優勢。」[22]這點對大部分的黑人家庭根本是天方夜譚。

美國長久以來的種族化住宅政策，看似跟當今縉紳化現象沾不上邊，但這兩股力量卻殊途同歸：假如黑人能夠像白人一樣，藉由房產獲致同樣的成功，縉紳化就不至於和種族綁在一起。事實上，縉紳化支持者打的算盤，就是要有意地摧毀黑人的都會生活。

媒體、文青、藝術家一次又一次形容底特律是「一張全新的白紙」（blank slate），忽略了此地仍在的七十萬居民，也忽視這個「白紙」狀態是建構於，世代以來殘酷的種族分野之上的歷史事實。縉紳化參與者佔了低廉租金的好處，而這租金是因為種族化的住宅政策而生。這也挑戰了縉紳化支持者和主流媒體強力灌輸、認為縉紳化是拯救衰亡街區的論調。

美國第二大銀行摩根大通（JPMorgan Chase）執行長傑米．戴蒙二〇一四年曾宣布將在底特律市中心投資一億元[23]，媒體褒讚他敢冒險。我們也看到吉伯特被視為英雄[24]。這當然掩飾了如下的事實：類似的機構——通常就是這類機構，如摩根大通這樣的老牌銀行——也尬上一腳毀壞底特律，讓貧窮的黑人更加貧窮。仕紳者也許看見了底特律的種族不平等，但很少人正視不平等怎麼來的。他們通常來自有能力離開底特律的白人家庭，受到聯邦政府的變相資助——高速公路或低利率貸款皆然，而黑人家戶幾乎不可能得到這些貸款。

而今，就像幾個世代之前，即便空間分布有所翻轉，相同的驅力仍在運作：白人受到地方政府、州政府、聯邦政府的資助在城市裡重新落點，而黑人住民卻遭到忽視，甚至強迫外推。五十年前，政府補貼上億興建高速公路和郊區住宅，而今上億元則用於體育場和獨立公寓的稅賦減免、整修店面和住家、蓋汽車道和腳踏車道。

縉紳化區域時常被認為更優於郊區：不像郊區都是白人，空間規劃既不永續又一成不變，縉紳化區域有的是密集、都會、多樣的城市景觀。但實際上縉紳化也是形構郊區的力量，長年的種族化補助、獨厚富有的白人，忽視貧窮的有色人種。翹翹板只是擺盪到另一邊。縉紳化不代表郊區玩完了，或城市變得更異質。它意味著不平等的空間表徵正在重新分配，縉紳化不是整合，而是一種新的隔離。貧民區的邊界正在重新界定。

———

蘿倫．胡德（Laurn Hood）在底特律長大[25]，她是黑人，在新舊底特律這兩個世界遊移。之前她擔任底特律最炙手可熱的地產數據公司拉夫蘭（Loveland Technologies）的社群開發經理，拉夫蘭開發了一套軟體，讓住在底特律市或任何有網路的人都可以線上看底特律所有土地的詳細情況——所有者是誰、衰敗的狀況（需要拆除嗎？有在使用嗎？），通常還會附上照片。拉夫蘭的這套軟體供給全市使用，支持的資金來自幾個縉紳化的推手，包含吉伯特。

胡德告訴我，她沒有辦法從工作獲得滿足，所以最近辭職了。但她擁有的仍然少人能及：身為黑人，她是關於城市的專業者之一，且住在7.2區。但她也屬於底特律的另一邊，該區的人因為政府近年高捧7.2區，以及根深蒂固的種族主義，正面臨離開家園的命運。

胡德是第四代土生土長的底特律人，她的父母當年是成就底特律的黑人中產階級之一，她母親在州政府擔任行政職，父親在通用汽車工作。胡德眼看著乘載他們一家的底特律幾乎消失，她自己置身其中的新底特律似乎一夕之間形成。

「我發明了詹金斯小姐這個角色，」胡德邊開車邊說。我們沿著底特律的主要幹道伍德沃德大道（Woodward Avenue）前進，從市中心、經過中城，一路向外到城市外圍衰敗的住宅區，最後到達郊區。「如果人們說：『噢！發展，對底特律人是好事啊！』我會說：『對你來說可能是好事，但對詹金斯小姐呢？她已經住在這好幾十年了，東邊有得住嗎？你說這些改變對底特律好，但對哪部分的底特律好？』」

從伍德沃德大道離開中城的這段，胡德指給我看她的工業風公寓，離將起造的冰上曲棍球場和娛樂綜合大樓只有幾個街區，這些建設都仰賴新區的稅收。她要我看M－1電車鋪好的鐵軌，看廢棄空殼轉成的豪華獨立公寓。當我們駛離市中心，她要我看各種東西：倒閉的商店、焚毀的房子、一些莫名的生機，像是蕭條的街區上一片平整的草皮、或是空無的街上仍有一家營業中的服飾店。

「我成長的時候，這些店都還開著，」她說，「所有人都有安穩的工作。到底發生什麼事了？」

我們一路往北開，伍德沃德大道沿路的風景變得越來越荒涼，天漸漸黑了。路的兩邊基本上沒有任何開著的店家，周圍的車好像只在意趕快加速開往郊區。

最後胡德駛離了伍德沃德大道，左轉進「七哩社區」（如同其名，這個社區離底特律市中心的距離有七哩）附近一個破舊不堪的豪宅區。接著她又彎進一個樹圍起的住宅街區，夾板、鐵鍊、大鎖取代了大門——這是要避免拾荒者竊取銅線。沒有夾板的房子已經被大肆搜刮，變成僅存破銅爛鐵的無用空殼。窗戶沒有玻璃、沒有燈。胡德在一間轉角的房子前停下，這棟房有兩層樓，簡約合宜，在大部分美國工業城市的時髦社區中，這樓房並不顯得突兀。房屋的邊緣有些腐朽的痕跡——油漆斑駁、窗戶碎裂。但至少有人用，她這麼說，接著她告訴我，「我就在這裡長大。」

胡德每幾個禮拜就回來檢查房子，對她來說是個提醒自己正在為何而戰的儀式。她覺得自己有責任確保她兒時的家園沒有像周遭的房子那樣崩毀解離。

「我在想這一切發生得有多快，」胡德說，「我們的關注究竟放在什麼地方？沒注意到人潮離開、屋產傾頹？感覺一切變化只在一夕之間。」

假如胡德要找一位詹金斯小姐，她母親伊達可能就是人選。對伊達．胡德和她的丈夫勞倫斯來說，底特律從來就不太友善。但他們年復一年堅守家園，即便好幾次被闖空門、偷車，喜歡的店家和餐廳都在白人大遷徙的時候關掉了，許多朋友也搬去更安全的郊區了。但在二〇一三年某個寒冷的一月天，一群青少年衝向伊達和勞倫斯，當時他倆正準備把車上的雜貨搬到房子裡。一名少年拿槍指著勞倫斯的腦袋，然後把胡德家洗劫一空，警察最後過了半個鐘頭才出現。這事件終於讓胡德一家決定搬離。

「我覺得我有創傷後壓力症候群。」伊達對我說，我們在她法明頓山（Farmington Hills）的新家，是底特律西北方二十哩的郊區。「當時我們一天比一天焦慮，睡不著、吃不下，我們得快點離開……我第一次一夜好眠是在搬來這裡之後。」

蘿倫．胡德並非陰謀論者，但她試著要釐清這座城市繼續發展的隱諱邏輯，為什麼像伊達和羅倫斯這樣的人被遺忘，而所有的金錢和褒讚都氾濫至新興、幾乎屬於白人的底特律。

「可能這就是真正的目的，」蘿倫說，「攆走他們。」

蘿倫在她的舊家停了一分鐘，就回程往她位於市中心的公寓，我坐在副駕駛座上。如果說開離市區感覺像是城市正在崩解消融，開回市區就像看著城市即時起造——焚毀的房子變成完整光鮮的建築，人行道變得明亮，有黃色的路燈，還有大賣場和加油站的白藍色調。當我們開過高地公園郡（Highland Park）時有一陣短暫的靜默，這裡是底特律邊界的行政區，經濟狀況很差，消防局的警報系統上卡了一台傳真機，把空的汽水罐推落到地上。但過了此區，一切又變得有生氣起來。你會看到資本在空間裡的即時流動。繞了一圈回到7.2區，我們彷彿被奢華的穹頂壟罩，這奢華僅在邊界才有。在這裡，資本會決定哪些投資是重要的，負擔得起的人在此就能過上好日子。

「7.2區已經變成一場飢餓遊戲。」蘿倫把車停到家門前邊說，「他們大可用帶刺鐵絲網把周邊圍起來，讓大家就爭個你死我活。」

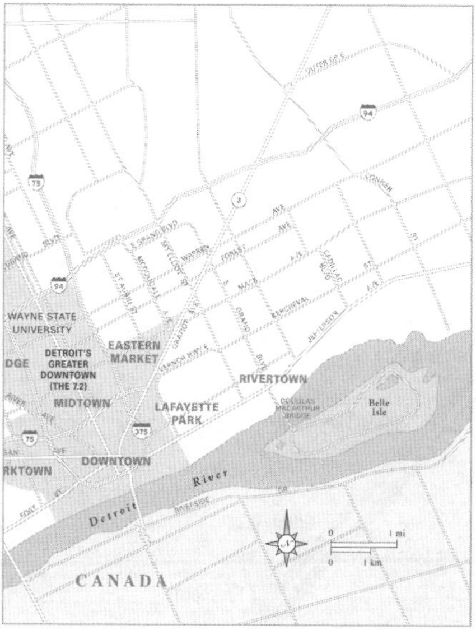
WAYNE STATE UNIVERSITY
DETROIT'S GREATER DOWNTOWN (THE 7.2)
EASTERN MARKET
MIDTOWN
LAFAYETTE PARK
RIVERTOWN
DOWNTOWN
DGE
RKTOWN
DOUGLAS MACARTHUR BRIDGE
Belle Isle
Detroit River
CANADA
E GRAND BLVD
WARREN
FOREST
MACK
KERCHEVAL
JEFFERSON
GRATIOT AVE
GRAND BLVD
RIVERSIDE
CONNER
94
75
375
0 1 mi
0 1 km

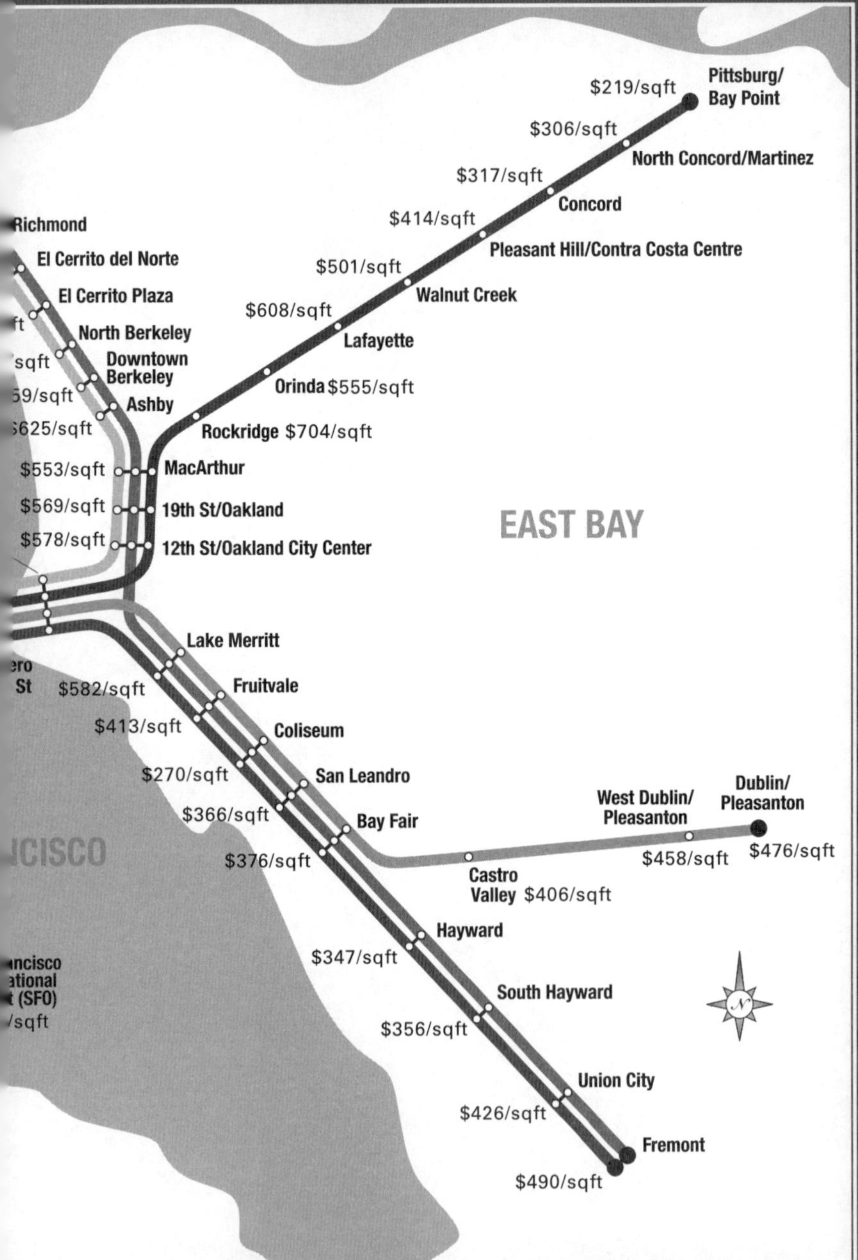

Data Source: http://www.estately.com/bay-area-home-affordability-transit-stop

第三部 舊金山

舊金山灣區捷運系統沿線各車站平均房價（單位：平方英尺）

第七章 縉紳化的城市

吉米．菲爾斯（Jimmie Fails）喜歡舊金山：這個涼風徐來、友善，有點古怪的城市。他是戴著毛帽、溜滑板的二十幾歲青年，從小在這裡長大，這也是他唯一的生活圈（他曾到紐約住了一年，但恨透了那種孤立和競爭的感覺）。他在舊金山到處有熟人，走到哪都有人拍肩、擊掌，跟他打招呼。

因此當舊金山改變，吉米的生活也改變了，他的朋友搬到其他更便宜的城市，新來的人把他這類土生土長的本地人當成是外來客。他覺得舊金山越來越不屬於他，自己在其中漸漸像個異類，就像一片殘存的遺跡。

有天吉米決定乾脆把他的生命故事戲劇化，在他朋友的電影裡演出一角。《舊金山的最後黑人》這部影片是關於一個二十幾歲舊金山黑人的故事，由吉米擔綱，他們家因為將房屋抵押，繳不出款項，失去了原本大型維多利亞式住宅，他想盡千方百計將它贖回。當影片上映時，你會在大螢幕上看到吉米踩著滑板到處遊走，緬懷城市的改變，像是一首對舊金山的輓歌。

當我遇到吉米時，他正在進行這部影片的製作，他高中最好的朋友——喬．陶巴特（Joe Talbot）負責掌鏡與執導。這部電影運用淡色調、掃視的遠景、長鏡頭拍攝，還有類似北非諜影的配樂。因此雖然這部電影是關於新的舊金山，卻充滿了懷舊感，用來嘲諷目前席捲城市光鮮亮麗、科技導向的美學風格。吉米和喬很年輕，但過去的舊金山卻比新的讓他們更為自在。他們太不修邊幅、走路起來太大搖大擺，一點也不適合這嶄新的城市。看他們走過舊金山，就像是看到在城市林立的新玻璃公寓中出現了一間碩果僅存的老式街屋。當城市快速的走向科技化時，他們的存在宛如活招牌，就某種意義而言，《舊金山的最後黑人》是一場抗爭行動，也是吉米和喬的最後一搏，不成功便成仁，如果沒有在影展中賺到錢，就像其他破產的藝術家一樣，他們也得離開城市。

把吉米稱為「最後的黑人」當然是誇張了，但是根據舊金山的人口調查，也不算太離譜：舊金山的黑人人口目前只佔百分之五點八[1]，人數跟一九七〇年代比少了一半，大部份的改變發生在過去二十年間。城市仍有很多的拉丁美洲裔和亞洲人口，但人數也在減少。在教會區（Mission）[2]，舊金山歷史悠久的拉丁美洲裔社區，拉丁美洲裔人口的比例自二〇〇〇年以來，已從百分之六十降為百分之四十八。如果這個趨勢持續，到二〇二五年，這個社區的拉丁美洲裔人口就少於三分之一了。舊金山一度是區域內種族最為多元的城市，但如今卻喪失多樣性，其他的郡、郊區反而增加。到二〇四〇年，舊金山的人口會以白人佔大多數[3]。這是城市裡被廣泛討論的話題，如今，若你沒有科技圈的收入程度，幾乎隨時等著準備打包離開城市。舊的舊金山看起來潦倒、脆弱，似乎只等待資本給予最後一擊，讓它壽終正寢。

吉米還能夠留在舊金山，是因為喬的父母——兩個有固定收入的創意工作者，好幾十年前幸運的在教會區的邊緣買了一幢大房子。喬和吉米住在地下室，但他們不能永遠待在哪裡，身為藝術家，他們也賺不到足夠的錢去負擔市區的公寓租金，現在兩房公寓租金的中位數，已經上漲到超過五千美元[4]。

當我遇到他們時，他們正在金門大橋公園拍攝宣傳照片，用來為電影募資，他們說服五個剛結束戶外瑜伽的女士維持姿勢入鏡，讓吉米站在她們後面拍照。

「這是我最接近瑜伽的時刻。」吉米說。

在拍攝後，我們跳上工作車在城市裡開了一會。比吉米年紀大一點的喬，可以指出城市的各種改變：新的星巴克咖啡開張（超過幾十間）、閃亮的高級公寓樹立在老的維多利亞式街屋之間，倒閉的在地酒吧。但讓他們感到最不快的，是那些在蘋果、谷歌、臉書等無數科技公司工作的新居民。他們似乎對周遭的一切無感，穿著polo衫或襯衫，他們對舊金山來說看起來太一絲不苟了。喬和吉米觀察到，這些新來的人往往只把城市視為一系列的消費選擇（墨西哥玉米薄餅、啤酒、拉麵、教會區的高級公寓？）而對於每樣東西的獨特性、特殊個性無動於衷。但你可以感覺到，隨著他們一個社區接著一個社區的接管舊金山，這已然成為普遍的趨勢，任何與此不同的事物反而顯得特異。

「這影響到認同，你開始懷疑自己屬不屬於這裡。」吉米說：「他們走路經過我時，甚至不看我一眼。」

有些人會注意到吉米，但卻沒有什麼好事發生，幾個月前，一個白人指控吉米侵入喬父母的房子（他在夜晚以鑰匙打開門）。又幾個月前，吉米在多洛公園（Dolores Park）附近，走在一個白人男子後面，這是一個縉紳化相當厲害的地方，距離喬父母家只有幾條街，這個男子回頭看吉米，可能是害怕被搶，他直直的跑過公園，穿過一排正在灑水的澆水器，讓自己全身都濕透了。

吉米對這些人展現驚人的同理心，他說如果他像他們有那麼多錢，他大概也會這麼做，住在高級公寓裡，試圖躲避黑人。一個社會運動者告訴我，他很同情那些空降到城市的科技人士，他們為一間小公寓付出前所未聞的天文數字，每天早上七點搭著接駁車被送到帕羅奧圖（Palo Alto*），在晚上六點回到家（然後常工作到半夜），搭 Uber 去餐廳吃晚餐，然後下禮拜又重複同樣的生活模式。當然，他們的生活優渥，但也相當無聊，像機械人一樣，幾乎沒什麼好羨慕的。只是令人痛苦的是，他們的出現毀了城市。

對一個外地人來說，我們很難了解舊金山正在遭遇什麼危機，作為一個來自紐約的男同志，當來到卡斯楚街（Castro Street）的同志酒吧，這個地區長期以來是同志族群的基地，我會覺得這個同志社區還蠻不錯的。但如果你過去三十年來都住在這裡，你會感到：「過去這裡一向是激進政治行動的溫床，現在卻變成同志迪士尼樂園了。」如果你是我，你可能會逛著教會區（Mission），吃著墨西哥脆薄餅，覺得這個社區看起還蠻可愛的。你不會意識到就在墨西哥餐廳的樓上，一個家庭可能要為一個十呎見方的小房間，付出一個月一千美元的租金。你也不會知道那些著名的社運藝術家團體（像是 Las Mujeres Muralistas），他們在一九七〇年代時曾創作各種生動的壁畫，描繪勞動階級的艱辛與美好，現在大多數的藝術家都離開了。但我想我還是可以感受到舊金山的危機，當我跟吉米和喬在一起時，他們讓我想到自己，特別是喬，跟我一樣，是

＊譯注：舊金山附近，有很多科技公司的總部位於此處。

白人，也算享有一些特殊待遇了，但還是覺得有義務為城市凋零的那部份發聲。

我們來到市中心附近的一條巷子裡，距離推特（Twitter）總部幾條街，推特總部因為將總部設在市中心較蕭條的區域，獲得市政府高達五千六百萬美金的免稅額。我開始漸漸了解舊金山所面對的未來，這個巷子看起來就像是城市的留下來的廢墟，骯髒、地板上丟著針頭，聞起來有尿味。當喬跟他的小型拍攝團隊準備場景時，吉米告訴我他的成長經驗：他在一幢大房子長大，裡面有十幾個家庭成員，他的父母因為惹上了毒品問題，失去了房子。自童年起，他在各個出租公寓和社會住宅間流浪，他對舊金山目前的狀況感到極度矛盾。

「我並不是要爭取別人同情，畢竟每個人都在奮鬥求生，」吉米說，「但我還是有種莫名的不安，因為他們把整個文化都毀了。」

在拍攝的過程中，巷子裡一棟建築的窗戶打開了，有人探出頭來大叫：「你們是在拍《最後的黑人》的那些人嗎？」喬告訴我這很常發生，儘管這部電影還要好幾年才能問世，卻已經引起城市的廣大迴響，當地人都知道。我們受到那位打開窗的男人邀請到他家，原來他住在一間大倉庫，建築物被分割為十幾間藝術家工作室，兩個住在那裡的年輕黑人藝術家，艾林．傑佛瑞德（Erlin Geffrard）和提姆．艾瑞史提（Tim Aristil）帶我到處逛逛。傑佛瑞德的畫作風格類似古埃及風，但上面有麥當勞的商標、手槍等現代符號。工作室裡面一片混亂，傑佛瑞德解釋，這間倉庫已經被售出了，很快就會轉變為科技公司的辦公空間，他和艾瑞史提可能在未來的幾個禮拜內，就得離開城市。

「這一切再也沒有意義了，」艾瑞史提告訴我：「以前你會四處走走，聽到有趣的談話，靈感被啟發，現在到處你只聽到人們談生意，還有這個城市變得多糟糕。」

除了這些無形的改變，工作室也變成貴到無法負擔，傑佛瑞德說他會在東灣（East Bay）找個地方，說不定到奧克蘭（Oakland），艾瑞史提說他可能會搬到洛杉磯，那裡便宜多了，他幾乎所有的朋友都搬到那裡，要不然就是去費城或底特律。《最後的黑人》的拍攝團隊跟這兩位藝術家聊了一會，彼此親切而慎重地說再見。當我跟隨拍攝團隊離開這棟建築時，我由衷希望這部影片不管在評論上和財務上，都一定要成功。我們剛剛見証了兩位藝術家在舊金山的經濟體系被連根拔起，如果這部電影沒有成功，拍攝團隊的兩位藝術家可能也要離開了。

舊金山的經濟經歷許多起起伏伏，但從來沒有像底特律那樣有過人口和財務上的長期流失，也沒有遭遇過紐約在一九七〇年代那樣的經濟崩盤。在一九八九年時有一場嚴重的地震，但舊金山恢復得相當快，跟卡崔娜颶風對紐奧良所造成的影響無法類比。就像大多數城市一樣，舊金山也因為美國聯邦政府的住宅政策，導致白人搬離市中心，但根據作家和社會運動者雷貝嘉・索爾尼（Rebecca Solnit）的說法[5]，舊金山跟美國東岸的城市不同，一向沒有大型的工業生產，因此城市的人口遷出時，搬進來的不只是勞工階級的居民，也湧進了嬉皮、藝術家、各式各樣離經叛道的邊緣人。舊金山有悠久與進步獨特的政治文化，因此城市裡面的租屋者相當團結，有全國最強勢的租屋者運動，在長期對政府施壓後，一九七九年市參事委員會（Board of Supervisors）通過了租金管制的法條，限制一九七九年前興建的公寓，其租金上漲的比例要依據通貨膨脹率而訂，法條也保障租戶，讓房東很難將租戶趕走。這當然有些例外，如果你住在一個單一家戶的獨立住宅（舊金山有很多這類住宅），就不在保障之列，如果你住的地方是在一九七九年以後興建，也不在租金管制的範圍內。但無論如何，舊金山市的租金管制條例大概是全美國最嚴格的。法規已經訂得這麼嚴格，但租戶被屋主收回租約、要求搬遷的比例仍很高，這顯示了土地的價值有多麼寶貴。

由市參事委員大衛・坎波斯（David Campos）做的研究報告指出[6]，從二〇一四年二月到二〇一五年二月之間，全市屋主們共向市政府申請發出二千一百二十個搬遷通知，要求租戶搬出，較五年前高出了百分之五十五，而這還是透過合法申請的案件記錄，其他屋主私底下迫使租戶搬遷的案件，還不在記錄內。屋主付給租戶一筆錢，買斷租約讓他們搬遷居住之地，也越來越普遍。社會運動者估計，屋主通常提供五千到一萬美金，讓他們離開自己的家。根據舊金山法條，如果租戶沒有行為違背合約，屋主不得停租，只有當屋主破產時，屋主才得以把建築物裡面所有的單元公寓拆除，停止出租，但之後可以變成私有住宅單元，重新回到市場買賣，這項唯一合法將租戶逐出的條款，叫做埃利斯法案（Ellis Act）。在二〇一三年，有將近四百五十個動用到此條款的案例（在兩千多個將租戶逐出的總數中，佔不小的比例）。這個條款也可以被當成是一種威脅，屋主警告租戶收一筆錢離開，否則就會面臨此強制驅逐條款。非營利組織舊金山租戶聯盟（San Francisco Tenants Union）估計[7]，每當動用到驅逐條款時，背後都大概有三個買斷租約的案例。若保守估計每年有兩百個強制驅逐條款，代表每年至少有六百個買斷的案例，加上大概一千九百個其他驅逐案件*，再乘以舊金山平均家戶人口數二點二人（根據舊金山房地產經紀人協會的數據），你就會發現每年有五千五百人被逐離他們的家。當租金是如此之高，這些人一旦

* 譯注：指租戶因欠繳租金、違反合約等得以被驅逐。

被驅離原本受租金管制的公寓，很有可能就得離開城市，或變成無家可歸的流浪者。

某些地區，像是教會區（Mission），問題特別嚴重。教會區是舊金山主要的拉丁美洲裔社區，原本的房屋市場頗合理，但因為有兩條舊金山的鐵路運輸系統通過（城市捷運系統〔Muni〕和灣區捷運系統〔BART〕），離市中心也近，成為縉紳化的目標。我們沒有社區層次租戶離開的數據，但從一九九〇到二〇一一年間，該地拉丁美洲裔的家庭少了一千四百戶[8]，白人家庭則增加了兩千九百戶。在舊金山的中國城，相關資料更少，但喬伊斯．林（Joyce Lam），中國城的社區工作者告訴我，有越來越多人被驅離自己的住所。「剛來的新移民流落街頭，或者搬到較遠的郊區，」她說：「或者他們就不再來舊金山了。」租金高漲對於有色族裔人口造成的壓力，也擴散到舊金山以外的灣區，在奧克蘭（Oakland），一九九〇到二〇一一年之間，黑人所佔人口數已經從百分之四十三降到百分之二十六。

許多人離開城市的原因，是無法被反映在官方的統計欄位上的。當我跟一位朋友安娜貝爾．寶蘭諾斯（Anabelle Bolaños）走在教會區時，就遇到一個活生生的例子。我們在教會區主要街道旁的一條街散步，一對夫妻坐在他們三層樓住宅外、小小的水泥花園裡，萊緹西亞．古茲門（Leticia Guzman）今年六十六歲，告訴我她和她的家人在一九七一年買下這棟住宅後，就住在這裡。她的許多朋友都離開了，搬到奧克蘭、理查蒙（Richmond）、戴利城（Daly City）、或是南舊金山（與舊金山市是不同的城市）。在過去的幾個月，有好幾個身著西裝的男士來到古茲門的家門口，有些人希望買下他們的房子，有一位說他代表保險公司，想要檢查房屋內部，但當她打電話查證，保險公司卻說他們從來沒有派人過去。她猜這個男子一定是房地產經紀人，想要看看房屋內部。如果萊緹西亞獲得很高的出價，忍不住把房子售出，或因為受不了房地產公司持續的騷擾，決定搬離舊金山，她的個案不會反應在官方數據上。她的妹妹卡門今年四十四歲，也已經搬離城市了，她的個案也沒有呈現在數據中。由於古茲門的房子裡沒有足夠的空間容納卡門、她的先生和孩子，她只好在其他地方尋找住處，最後她搬到南舊金山市的邊緣。以官方的說法來看，她不算被迫遷，但她一向在舊金山長大，現在卻再也沒有辦法負擔住在這裡。

不只是舊金山——勞動階級被迫離開整個舊金山周邊的灣區範圍（Bay area）。萊緹西亞・瑞爾斯（Leticia Rios），目前為一對科技界的夫妻擔任保母，她住在山景市（Mountain View），距離舊金山南方大約四十五分鐘車程，也是谷歌總部的所在。她已經在這城市住了十四年，但她的租金最近被上漲了一千美元，即便她和她的先生都有全職工作，他們再也負擔不起住在山景市。他們在越來越遠的地方找房子，才終於醒悟不管怎麼做都不值得，他們的工作分別位於矽谷兩端，而每個地方的房租都很高，也許搬離這個區域是個比較理性的抉擇。瑞爾斯告訴我，她考慮先帶著孩子搬到內華達或芝加哥，讓丈夫先留下來，等他們在新住處安頓好，他會前去團聚找份新工作。由於山景市沒有租金管制的法規，瑞爾斯因為租金上漲而被驅離的案例，不會被記錄在任何的官方表格上，也不會出現在任何灣區的相關統計數據裡。如果缺乏這些資料，我們很難對情況的嚴重性作準確地描繪，我們只能藉由人口普查和個案的故事去推估，也因此，這場對抗縉紳化的戰爭也更形困難。

隨著租金高漲，不只是低薪的勞工，對於原本享有穩定生活的警察、律師、中產階級專業者來說，住宅也變得難以負擔。我跟好幾位教會區的公立學校教師聊天，他們擁有相當不錯的中產階級收入，起薪是五萬美金年薪以上，但對於傑克．哈瑞斯（Jake Harris），我所遇到的一位教師來說，這樣的薪水還是不夠他和他的伴侶住在市區裡，他得通車，住在一個小時車程之遠的柏克萊和奧克蘭的交界。

「學校有好多孩子需要額外輔導，」他告訴我：「我覺得過勞，我睡眠不足，很難保持耐心，但我又需要耐心才能應付那些孩子，在情緒上來說，我沒有辦法一直這樣撐著。」

當藝術家、老師、律師，所有年薪不到十萬美元的人，都無法負擔得起住在城市裡，城市會變得怎麼樣呢？當社區裡租金低於兩千五百美金的單房公寓只佔百分之四[9]，那些為科技業者煮咖啡的人要住在哪裡？這個地區在本質上阻絕了勞工階級進駐。雷貝嘉・索爾尼（Rebecca Solnit）算出，在一九五〇和一九六〇年代，一個藝術家每個月要工作六十五個小時[10]，以最低時薪而計，才能負擔一間公寓。今日的舊金山，以美國標準來說，基本工資算是高的了，每個小時十二點二十五美金，但是一間要價兩千五百美元的公寓（以現在的標準來說相當便宜），租屋者需要以基本時薪工作超過兩百個小時才能負擔房租，這遠遠超過了一份正職工作的時數，而這只是房租而已，還不包括其他生活開支。

舊金山人抱怨著：這個文化快要被高房租給摧毀，為城市勞心勞力的人，再也無法居住在城市內，但這樣的擔心似乎不被市政府所重視。儘管房價攀升，科技公司一間接著一間進駐城市，政治人物仍決意用城市的有限資源，去吸引更多投資。艾德・李（Ed Lee），舊金山的市長，曾被指控與房地產界關係密切[11]，他的募款團隊，有三個人因為房地產相關的不當收賄被以重罪起訴[12]。儘管李本身沒有被定罪，他的行為卻引起了眾怒，在他出現的公共場合，社會運動份子對他發出公然噓聲，譴責他一味討好科技業，忽略了相關政策對產業外的人所造成的影響。在李的政策中，最出名的是提供推特（Twitter）三千萬美金的免稅額，獎勵該公司將企業總部設在景氣已相當熱絡的舊金山市中心。二〇一六年，當超級盃在聖塔克拉拉舉辦——距離舊金山只有三十哩之遙，舊金山為國家美式足球聯盟辦了一個盛大的派對，李大幅增加警力，花了許多經費為聯盟長官舉辦歡迎晚宴，清除市中心街道無家可歸者的帳篷。對社運者來說，這個活動象徵了新舊金山目前的問題，城市寧可歡迎外來者，卻無視於城市弱勢人口的需要。為此，上百人走上街頭抗議。

「好多人流離失所，無家可歸的人從這個社區被趕到那個社區，」米高．卡瑞拉（Miguel Carrera），無家可歸聯盟（Coalition on Homelessness）居住正義的社運者這麼告訴我：「而市長卻舉辦了一個宴會。」

很多方面來說，這正是城市所追求的，城市展開雙臂歡迎科技產業，人們意識到縉紳化的問題。但這裡是企業的大本營，任何反商、反科技的言論，都會遇到來自資源豐沛的企業團體、市長、市議員甚至多數市民的攻擊。二〇一五年地方曾有一場投票，希望限制 Airbnb 的租屋數[12]，以保障當地人能有足夠的住房，但卻無法取得足夠的支持票數。另一項投票，希望能限制教會區的房地產發展，也沒有通過。曾有倡議者希望對科技業者加收百分之一點五的稅[13]，這可以為社會住宅帶來百萬美金的發展基金，這項提議甚至無法通過市參事委員會的決議，就被封殺了。舊金山決定不要得罪城市的衣食父母——科技界與企業，即便城市的居民正不斷遭受驅離。

* * *

我在教會區閒晃時，遇到十六歲、自小在當地長大的休葛．發卡斯（Hugo Vargas）。休葛在社區中心當義工，他答應帶我四處逛逛，他牽著他的腳踏車，跟我一起走在教會街上，一路經過了廉價商店、賣水果的攤子、和幾間坐滿文青的咖啡店、酒吧。他告訴我他爸媽的故事，一位是咖啡師、一位是廚師，他們都在著名的藍瓶咖啡（Blue Bottle Coffee）工作，這是城市裡最時髦、最貴的咖啡連鎖店。他們一人的年薪大約是四萬五千美金，但是休葛和他的家人還是經常考慮要搬離此地，也許搬到北邊一小時車程外的理查蒙（Richmond），或甚至更遠的地方，他隨時感到自己即將離開。我很好奇為什麼他父母加起來高達九萬美金的薪水，還會造成這麼大的不安定感，等到休葛讓我看到他的家，我才終於明白。

我們停在一棟四層樓的房屋前，休葛按了門鈴，警衛帶我們走進一棟都是單人房單位

（SRO）的建築。空間被隔成一間一間的，都是狹小的單人房，每個房間只夠放一張床、一個櫃子，然後就僅能容身了。從淘金時代開始，單人房就是舊金山住房供給的主力[14]，臨時性的工人、新到的移民、無家可歸的人、甚至勞工家庭，都住在這類型的房屋。過去單人房在全美各地都很普遍，儘管條件不甚理想，但對於低收入的人來說，卻是重要的住宅單位。但自從一九七〇年代以來，全國有超過一百萬個單位的單人房單位被拆除，取而代之的是面積較大、一般市價的公寓。舊金山目前仍有三萬個單人房單位，為城市百分之五的人口提供棲身之處。舊金山有一條法律，若屋主要將單人房單元改建為一般市價公寓，必須要付錢，讓市政府興建新的社會住宅來彌補住房量的損失，但還是有許多的單人房建築被拆除。

休葛的父母在這棟屋子裡租了兩個單人房單位，一間自己住，一間給休葛和他妹妹住。休葛讓我看他的房間，大概只有十二乘八呎大小，他的妹妹在看一台小電視，手裡抱著他們的吉娃娃狗，儘管房間不亂，衣服和書本在房間裡看起來還是堆得到處都是，要讓兩個青少年住在一個小於一百平方呎的空間，畢竟不容易。他父母在樓上的房間也是同樣大小，他們每個月為兩個房間要付出一千九百元美金。

休葛的居住環境不是很理想，但這不是休葛最在意的事，真正使他憤怒，刺激他變成一個年輕社運者的原因，是這個城市發生的改變。二〇一四七月的秋天，當休葛和幾位朋友在社區的公有空地玩足球時，幾個白人男子走過來，告訴這幾個拉丁美洲裔小孩，他們必須在市政府的網站登記，付每個小時二十七塊美金的租金，才能使用這塊空地。他們要求這些男孩離開，堅持要按照規則付費，才能使用這塊空地。其中一名男孩問這些男人在這社區住了多久。

男人回應道：「誰在乎，誰管什麼社區？」

當時的情景有被錄影下來，引起廣大的爭議[15]，一名記者追蹤發現這些男子都是 Dropbox＊和 Airbnb 的員工，Airbnb 是提供房屋分租服務的企業，將原本居住空間轉換成商業出租，近年來飽受批評。這個事件顯示了這些新搬入者的心態，也激化了舊金山原居民和新舊金山人之間的衝突——一邊是社區，一邊是科技界。這個例子也彰顯了兩方深層的差距，這正是縉紳化問題的核心：男孩們認為自己有權在這塊空地踢足球，因為他們在社區住得比較久、這是他們的習慣、是他們先到這塊空地。而這些科技界的人士，認為因為他們有付錢預訂，這塊空地便歸他們使用。在這些科技人士的心中，每樣事物都是個商品，墨西哥玉米脆餅、公寓、甚至整個城市都是商品，他們有技術、有能力，也有錢去把它們買下來，這些男孩則沒有辦法。

紐約的作家、社運份子莎拉・史古曼（Sarah Schulman）稱此為「心態的縉紳化」（The

＊一個提供雲端儲存空間服務的企業。

gentrification of the mind）[16]，隨著我們城市地景的改變，我們的心態也改變了，我們不再視自己為社區的一份子，對彼此有責任與義務，而只是購買各種物品、經驗的消費者。這是最讓休葛感到生氣的，這些外來者認為他們更有權利使用空間，無視於休葛和他朋友在社區住了多久，他們生活的習慣，他們對於公共空間的權利，只有錢才是重要的。

第八章 成長機器

舊金山並非特例，在全美各城市，這樣的情況都相當普遍，舊金山只是比較極端的例子罷了。在隆納・雷根擔任總統時期，他將富人的稅收從百分之七十減少至百分之三十左右[1]，削減聯邦政府的住宅、交通預算，這迫使城市財務必須自主。如同我們在底特律、紐奧良的案例中所見，城市如今必須使盡渾身解數，吸引富人，藉此滿足對於基礎建設、教育、養老金等種種預算需求，由於城市必須大量借貸，它們受制於標準普爾（Standard & Poor's）等信用評等公司的標準來評估其財務是否健全，才能繼續借貸、投資。

但在今日，縉紳化不僅出於政府的財政考量，也成為城市政府治理的顯學，將對資本的需求置於人民的需求之前。比較缺乏資金的城市像是底特律，的確需要透過縉紳化來滿足財務缺口，但舊金山並沒有財務上的理由這樣做，這個城市並不需要持續吸引富人遷入，這個城市在科技產業泡沫化之前，沒有遇到經濟危機，城市的財政在科技潮席捲前，原本就相當平衡，然而舊金山的執政者卻不斷將城市的土地使用劃作高級公寓開發、高層商業建築使用，給予企業更多的免稅額，市長持續在會議、企業的股東會上，招募大型科技公司進駐，彷彿舊金山很迫切需要它們的資金。根據估計，二〇一七年市政府會有一百億美元的盈餘[2]，這是將都市當成一部經濟成長的機器在運作。

在今日的美國，我們往往預設產業、企業需要不計一切代價的追求經濟成長，從金融、石油到房地產界皆然，也因此這些部門少有法規管制。但以往並非如此，直到最近幾十年來，經濟成長才主導了城市治理的方向，凌駕於其他公共利益之上。市長候選人若能以企業模式運作市政，也往往能夠為他們的當選加分。根據《都市財富》（*Urban Fortunes*）這本書[3]，都市理論家約翰．李根（John Logan）和哈維．馬洛奇（Harvey Molotch）提出，美國城市的治理者如今不再關心人民是否負擔得起居住在城市裡，不關心兒童的教育、居民的福祉或健康，相反的，他們只在乎城市能夠創造的財富數目。這個偏頗的概念，散佈和影響了各地的城市經營者，像是理查．佛羅里達（Richard Florida）這樣的學者，提出將城市當成企業來運作的看法，儘管廣受大眾歡迎，但卻過於狹隘。李根和馬洛奇認為，將都市當成一部經濟成長機器的看法，產生於美國的後資本主義時代，城市除了是人們居住的地方以外，更演變為生產、管理、吸引、輸出資本的媒介。

在資本主義之下，產生了馬克思主義學者所謂「使用價值」和「交換價值」之間的衝突，使用價值代表著一個地方所具有的價值，依據人們對它的使用程度來定義——這地方是否能讓人居住、產生社區感、讓他們在此工作、產生認同。交換價值則是一個地方在經濟上的潛在價值。在土地可以自由買賣的社會，每個地方同時都具有使用價值與交換價值。這個體系根本的問題是，當你越貧窮時，提供你生活所需、富有使用價值的地方，對別人來說並不具增加交換價值的潛力。正如馬洛奇和李根指出，這就是為什麼過往的都市更新[4]，政府往往在低收入社區上方闢建快速道路高架橋、進行大型住宅開發，迫使上千人搬遷，這些決策背後的考量，並非提高居民的福祉，而是能否為這些地區找到更有利可圖的使用方式。底特律過去曾因政府在某地所投入的公共服務，大於該地的房屋稅收，徹底摧毀了一個社區。儘管其他地方不像底特律這麼明顯，政府的公共設施往往沿著貧窮率和種族的界線分佈，這就是為什麼許多新建的高速公路，會劃過黑人或拉丁美洲裔族群的社區，城市中房地產價值較低、房屋稅收較低的地區，會被重建更新。因為若將高速公路硬是開闢在一個富有的社區，不僅會面臨較多阻力，也會減少城市的稅收。

比起穿越社區的高速公路，縉紳化所引發的改變看起來含蓄多了，但影響卻相當深遠，由成長機器的邏輯來看，它的目標是一樣的：貧窮的社區被認為有潛力取得更高利潤，政治家與企業會努力改變社區的使用用途，藉此增加它的交換價值。以萊緹西亞・瑞爾斯的房子為例，原本這棟房屋的使用價值於她而言，是她居住的地方，她在此成家立業、建立社群，但是就交換價值來說，如果沒有她，這棟房子的價值會更高。

在都市規劃界，使用價值與規劃價值的衝突並沒有被大肆辯論。保守的經濟學家與規劃者將交換價值凌駕於使用價值的現象，直接定義為「最高與最佳使用方式」。他們假設：各種生活設施、居民會依據最高利潤的原則，自動流入最適當的社區。就市場邏輯來看，窮人住在城市的中心，並非該地區的「最高與最佳使用方式」，因為如果該地有富人居住、作為商業中心，利潤會更高。一個富人跟窮人從城市裡獲得的使用價值差不多：一個棲身之處、社區、還有建立認同，但當你越富有，你越不會面對土地使用價值和交換價值之間的衝突。在當代的趨勢下，越靠近市中心的土地，交換價值越高，縉紳化更容易發生。「問題的核心，在於窮人的日常生活——他們賴以維生的方式——往往降低了交換價值。」[5]馬洛奇和李根這麼解釋道。

這是資本主義下城市恆常的兩難：增加城市的利潤，跟滿足窮人與中產階級的需要根本上是衝突的，但我們又需要窮人和中產階級，城市才能運作，城市中心地帶的土地若能吸引富人進駐，就會具有很高的利潤價值。縉紳化因而反映了土地價值跟窮人需要之間的衝突，這是資本主義之始就存在的老問題，只是用新的形式來表現。弗里德里希・恩格斯（Friedrich Engels）在一八七二年就預測了縉紳化的出現：

現代大型城市的擴張，致使部分區域的土地，特別是市中心的土地，因人為因素增加了巨大的價值。然而在這些地區林立的新建設，實際上降低了土地的價值，而不是增加，因為地方發展不再因應當地的環境所需，原本的環境被摧毀，以其他的功能取代，這樣的情形在各地發生。許多位於中心位置的勞工住宅，原本就算人口密集，租金漲幅也相當平緩，不會猛然上升。但我們看到，這些住宅被拆除，取而代之的林立的店家、倉庫、公共建築……結果工人們被迫離開城鎮的中心，搬往郊區[6]。

換句話說，恩格斯提出在土地私有、自由買賣獲利的社會，對於持有和控制土地的人來說，低薪的工人階級是個頭疼的對象。就算興建許多高樓大廈，窮人仍然只能負擔得起便宜的公寓，比不上那些高級公寓所能創造的利潤。市場邏輯驅使著較靠近市中心、交通幹線、公園等有較高獲利報酬的土地，作為較高獲利使用，並以高收入的居民取代低收入的勞工。這背後可有刻意的陰謀？事實上，如此毀滅性的結果，不一定是經過深謀遠慮的計畫，也未必是任何單一個人、組織的決策所造成，在一個不加限制、將房地產商品買賣的體系中，縉紳化只是合乎邏輯的正常結果。城市成為一部成長機器，經濟成長是首要目標，在追求土地增值的慾望下，窮人和中產階級的需求被漠視。

十九世紀末的都市理論家、社運者羅莎・盧森堡（Rosa Luxemburg）曾提出假設：在資本主義的經濟體系裡，城市無可避免地將被當成是吸收資本的媒介，當系統中有多餘的資金流動時（意指社會中有許多有錢人），城市變成一部機器，本身成為一項奢侈的商品，吸引著有錢人的荷包。盧森堡認為當時的城市建設，像是雄偉的建築、紀念碑、公園、美麗的街道景觀[7]，都是用來吸引富人，增加城市稅基的一種方式。某種程度來說，今日理查・佛羅里達提出增加城市生活設施，以吸引能帶動經濟成長的創意階級，與當時如出一轍。城市目前仍在做一樣的事：只是將雕像和廣場置換成咖啡廳、輕軌、藝廊，這些都是增進土地價值的好方法，試圖說服有充裕收入的人來此花費金錢。

比起其他資本運作的方式，縉紳化的過程更為複雜、隱而不顯。我們可以輕易辨識出都市更新、郊區發展，興建高速公路等創造資本的模式，但縉紳化的發生較為隱微、分散，也難以追蹤。就像雷貝嘉．索爾尼描述：「都市更新像是石油污染，有單一的來源，和負責的單位，縉紳化則像空氣污染一樣，許許多多彼此毫無相關的個人，共同累積的結果造成破壞。」[9]就像空氣污染一樣，縉紳化有可能來自不相關的成因，這些成因反映了更大的整體系統。就像空氣污染根植於以石化工業為基礎的經濟體系，而縉紳化，則根植於以房地產為基礎的經濟體系。

縉紳化分散化發生的本質，解釋了為什麼許多遷入者無法意識到：是什麼力量驅動著他們搬入社區，他們的遷入是否迫使其他人搬走，或如何阻止這現象。在我跟許多遷入者談話的過程中，我發現他們不是不在乎自己所造成的影響，而是他們根本不知道自己所扮演的角色。他們以為自己的行為是個人的選擇（「我因為這個地方的房子較便宜，所以搬到這裡來，而且這裡的咖啡廳不錯。」），而看不到更大的系統和背後的過程。我們可以試想：如果這些遷入者能夠意識到自己不只是消費者，而是社區的一份子，或是體系裡的行動者，他們能夠採取對抗措施，改變這讓自己成為迫害者的體系嗎？

儘管縉紳化是目前每個工業化國家都在面對的課題，但只有在缺乏足夠住宅法規的國家，縉紳化會造成大規模的迫遷，因而產生嚴重危機。換句話說，一切還是回到政策和政治。你可以想像一張圖表，Y軸代表縉紳化導致迫遷的人，X軸代表住宅政策的力度，你會得到一個反比的線條，美國在X軸上最靠近原點，有最多的人面臨迫遷，有最少的住宅政策保障，英國和加拿大其次，這些國家過往對土地市場有較強的管制，但近日因為保守派的勢力增加，開始面臨房市上漲的危機。在此之後，則是有社會主義傾向的資本主義國家，像是瑞典、德國，最後才是社會主義國家，當地居民較少受到迫遷，並且有許多進步的住宅政策保障人民權益。

除了美國之外，幾乎每個工業化的國家，都意識到完全私人主導的土地市場，無法滿足窮人的需求，因此採取各種的手段，至少將一部分的土地保留於市場機制之外，透過法規的限制讓人們能夠負擔其價格。舉例而言，香港儘管在經濟體系上類似舊金山、紐約等全球城市[10]，卻有百分之六十的住宅建設保留給低收入居民。在瑞典，地方政府對於土地使用有高度的掌握[11]，在斯德哥爾摩，幾乎每一塊未開發的土地，都屬於市政府擁有。在柏林，以歐洲城市來說，目前縉紳化的速度相當快速[12]，立法者最近通過了一條新法條，屋主對新房客收的租金不能高於地區平均租金的百分之十以上，這使屋主不能在換房客後迅速調漲房租，也因此降低他們驅逐長期房客的動機。瑞典、香港、德國並不是反資本主義的國家，但他們的政府卻意識到，不加管制的資本主義無法全面的解決住宅問題，相反的，美國社會卻無法意識到這點。在舊金山，在八十六萬四千的人口數中，每年都有好幾千人被迫搬離，但全市總共只有六千戶公共住宅[13]。在美國，每一年都減少一萬戶受補助的租屋單元[14]。

美國對於窮人的住宅政策，大多數都是零星而隨機，沒有經過縝密的計畫，也從來不是以成長為導向的市政府、州政府的首要目標。窮人一向住在價值較低的土地，在一九七〇年代時，內城市中心的土地價值較低，而現在，郊區的土地價值則較低，因此窮人被遷徙到那裡。

自由而不受管制的房地產資本市場，意味著資本的中心、文化的中心一直在移動。窮人、藝術家、社會運動者，在這個國家裡從來沒有穩固的居所，他們往往必須不斷地遷徙，在資本追求最高利潤的浪潮下尋求棲身之地。過往，每個城市文化或藝術上的「黃金年代」——像是一九七〇年代的紐約、一九六〇年代的舊金山，都是因為藝術家跟社會運動者能在城市裡找到便宜的住屋。對他們而言，當時的紐約和舊金山充斥著創意的社群，對於另類生活方式能夠包容，也有方便的公共交通網路，這些使用價值剛好跟交換價值對等，中低收入的居民因此能夠在此生活。但是一旦紐約和舊金山土地的交換價值改變，開始上升，這些藝術家和社會運動者就被驅逐了。在我們現今的體系裡，地方的交換價值一直在浮動，藝術家、社會運動者、低收入者，也會一直被驅趕。這是為什麼美國的陽光帶（Sun Belt）*如佛羅里達州，由於當地土地較為便宜，目前正湧入大量的窮人，而藝術家也正在逃離紐約，搬到底特律、紐奧良等下一個新興地區，相對來講較為便宜的城市。

如果美國的土地市場一直不受管制，或是法規鼓勵土地的交換價值不斷上漲，我們可以預測因為交換價值攀升而導致的迫遷將永無止盡。資本會持續找到下一個租隙夠大的地區，土地價格相對便宜，有升值的潛力，加以縉紳化，過去住在這些便宜土地的人則被迫搬遷，移往較低使用價值的地方重新安頓，等待下一次迫遷。

我常被問到，為什麼許多紐約的本地人會把新的咖啡廳、腳踏車道、甚至新公寓當成是負面徵兆，為什麼我們會如此「反發展」。但當我在寫這本書時，紐約市長比爾．白思博（Bill de Blasio）提議興建一條新的輕軌路線，會經過我住的地方，我的第一個反應竟然是：「我猜我得搬家了。」即使沒有人明說這是縉紳化，多數人不了解背後的經濟體系，我想人們在潛意識裡，已經能感受到失控的土地市場帶來的結果：咖啡店不只是喝咖啡的地方，新的輕軌不只是單純的大眾交通工具，而是社區開始成為高價房地產的徵兆，而你有可能無法再住在當地。其他城市的

＊陽光帶（Sun Belt）：指美國北緯三十六度以南的地區，包含佛州、加州、喬治亞州等州。陽光帶的日照充足，氣候溫和，適宜人類居住；因此自一九六〇年代起，由於人口大量的移入，及其氣候與產業的良好條件，提供了經濟成長的機會。

人也告訴我類似的心情，安娜貝爾．寶蘭諾斯（Anabelle Bolaños）說以往她贊成在教會區植樹，歡迎社區美化的措施，她認為教會區可以有更多綠化，「我曾是這麼的樂觀、正面，」她說道：「然後我覺得我被這些虛偽的善意給騙了。」

貧窮的社區當然應該值得被綠化、擁有好的街道、公共交通，但在我們現行的土地使用制度下，社區環境改善卻意味著原本的住民要遭到迫遷。唯有當我們重新規範，制度化地保留系統裡的部分土地，讓窮人能住得起，或至少提供他們補助，美國城市裡的居民才能更安穩的定居。某種程度來說，美國已然有這樣的政策：公共住宅是保障土地的一種方式，不管周遭的環境怎麼變遷，土地上仍有可負擔的住宅，住宅援助支付方案則對無法以市場價格負擔租屋的人，提供租金補貼。但這兩項制度都面臨資源不足、管理不當的嚴重問題。在許多城市，等待申請租金補貼的排隊名單要好幾年之久，這項政策也沒有根本性的解決租金上漲問題[15]，隨著租金越漲越高，受到補貼的比例、對象越變越少，窮人也被迫遷移到更遠之處。

公共住宅也面臨一樣的問題，在美國，紐約是唯一還留有數量可觀的公共住宅單元的城市，但即使是如此，數量還是遠遠不足，現有的建築急需維修，而城市則預計將公共住宅週邊的停車場、草地出租給私人開發商[16]，興建包含市價和平價的混合型住宅（即便平價，也非公共住宅裡的居民能負擔得起），我們國家的住宅政策簡直可說是漫無目標。

如果我們真的想要在未來有更合理的住宅情境，聯邦政府所需採取的政策相當清楚，要保護土地不受市場力量干涉，我們有以下幾個方案：藉由政府擁有土地興建公共住宅，或立法採取嚴格的管制，控制租金或土地價格上揚，或是我們可以透過住宅補貼這類政策，防止攀升的土地價格致使人民迫遷。但在目前的情況，我們毫無作為，只期盼市場力量能自行解決問題。若沒有重大的法規革新，我們可以預期在舊金山所面臨的情境，將會持續發生在全美主要城市。過去，郊區是富人居住的地方，窮人難以進駐，但在可見的未來，城市的中心將越來越具吸引力，窮人將被流放到郊區，直到城市與郊區的租隙降低，縉紳化開始無利可圖，才會又開始新一波的空間重組。

第九章　不平等的新地理學

就經濟層面來說，郊區是縉紳化的原型，郊區化是一項美國首創的實驗，以郊區的房地產開發來活化資本主義、促進經濟。縉紳化可說是這個實驗的延伸——所謂「第二階段的郊區化」。郊區提醒著我們美國的住宅規劃、經濟政策背後的企圖，其主要目標在製造財富，而不是讓人民安居。置身於縉紳化的浪潮中，我們較難看到縉紳化的全貌，但我們可以藉由了解郊區化的發展，推論都市政策將如何影響我們城市的未來。

縉紳化並非意味著郊區的終結，郊區仍然存在，但已不像都市那樣具有增值潛力，吸引著美國的富人進駐。富人現在喜歡聚集在城市，郊區則被棄置，成為中產階級和窮人的居所。今日的郊區已重新被形塑、改造，有新的人口進駐，變得更加貧窮，這個現象有著深遠的政策意涵，影響著許多窮人的生活。

當我跟安娜貝爾·寶蘭諾斯在教會區散步，她告訴我如果想要了解舊金山灣區的未來，我應該往東走，離開舊金山，到奧克蘭以東，穿越山脈、經過高速公路，去康科特（Concord）——康塔拉柯斯塔縣（Contra Costa County）的最大城市走訪一下。該地原本都是農業區，近日已蔓延為一連串郊區、衛星城、迷你城鎮聚集的所在，多半以私人汽車為主要交通工具。我決定走這一趟，但首先我必須通過連接舊金山和東灣（East Bay）之間的橋樑，這本身就是一項考驗。在過去的五年內，連接舊金山和周邊地區的每條橋，通勤人數都成長了十幾倍，塞車的情況反映著周邊區域人口的增長，比人口普查的數字還準確。在連接舊金山和東灣的海灣大橋（Bay Bridge）上[1]，從早上五點就開始塞車。當你創造了城市的經濟體系，人們卻無法負擔得起住在市區時，就會發生這種情況。

安娜貝爾建議我走訪康科特，因為她最好的朋友奧斯卡·巴多摩（Oscar Perdomo）住在那裡。奧斯卡今年四十五歲，是名男同志，拉丁美洲裔，從小在舊金山長大，他痛恨住在康科特，對他來說，這個地方醜陋、乏味、沒有文化、對同志不友善，多數是白人。但只有在這裡他才買得起房子，不用搬離灣區。

奧斯卡在教會區長大，他和他的母親在同一棟公寓裡住了二十五年，那是位在一棟老維多利亞建築裡的兩房公寓，有著護牆板作裝飾、拱形的天花板，還有發出嘰嘰嘎嘎聲音的木地板。他記得小時候最喜歡穿著整齊上教堂，之後和朋友們一起聚會。他的家人不算富有也不算貧窮，而教會區的生活對他來說正是如魚得水。

「我在這裡長大，我想要留在這裡，這是我的世界。」他這麼告訴我。我們坐在康科特空曠市中心街道上，一間連鎖咖啡店的戶外，「在教會區，到處都是拉丁美洲裔的人，那是一個社區，每個人都認識彼此。」

但他母親的公寓日益殘破，好幾個房間有壁癌，他們一個月要付八百元的房租，但屋主不做任何維修。奧斯卡不清楚他們的公寓有沒有受到租金管制的保護，當屋主開始威脅他們搬遷時，奧斯卡和他生病的媽媽也沒有反抗，抗議似乎徒勞無功。後來屋主將這間公寓改成一個單房住宅，將老式的天花、牆飾板拆除，讓它看起來更現代化，並將租金提高為三千美元。這件事發生在二〇一一，現在的租金可能又更高了。

所以奧斯卡遵守房地產界的通則：「開車往前走，直到你負擔得起租金」，為了幫他媽媽和自己尋找新的兩房公寓，他越走越遠，直到來到康科特，該地距離舊金山的車程介於半小時到一小時之間。

這裡沒有所謂的文化或是社區感。奧斯卡說他在教會區很有歸屬感，人們在街上會跟他打招呼，他在同志酒吧、教會都覺得自在，但在康科特卻沒有這種感覺。「在超商碰到鄰居，大家都相當疏離。」他這麼說：「如果你肚子餓，晚上十點以後這裡找不到吃的，晚上七點以後街上就看不到人了，九點以後連車子都沒有。這裡沒有好的調酒，沒有好的同志酒吧，你打開男同志交友的 app 軟體，這附近只有五個人。」

我們喝完咖啡後，奧斯卡帶我在康科特附近走走，市中心只有一個街廓，除了一家咖啡廳、幾間小餐館外，幾乎空蕩蕩的。然後城市往外蔓延，看起來沒什麼特色，像是美國的其他城市一樣，人行道很狹窄，道路很寬，紅綠燈的間隔很遠，在車道間有幾條細長的綠帶，我們走了二十分鐘，路上只碰到兩個人。途中奧斯卡告訴我，最近他被舊金山一間網路新聞的公司辭退了，他原本是平面設計師，他還在尋找新工作。但在搬到康科特之後，他得花時間多照顧母親，他越來越難跟舊金山的潛在雇主保持聯繫，所以他開始在當地的家得寶傢俱賣場（Home Depot）兼職打工。

我們走著走著，經過一排又一排的購物中心，直到來到一個大型的十字路口，看起來跟佛羅里達、俄亥俄州等任何地方的十字路口沒什麼兩樣。奧斯卡指著十字路口對面新的公寓建築，旁邊有一個公園，他說：「至少那裡有個公園。」他說他有時會在那裡看池塘中的鳥，他的公寓就在公園之後。在來往的車陣中，中間有個短暫的空檔可以穿越十字路口，但是奧斯卡不敢不遵守交通號誌，顯然當地的警察會對行人穿越馬路開罰單，因此我們只好在沈默中，等待多線道馬路上川流不息車子終於停歇，奧斯卡才走向他的新家。

郊區不是為窮人建造的，坦白說，郊區不是為任何人而建的，它建造的目的只是為了活絡資本。但郊區特別不適合窮人居住，窮人依賴社群的存在、需要社會福利服務，也需要有大眾交通系統。郊區更適合為與世隔絕的個別家庭居住，如同珍．雅各所說：「富人沒有像窮人那麼依賴豐富的街道生活——在街道上，你可以打聽到工作的消息，跟餐廳侍者打招呼。但大多數的富人或中產階級也一樣享受街道生活。住在郊區的潮流只流行了幾十年，富人們厭棄了安靜住宅區裡

的單調街道，紛紛離開，讓其他較沒有錢的人進駐。」[2]

當低收入者搬到原本為中產階級、上流階級打造的郊區空間，會發生什麼事呢？學界和社會福利界仍然在嘗試解讀這個最新現象。在過往，貧窮被定位是發生在都市中心的現象，但是在新的地理分佈裡，窮人離開了原本歸屬的社群，也脫離了原本依賴的社會福利系統。我們尚不知道這會造成何種影響——對窮人來說，郊區生活會不會讓他們倍感壓力、影響他們彼此連結的能力，甚至減低了他們的政治動員能力。郊區的地理型態既不適合發動抗爭，也不利於集體行動。我們只確信一點：在未來，窮人會以史無前例的速度搬入郊區。

在美國歷史上第一次，在都會區裡面大多數的窮人會住在郊區，在舊金山以東，康塔拉柯斯塔縣東側[3]，貧窮人口的比例在二〇〇〇到二〇一〇年間，上升了百分之七十。在二〇〇五學年度，有百分之三十八的學生因家庭狀況因素，獲得免費或補助的學校午餐，到二〇一〇年，比例上升到百分之五十。這些數據不只是由二〇〇八年以來的經濟衰退所造成的，誠然，各地區貧窮人口的比例都在增加，但在郊區增加的速度更快，幾乎是城市的兩倍[4]，如今在大都會區，有百分之五十五的貧窮人口住在郊區[5]，而有百分之六十三的接近貧困人口（收入在國家貧窮線的兩倍之內）住在郊區。

族群的人口分布也改變了，在灣區，住在市中心貧窮的黑人在二〇〇〇年到二〇〇九年間減少了百分之十一點三[6]，而同期間在郊區增加了百分之二十。移民路線也有所變化，移民不再由國外遷入市中心，而是直接搬到郊區或是城市的衛星城鎮。這也是縉紳化研究沒有捕捉到的數據，這些移民在十年、二十年前會遷入市中心，但今日搬到郊區。如今有超過百分之五十的第一代移民住在郊區[7]，只有百分之三十三住在城市（其餘的住在鄉村）。

當人們遇到經濟困難時，舊金山的高房價代表著他們無處可去，聯邦政府的租金補助不足以讓窮人住得起舊金山的公寓，慈善組織無法負擔在城市裡為有需要的人興建住宅、或給予補貼。「我們基本上是郊區的仲介，」傑夫．白列克（Jeff Bialik）這麼告訴我，他是舊金山天主教慈善組織的執行長。「人們遇到危機時，我們協助他們搬到收容所，然後將他們遷出城市。」過去目的地是奧克蘭，現在則是安提阿克（Antioch）、布倫特伍德（Brentwood）、瓦列霍（Vallejo）等更遠的地方。一旦搬到那裡，他們的社會支持系統更薄弱，有時候我們實在不願這麼做，可是我們還能怎麼辦呢？」

對於沒有車子的人，住在郊區可說是行動困難。大眾交通極不便利，對於住在郊區的低收入居民來說，很難以大眾交通代步通勤去工作。只有百分之四的工作能夠在四十五分鐘內透過公共運輸抵達[8]，就算將通勤時間延長到九十分鐘，根據統計，在都會區也只有百分之二十五的工作能夠透過公共運輸抵達。

在灣區只有四條通勤路線，在舊金山市區以外，各車站間的距離很遠，車次也不頻繁。曾有一位舊金山灣區大眾運輸局（San Francisco Bay Area Rapid Transit）的員工，在公司的官方推特上寫道：「BART已經超載了，我們的系統也逼近運作年限的上限。」[9]另外一則推特則評論，運輸局難以招架科技潮帶帶來的改變。這是難得官方坦承問題存在，但問題則無法被輕易解決。

有證據顯示，在郊區的貧窮學生表現不如在內城的學生。在灣區最邊緣的兩個城市：安提阿克和匹斯堡（Pittsburg）[10]，是接收最多舊金山市流出人口的衛星城，當地的低收入學生，學業表現遠較市區的對照組差。

當郊區的貧窮人數增加，針對貧窮問題建立的社會福利系統卻仍侷限於都市中心。在郊區的非營利組織服務的地理幅員遠較城市廣大[11]，但它們的募款來源卻更為有限，隨著越來越多窮人搬到郊區，這些非營利組織的資源更顯單薄，也難以觸及每個區域，自身也面臨掙扎。

「窮人們面對的是很差的大眾交通系統、貧乏的社會服務，我們試著在郊區建構支持體系，但我們過去的經驗和專業多半侷限於市區。」唐・菲利普（Dawn Phillips）這麼說道。他擔任非營利組織正義目標（Causa Justa/Just Cause）的計畫經理，這是灣區規模最大為拉丁美洲族裔倡議的社會團體。「對我來說，這不是我們的組織要不要擴張的問題，人們的生活已經自然而然的區域化（regionalization）了，我們別無選擇必須要跟隨這個趨勢，但我們還在調適。」

在灣區的衛星城鎮裡很難有任何基本的服務，有些窮人甚至搬到沙漠中的非行政建制地區，那裡甚至沒有污水系統或乾淨的飲用水。

「人們像是住在美國的殖民地，」一個社會運動者在地方新聞網站上陳述：「像是住在第三世界國家，就在距離我們不遠的地方。」[12]

這就是灣區新的地理圖像：人們在沙塵僕僕的城鎮中，住在移動拖車園區，周圍沒有店家，也沒有乾淨的水。

對於仰賴大眾運輸和社會福利體系的低收入者來說，郊區和都市擴張後的衛星城鎮，並不是理想的空間形式。仔細想想，你會發現郊區的空間型態，不利於任何收入程度的人形成社區，這

就是為什麼很多在郊區長大的人，似乎都對其深惡痛絕，而紛紛搬回市區。但是諷刺的是，過去數十年來，郊區的生活被描繪成是美國夢的代表，我們有必要問問這是如何發生的，為什麼郊區在過往會被發展出來。

擔任羅斯福總統首席住宅政策顧問的雷克斯福德．特格韋爾（Rexford Tugwell）當時解釋他的計畫：「我的構想是在人口中心地帶之外，選擇便宜的土地，建造一個新的社區，吸引人們搬進來。」他說明自己所建構的地理圖像：「然後我們回到城市，拆除掉貧民區，在那建造公園。」羅斯福總統並非保守派，他通常是窮人的捍衛者，他最重要的住宅顧問如此的「反城市」（anti-urban），顯示了這種心態是多麼根植於美國住宅政策的核心。

從一九三〇年代初期，掌權者開始大規模的建造郊區，郊區承載著許多人的想像，深刻的影響著美國人生活的各層面。郊區不只是一個新的空間，它被建造的目的是為了活絡經濟，除此之外，郊區也代表一種對美國掌權階級更有利的生活方式。恩格斯早就警告過，為了追求房屋所有權[13]，工人將忍受不合理的待遇，變成不自由的勞工，降低對抗雇主的能力。恩格斯是共產主義者，他看出這點，而許多的資本家也公然承認，讓人們受制於房貸，努力工作購買房屋，這正是郊區住宅被創造出來的目的。十九世紀的一位鐵路大亨說，他樂於見到工人們擁有自己的房屋，因為「他們再也不能輕易的罷工了。」[14]威廉・李維特（William J. Levitt），一位早期有名的郊區建商，在長島興建了五萬戶住宅，命名李維特鎮（Levittown），他在一九四八年這麼說道：「沒有人在擁有自己的房屋和土地後，還能夠當一名共產主義者，他得忙著工作還錢了。」[15]

約瑟夫・麥卡錫（Joseph McCarthy），這位參議員因為控訴數位好萊塢影星為共產主義者而聲名大噪，在此之前，他就曾指控社會住宅、公共住宅的興建是共產主義的思想。一九四八年，當聯邦政府撥款為退伍軍人興建住屋，他評論這樣的政策將成為「共產主義的溫床」[16]。

對麥卡錫等人來說，郊區所代表的資本主義，在經濟、道德和理念上都較合乎道理。羅伯・摩斯（Robert Moses）曾任紐約各政府部門[17]，包含擔任公園處處長，他不遺餘力地將紐約周邊郊區化，摩斯反對興建公共運輸系統，罔顧窮人，支持汽車導向的城市發展。摩斯任內，發包興建了超過上百座橋樑，用來連結紐約跟周邊郊區，但幾乎所有的橋樑的高度都不足以讓公車行經，間接阻擋了仰賴大眾運輸的窮人和黑人通行。

一九四二年，摩斯寫了一篇文章歌頌十九世紀時巴黎的改造，喬治・歐仁・奧斯曼（Georges- Eugène Haussmann）在拿破崙三世（Louis-Napoleon Bonaparte）的委任下，將巴黎改造成有著寬闊放射狀的大道，今日我們所熟知的「光明之城」。巴黎的重建有三個目的：吸引在法蘭西帝國中多餘的流動資金，讓當時高失業率的勞工階級可以就業，抑止在巴黎市中心醞釀的左派社會主義運動。這個計劃大獲成功，老的社區被夷平，不滿的工人有工作做（因此降低了參與革命運動的可能性），巴黎從一個粗糙的工人階級城市，轉換為鼓勵消費與觀光的城市。奧斯曼證明了都市規劃不只是經濟發展的工具，也能重組城市的社會和政治結構。然而如同其他的資本主義式發展，這樣的成果並不永續，十五年之後，大型的開發計畫導致法國的經濟大蕭條，社會主義革命重新席捲巴黎。儘管有奧斯曼失敗的案例在先，摩斯在美國，還是推動一系列類似的建設計畫，其他的都市規劃者也爭相仿效。

一九四〇年代時，意識形態保守的美國相當動盪不安，儘管第二次世界大戰解決了大蕭條時代的經濟問題，文化和政治形勢卻不穩定。女性工作比例上升，在政治和經濟上逐漸獨立於男人，同志運動開始在許多主要城市醞釀，特別是舊金山和紐約，工會運動也興盛，美國看似將走向自由主義，而郊區是重建保守價值的一種方式[18]。

美國的郊區化促使白人進入私有制、反社群的生活方式[19]，鼓勵傳統的性別分工（女性擔任家庭主婦，男性出外賺錢），也重新具體化了種族的的邊界——白人、黑人、拉丁美洲和其他少數族裔，彼此空間區隔。

取代了都市的社群生活，郊區鼓勵消費主義——透過購買物品來建構生活的意義。赫伯特．胡佛（Herbert Hoover）總統在當權時，一度跟美國人民保證「人人都有居所，每間車庫都有私家汽車」，他對美國人提出未來富裕的圖像，是每個核心家庭都居住在獨棟的房子裡面，有著設備齊全的廚房、自己的車庫。

郊區一開始就是人為建構的概念，充分反映美國資本主義、個人主義、父權、種族歧視的一面。郊區並非是自然衍生、合乎情理的地理空間，起初，連富人對於搬到郊區都有些遲疑。人們為什麼要搬離自己的工作地點，居住在一個遠處的孤立社區呢？因此一開始，社會創造了各種文化和經濟理由，說服消費者居住在郊區的好處。一九四〇和一九五〇年代間，雜誌裡充斥著郊區的建案廣告，試圖向美國人宣傳郊區生活是更高尚、能夠化解市區萬惡生活的解藥。有些廣告由建商刊登[20]，像是零售界的西爾斯公司（Sears），出版書籍鼓勵人們設計自己的住家，然後再由西爾斯公司建造。其他的廠商則鼓吹郊區的好處，向人們促銷一系列在郊區住家會用到的商品——包括烤土司機、洗碗機、新的冰箱等。在奇異電子（General Electric）的廣告裡，一個軍人正畫出標準郊區房屋的輪廓——一個方盒子上面有個三角形屋頂，而一個女人則擁抱他表示感謝。這個廣告的目的是在鼓勵女性購買戰爭債券作為投資，等丈夫從戰場上回來，他們就會有足夠的錢買房子，在屋裡放滿各式各樣奇異電子的家電。郊區也許不方便、昂貴，但投資郊區，是一種愛國的行為。

電視成為促銷郊區文化最重要的媒介。耶魯大學建築系教授朵莉絲・海頓（Dolores Hayden）認為，電視的普及跟郊區在一九五〇年代間的興起密不可分。透過電視的宣傳，郊區生活看起來自然、歡樂、是標準的美式生活。在情境喜劇或戲劇裡，充斥家庭主婦滿足的使用家電的畫面，男性則開著新車到遠處通勤（通常是這些家電和汽車製造商所做的置入性行銷）。文化評論者卡瑞・安・馬林（Karal Ann Marling）這麼寫道：「在客廳裡看電視的人，像是炫耀展示，呼喊著：看看我！看看我的家還有我的新彩色電視。」[21]

在第二次世界大戰之後，郊區在冷戰期間成為對抗蘇聯的一種文化意象。一九五九年，透過電視轉播，副總統理查・尼克森（Richard Nixon）跟蘇聯總理尼基塔・克魯雪夫（Nikita Khrushchev）公開辯論，尼克森站在一個美國郊區住宅模型前，陳列著各式各樣現代化的電子用品，訴說美國文化的優點。這場辯論後來被稱為「廚房戰爭」，尼克森提出，從烤箱、電視、罐頭到百事可樂等種種物品，都是美國生活方式優於蘇聯的證明[22]。

好萊塢也加入了這場政治宣傳[23]。一九六一年在《單身天堂》（*Bachelor in Paradise*）這部電影裡，鮑伯．霍伯（Bob Hope）飾演一名作家，前往加州的郊區撰寫一篇有關郊區生活的評論文章，他最後愛上了當地的房地產經紀人，並且搬到那裡。一九四八年的《白蘭丁先生的夢想之屋》（*Mr. Blandings Builds His Dream Home*）這部電影裡，凱瑞．葛蘭特（Cary Grant）飾演一名廣告商，對紐約市的生活感到厭倦而搬到郊區。在興建房屋的過程中，處處出了差錯（根據電影史學家的分析，這些問題多半呈現出當時勞工缺乏工會保障，而政府卻以飛快速度補助住宅興建。）最終白蘭丁先生的家庭還是高興的住進了郊區。對於麥卡錫時代的白宮政府，這部電影顯示了好萊塢對美國文化的忠誠，支持將郊區夢賣給消費者。這部電影也將奇異電子的產品，還有各種油漆、地毯、鋼鐵公司的產品置入性行銷。在此之後，建商蓋了許多「白蘭丁先生的家」的複製品，在全美各地銷售，（電影原著的作者後來又寫了書的續集，描述白蘭丁先生家對郊區生活感到厭倦，全家重新搬回城市，但這本書再也沒有被改編成電影。）

除了文化力量以外，二十世紀中從城市遷往郊區的遷徙潮，背後受到數百萬美金誘因的驅使，包括高速公路的興建、房屋貸款、還有各式各樣的政府補助。聯邦住房管理局和退伍軍人管理局貸款計畫為人們提供在郊區買房的資金來源，這些貸款計畫讓低收入的美國人，特別是黑人，困在市區內，而鼓勵大量的人口移出到郊區。一九五〇年間，有三分之一的私有住宅受到聯邦政府和退伍軍人貸款計畫的資助[24]。大量的貸款排擠了市場興建低收入或平價住宅[25]，幾乎所有新建房屋的資金，都流入獨棟住家。一直到現今，房貸仍享有稅金減免（依據房價的高低決定多寡），政府補貼購買私人住家單元的免稅額度，是花在公共住宅開支的四至五倍[26]。

郊區的運作有賴公路的連結，高速公路系統也同樣受到政府補貼，創造出郊區生活方式成本較低的假象。事實上，美國的州際公路系統是歷來最大的大型公共建設，加總起來長度有四萬八千九百哩。百分之九十的道路是由政府出資[27]。道路建設主要是由聯邦政府負擔，研究顯示，開車的人只負擔不到一半的真實成本[28]。

直到今日，郊區的建築形式、需要的交通運輸，仍需要政府的補貼才能維持下去，所換來的，卻是塞車、空氣污染、孤立的生活方式、單調的街景，這顯然是不合邏輯的。美國每年花在補助郊區建設的費用上，高達一千億美金[29]，若沒有政府對高速公路、燃油和房貸補貼的各項補助，郊區系統根本無法運作下去。這項偏頗的補助政策，也讓人們產生錯覺，以為過去的幾十年，美國城市無可避免走向衰退，郊區則欣欣向榮，而事實上，郊區只是獲得更多政府的資源罷了。

郊區的發展模式極端不合理——在上百億的政府資金投入下，數不清的美國人從城市遷出，搬入郊區，郊區生活的負面問題一旦顯露後，有能力的人開始尋找不同的生活方式。最近幾十年來，在郊區長大的小孩嚮往不同的生活，他們多數都決定搬回城市的中心。

想要逃脫郊區的慾望本身並不是壞事，郊區並不是適合美國人的生活方式，從進步的都市規劃觀點看來，美式郊區並不是永續的發展模式。更為合理的做法，人們應該住在密度較高的區域，彼此透過公共交通節點相連。這並非遙不可及，如同肯尼斯．傑克森（Kenneth Jackson）在《草原邊地》（*Grass Frontier*）書中描述，歐洲城市大多以這種模式發展。美國的人口人和資本重新回到市區，窮人、中產階級、富人有可能共存共榮於城市。畢竟，在郊區長大的年輕一代想要搬回城市並沒有錯，因為郊區是一個在經濟上無法運作、環境上造成大量土地浪費的居住模式。

但情況並非如此，美國城市因為房價高升，沒有辦法容得下所有人，郊區也因此持續存在，美國房地產協會（National Association of Realtors）是全國第二大的倡議組織[30]，僅次美國商會

（US Camber of Commerce），他們從自身利益出發，希望私人獨棟住宅的市場興盛。問題是，市區的私人住宅市場並非對每個人都公平。理論上來說，每個人都有居住在城市裡的權力，但由於住宅存量稀少，區域規劃又失衡，有較高經濟收入的人，因之有較多選擇居住所在的權利。而當窮人的居住權不受保障，我們可以預測，城市的地理學將持續重組——郊區被富人所遺棄，他們搬向市中心，而一向沒有安穩棲身之地的窮人，會被推擠出來，被迫居住在有剩餘房屋的郊區。

在全美各地，許多都會區已經有類似灣區的發展。走在舊金山的市中心，你已經很難看到有色族裔的居民走在街頭，生活型店家、便宜的雜貨店不多，卡斯楚街裡都是觀光客，而非原本居住在當地的同志社群，城市已非原貌，呈現出淨化、白人化後的新版本。

如果你想要看到原本的舊金山，你必須要到舊金山之外，到東灣的捷運站，看看滿是通勤的乘客，在尖峰時刻到港灣大橋，看看身陷車陣的人們，還有到舊金山的衛星城鎮，走訪分租公寓和拖車公園，在這些邊緣郊區，既沒有大眾運輸，也沒有所謂市中心，更沒有社群的蹤影。這就是縉紳化城市最終的面貌：它再也不像一個城市。

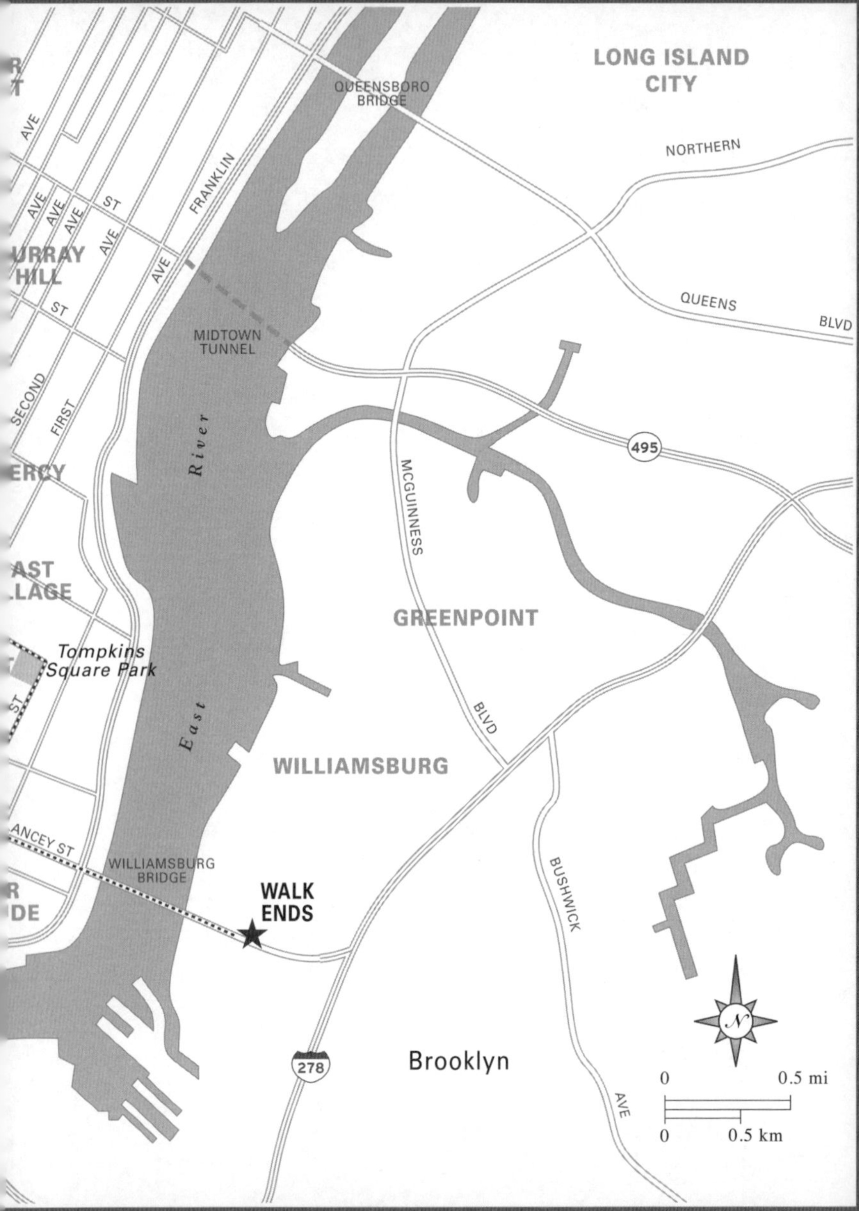

一段紐約散步的起點及終點

第四部　紐約

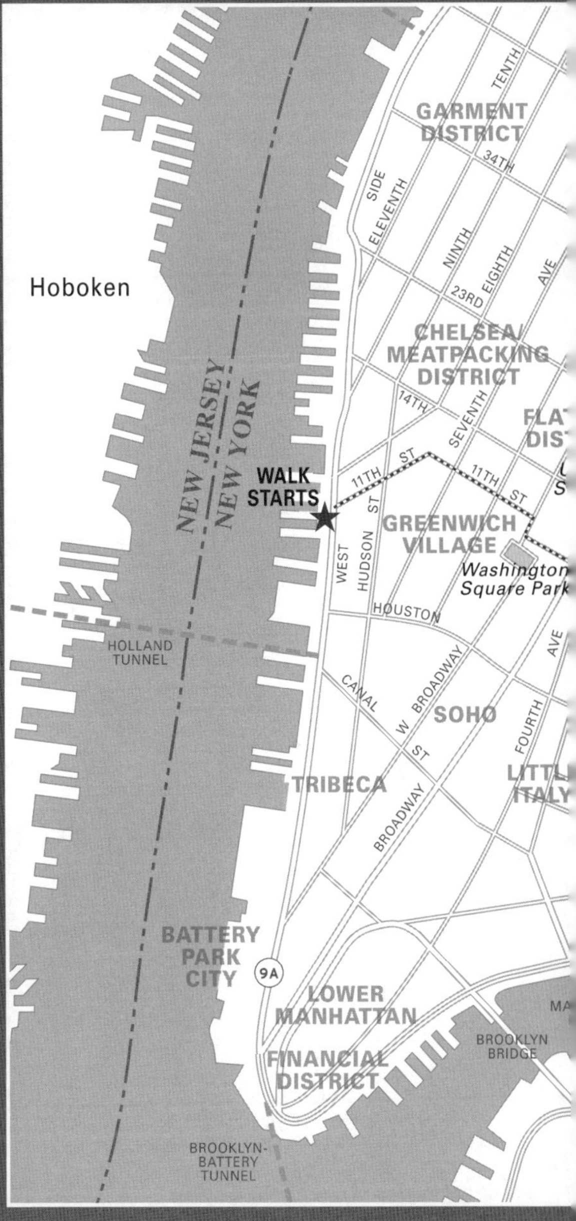
Hoboken
NEW JERSEY
NEW YORK
GARMENT DISTRICT
TENTH
34TH
SIDE
ELEVENTH
NINTH
EIGHTH
AVE
23RD
CHELSEA/ MEATPACKING DISTRICT
14TH
SEVENTH
WALK STARTS
11TH ST
11TH ST
GREENWICH VILLAGE
Washington Square Park
WEST
HUDSON ST
HOUSTON
HOLLAND TUNNEL
CANAL ST
W BROADWAY
SOHO
AVE
FOURTH
TRIBECA
BROADWAY
BATTERY PARK CITY
9A
LOWER MANHATTAN
FINANCIAL DISTRICT
BROOKLYN BRIDGE
BROOKLYN-BATTERY TUNNEL

第十章 輓歌

誰有使用空間的權利？我感覺自己理所當然身在這個城市，從各方面來說，它也算是我的城市。某種程度上這說法很合理：我在紐約出生、在市中心長大、家族世居於此，我的成長記憶都跟這裡有關，人際網絡在這，我用紐約人的眼光看世界（之前跟一個男性朋友去其他城市旅行時，他常抱怨我什麼都要拿來跟紐約比較——食物、建築、人）。但我屬於仕紳階級，我的家庭也是仕紳階級，我的生活充滿許多特權。有些追憶往日情懷的作家，想要從真實的紐約生活尋找昔日創意奔滿，觥籌交錯，奇異混亂的黃金時光，這氛圍我也貢獻了幾分。但其實我的生活還挺無聊的，偶爾來上幾杯昂貴的咖啡。紐約漸漸收服我，但它卻似乎比我還無聊。在布希維克、貝德－斯泰弗與展望萊弗茨花園（Prospect Lefferts Gardens）充斥著非本地人的咖啡店，在下東城（Lower East Side）酒吧的媒體聚會裡、在宴會上，甚至同志酒吧裡，我意識到——我得老實說——自己對身邊一切相當冷淡。當然聽起來有點誇張，但我願意為此辯護：紐約型塑了我的人格，賦予我珍愛的內心生活，每天我都感受到這份人格和紐約的變化漸行漸遠。我對紐約的感覺，就跟吉米・菲爾斯（Jimmie Fails）及喬・陶巴特（Joe Talbot）對舊金山的感覺一樣：像個遺痕。

可能那就是為什麼我在紐約最開心的時候都是獨自一人的時刻，像是散一個長長的步時，我得以慢慢咀嚼跟這個城市的連結、我的身分認同和它如何有關、它的改變又何以改變我。我需要跟他人保持一點距離，才能消化那分廣袤，欣賞它經歷過的無窮無盡的失落，將轉變內化進心底，才不至於被感受淹沒。

我開始在布魯克林區和曼哈頓散長長的步，有時追憶童年，有時探索我不知道的社區，看看哪些店收了、哪些店還開著，哪棟大樓突然某天長起來，什麼又神奇地依然如故。有時我會瞥見這城市之前的樣子——一個街區，街上有垃圾、一兩家熟食店，沒有新的咖啡店，可能有一些人穿著蓬蓬的冬季外套，思緒只在自己身上，走路時眼睛直盯著地上。這些場景喚起了城市舊時的回憶，有那麼一瞬我將這樣的場景、關於老紐約的感官記憶套入整個城市，彷彿我的眼睛是台X光機，很快掃過家園嶄新的表面，發現不過是強加上的俗艷外層，並幻想著像剝下乾掉的牛頭牌（Elmer's）萬能膠水那樣把它們層層剝除。

最近某次散步，我決定從我兒時的家開始，我的父母還住在那，一路走向我現在住的布魯克林區。我從西十一街出發，在西側公路（West Side Highway）前的最後一棟建築物及哈德遜河的水岸碼頭的交會口。這個碼頭曾經是工業區與水泥碎石場，現在種了當地的植物、闢建了腳踏車道美化河岸。

這是我成長的地方。我母親的雙親是二戰大屠殺的倖存者，他們在二戰之後來到紐約，落腳在布魯克林的威廉斯堡（Williamsburg），並在曼哈頓市中心開了一家織品店，草創事業。就像當時許多中產階級的人為了提升生活搬到市區之外，他們搬去了紐澤西，最後又搬回紐約，靠近紐約大學一棟有門房的公寓大樓。織品生意為他們家族帶來財富，我母親遇見了我父親，他的家族也在紐約很久了，一九六〇年晚期他們定居在紐約市的北邊，當時他們的經濟狀況跟紐約一樣面臨破產。我的爸媽從嬉皮大學生，變成心理學的研究生，他們第一間合租的公寓位在西十街，房租一個月六十五美元。我哥哥出生之後，他們就搬到十一街的現址。一九八〇年代初期，這棟建築物是街區唯一的住宅建築，其他的建物大多停著垃圾車，我還記得一些燠熱的早晨，我被窗外飄來的腐爛廚餘味薰醒。當時大家並不認為這裡適合居住，因此我爸媽用很便宜的價格就買到：九萬元，比探聽的價錢還低了十七萬。

談到在西村（West Village）成長的經驗，很難不懷舊。我兒時的家離珍．雅各撰寫《偉大城市的誕生與衰亡》的地方只差幾條街，雖說我是在那本書出版後的幾年才出生，仍然可以感受到書中所提及的情況——我也是珍．雅各書中的角色之一。她寫到街道提供郊區的人必須付費才能擁有的事情，像是安全感和社群，這就是西村曾給我的。我十歲的時候，能夠自己一個人走路到哈德遜街的小學（現在被紐約市重新更名為珍．雅各路），因為路徑上的人我都認識，爸媽根本不必擔心。如果他們耽擱了，沒辦法接我放學，我可以和厄尼一起等待，他很友善，在附近街角賣三明治，或我會去披薩店等，店家會給我幾片免費的披薩。的確我也經歷過成長的陣陣焦慮，但我成長的街區，從各方面來說就很像實境的芝麻街（Sesame Street）。

不過，從很小的時候，我就感覺到有些不對勁，舊時紐約給西村無菌、對家庭友好的氛圍蒙上了一層陰影。其他城市或許更破敗，或許更刺激，但我都很難有連結，一部分因為我很幸運，過著安穩的生活，另一部分是當我長到懂事的年歲，西村的氛圍正在快速消逝。我父母的公寓之前能往下俯瞰哈德遜河的碼頭，後來他們的窗戶前蓋了一棟公寓大樓，一九八〇年代紐約的同志場景大多圍繞著這裡發生，一部關於時尚的知名紀錄片《巴黎在燃燒》（*Paris Is Burning*）也在這裡取景，酷兒藝術家大衛．沃納洛茲（David Wojnarowicz）在這裡和無數男人做愛，把他們寫進《刀鋒邊緣》（*Close to the Knives*）一書，在我離家時這本書是我的精神食糧。但我十五歲的時候，碼頭上已經沒有同志了。來到南邊幾條街的克里斯多福街（Christopher Street），多年來這裡就是非裔和拉丁裔同志的樂土天堂。我在孩童和青少年時期，看過跨性別（trans）和非常規性別（gender-nonconforming）的性工作者走過華盛頓街（Washington Street），冶豔的男同志在克里斯多福街的門廊下聚會。我知道我不屬於這部分的紐約，我太年輕了，這是一個不同的時代。但我很珍惜在其中成長，或至少在旁邊成長的經驗。只是後來變化發生得越來越急，每年看到夜間走過華盛頓街的性工作者越來越少，克里斯多福街同志酒吧一家接一家收掉。我在這裡的時間夠長，得以看到書上、電影上形容的那個世界的尾聲。

我以為這就是故事的結尾了。我年幼的腦袋也覺得同志村撐不了太久——人長大了之後就會搬走、生孩子，然後一切就會變了。但改變還在發生，甚至加速了，連方便家庭的中產階級社區節點也紛紛關閉：我小學放學時會逛的便宜的餐館、二手珠寶店、骨董店、我哥哥當童工的錄影帶店、我十六歲時買菸的熟食店、華人區（比較好的那邊）、另一個華人區（比較糟的那邊）、披薩店、壽司店、酒吧、麵包店、自助洗衣店、雜貨店、藥局——都在五年間關光了。

接著人們也紛紛離開，我記得有一天，有個男同志搬離了我父母住的那棟房子，他從我出生的時候就住在那了。那裡已經不是同志村了，還有什麼理由留下呢？沒多久，那房子裡剩下的藝術家也走了，沒有人再每月維護房子。市中心幾乎沒剩下什麼美術社或藝廊，後來一些從事專業工作的雅痞族也走了，假如郊區的機能越來越完整，他們何必還屈就在一個東缺西缺的區域？接著有錢人也走了。縉紳化朝你匍匐而來。白人嬉皮中產階級沒發現黑人同志不見了；專業者沒發現（或根本不在意）嬉皮離開了；有錢人沒發現年輕的專業者走了。然後就是你今日所見，剩下的西村：一家開給國際寡頭權貴的高檔賣場。

有一度我發現只剩下我父母、哥哥和我，還有一對久住的前輩（所謂的釘子戶）混雜在新住戶中。新住戶與我們似乎非常不同，他們在走廊上遇見我的時候從不打招呼；進入大樓時會立刻把大門關上，好像擔心被人尾隨；我後來才知道他們有些人在投資銀行工作，有人從事國防工業，有人是企業律師；他們願意花上百萬的公基金（每間公寓都要繳）來安裝走廊的監視器、用低調的黑鐵漆和昂貴的石材整修大廳；二〇一五年西村舉辦年度的同志大遊行時，我們這棟大樓首次雇用保全，在門口檢查出入者的身分。整個街區好似換了一個世界，除了貧瘠的美學、錦衣華服和美食之外，其他一切盡不入流。有錢人接管了街區，他們極度在意治安，在在顯示他們沒打算把街區交出來。

布里克街（Bleecker Street）上，好幾家時尚設計師馬克．雅各布斯的小店取代了原本的骨董店，一家昂貴的西班牙餐酒館取代了物美價廉的中國餐廳，一間酒吧取代了一家熟食店，一家高檔熟食店取代了另一家，一家銀行取代了另一家中國餐廳，某家貴得要命、我根本不知道在賣些什麼的玩具店，取代了我哥哥工作的錄影帶店。同志不再逗留克里斯多福街，我幼時看見男同志裸躺的碼頭如今花費了上百萬的市政基金整頓，現在有警察密集巡邏，還充滿慢跑的人和小嬰兒。我一次次企圖跟其他不在這裡生長的人解釋，看到西村變成今天這幅模樣是什麼感覺，但他們不像我有張關於失落的心智地圖，我唯一能說的就是遺憾，但他們永遠沒辦法了解。

從前我因為太年幼而沒能好好認識過去的紐約，但它之於我還是具體且真實，即使我所知或許只有陰影，如今感覺那就像場夢。站在西十一街的街角，腦中浮現我最喜歡的紐約作家的話語——小說家莎拉．舒爾曼（Sarah Schulman）、詩人艾倫．金斯堡（Allen Ginsberg）和詹姆斯．鮑德溫（James Baldwin）——實在很難把他們的世界和眼前這個視為同一個。當我走過街道——走過時裝設計師邁可．寇斯和馬克．雅各布斯的品牌店、經過一大群吃著美金二十元的蛋捲早午餐的觀光客、經過一群不知道要怎麼在人行道上走路卻不擋住後方來者的人群，他們盯著街區的建築物看，彷彿它是某間我消費不起的店櫥窗裡一件珍稀的商品——這和啟發了無數作家和藝術家的紐約，是同一個地方。誰又能被現在的紐約給啟發呢？

從我父母的家看向東邊，往西村邊緣和曼哈頓的方向，北方過去一條街是「魏斯貝絲」藝術公寓（Westbeth），美國第一個政府補助的藝術聚落[1]。這棟建築物老舊高大，外觀灰濛濛的，裡頭住著許多年長的藝術家，他們不願離開這城市他們唯一還負擔得起的房子。再往南看一條街是三棟玻璃公寓大樓，由「明星建築師」理查・邁爾（Richard Meier）設計，二〇〇四年落成時便暗示著此區即將劇烈轉變：第一波、第二波、第三波的縉紳化已結束，第四波力量到了，這波浪潮裡盡是買得起一千五百萬元公寓的人。邁爾的大樓是紐約最早的玻璃帷幕建築之一，而今曼哈頓和布魯克林區盡是藍綠色的玻璃仿冒品。再往東看一條街，是一區低矮的紅磚屋，我童年時期許多朋友都住在這裡，此區透過聯邦補助的「米契拉瑪」計畫（Mitchell-Lama）資助中產階級置業，「米契拉瑪」計畫給予減稅或提供低利貸款給願意低於市場利率的地主。後來一家投資公司「島都」（Island Capital）買下這棟公寓，紐約州長古莫（Andrew Cuomo）[2]——他在當上州長之前是在「島都」工作——談成一樁交易，把這棟公寓從「米契拉瑪」計畫裡移除，轉到市場上交易。「米契拉瑪」計畫旗下其他幾棟建築也正經歷類似的過程，計畫原本有七萬戶出租公寓[3]，如今減少到三萬五千戶。

再往北一點是肉品包裝區（meatpacking district），就如它的名字，此區過去是包裝肉品的區域。當我還小的時候，曾目睹血淋淋的牛體掛在鉤子上，穿著白色工作服的男人在戶外餐車旁抽菸（這家餐車很神奇，旁邊的店都倒光了，它卻撐了下來）。「高架公園」（High Line）過去是廢棄的高架鐵道，後來被轉化成公園，由市政府支持部分營運資金，民間團體管理。晚上的「高架公園」是關閉的，要不是它輸送帶般的角色，在這裡聚會還挺不錯的。觀光客會從中城輕快地走過警力處處的「高架公園」，最後在我住的街區停下。

肉品包裝區再過去是西雀兒喜（West Chelsea），以往也是工業雲集的區域。二〇〇五年，紐約運用最強有力的都市規劃工具——土地使用分區管制（zoning）——將西雀兒喜的照相館和倉庫變身成城市裡最昂貴的不動產。前市長彭博的市政團隊將紐約市裡的大片土地重新分區，主要集中在工業、商業和高度密集的住宅區，開發商在這些新的分區裡被賦予完全的自由。大部分的新建案不需要提供平民住宅，但其實負擔得起的人寥寥可數，所謂「負擔得起」的定義也是寬鬆到不行，所以基本上這些建案沒起什麼效用。所費不貲、裝飾著曲折藍綠色霧面玻璃門面的公寓大樓在雀兒喜（Chelsea）、中城區，還有限高放寬、土地使用改變的每一個廊道地帶都流行起來。由於這些建物都有限高，你可以想見西雀兒喜的街道生活非常繁忙，但整個街區卻依然死氣沉沉。因為這些建築物就像紐約今日的許多建物一樣，與其說是生活的地方，不如說是資本遊戲的場域。整個街區變成全球菁英的保險單，他們認為比起股票，不動產是更穩當的投資。一般很少人真的住在這些建築物裡面，可能一年頂多一兩個月。雀兒喜還不是最誇張的：一份紐約時報（New York Times）的調查發現，中城某區三條街範圍內，百分之五十七的公寓每年至少都空著十個月[4]，曼哈頓區的「不在屋主所有權」（absentee homeownership）自二〇〇〇年起，增加了百分之七十[5]。就算你認為吸引億萬富豪到紐約來是個好主意，也很難懂為什麼這些公寓被課的稅金比例只有它們價值的百分之一。基於紐約的稅法，像這樣嶄新、高聳入雲的億元玻璃大樓[6]，實際被課的稅金會讓人以為這棟建築只值三、四百萬。甚至作風比前市長彭博更激進的現任市長白思豪（Bill de Blasio）也沒有要改變現況的意思。

越往東走，經過西村的外圍和格林威治村（Greenwich Village），我忖度著珍．雅各曾視此地為每個城市的模範：住居和商業、舊與新、下層與上層階級混合。她書中某一句話躍入我的腦海：「我擔心不真正了解（現在的街區）的人會有錯誤的想像，」她這麼寫，「就像憑著旅人的描述就畫出犀牛的圖像那樣。」[7]從來不認識一個地方的過去的人，也不會知道它的潛力。人們覺得現在的西村是一灘死水，不會想到它曾經之於窮人、工人和中產階級的意義。

再看看西村現在的變化，我想到另一則珍．雅各的箴言：「要把一個地方變得單調、貧瘠、粗鄙，天價資金、機關算盡和公共政策，三者缺一不可。」[8]

走過綠樹成蔭的十一街（我會說它是紐約最漂亮的街道之一），經過木蘭烘培坊（Magnolia Bakery），外頭永遠站著成群觀光客，追隨快二十年前影集《慾望城市》（*Sex and the City*）的小確幸。到了第七大道（Seventh Avenue），我面前是聖文森醫院（St. Vincent's），或過去是聖文森醫院——這個社區醫院，我的家人至少都來過一次。它關閉之後，原址改建成公寓大樓，現在這棟大樓已經蓋滿整個街區，每棟公寓要價兩千萬。街區盡頭是一家不錯的中式素食餐廳，但最近房租從每個月五千元漲到兩萬五，餐廳就歇業了。

繼續走過十一街，會遇到第六大道（Sixth Avenue）和聯合廣場（Union Square）。聯合廣場是整個城市裡少數幾個開放的歐式廣場，我成長的時候，它正邁向縉紳化，現在它根本就是個購物中心。如果你從來沒來過這裡，想像一個義大利老城區的廣場，但兩側不是市政機關或富麗的建築而是賣店：名牌鞋連鎖店DSW、連鎖藥局沃爾格林（Walgreen）、諾德斯特龍精品折扣百貨（Nordstrom Rack）和家電量販店百思買（Best Buy）等等。這裡是宏偉廣場極度資本主義的版本，但它並不是自然就演化成戶外購物中心，而是經過刻意的施力。

一九五〇、六〇、七〇年代，聯合廣場是紐約藝術界抗議和集會的場所，普普藝術家安迪·沃荷（Andy Warhol）的工作室「工廠」（Factory）和知名夜店「馬克斯的坎薩斯城」（Max's Kansas City）*就在附近。但一九七〇年代紐約破產，包括能源公司「聯合愛迪生」（Con Edison）的董事長等一幫商業領導人提議要重新發展聯合廣場成為完全的私營企業，「商業促進區」（Business Improvement Area, BID）就此接管聯合廣場，取代市政府的權力。「商業促進區」並非紐約獨有，但它們在紐約有很大的權力，能獨立運作一個健全市政機關該做的事，像是規劃街道、清整垃圾、維護區域治安。但「商業促進區」的僱員不隸屬公會，他們的薪資很低，也沒有特別的法令可以規範他們，這表示他們理論上不需要像政府機構那樣對向選民／市民負責。「商業促進區」只需要向提供它們資金的街區負責任，區內成員的投票權是根據各商事的土地價值而決定。今日，聯合廣場經常受到「商業促進區」的牽制，綠地周圍圍滿「商業促進區」核准的攔網，保全和清潔費也是「商業促進區」支付。當然啦，也要感謝「商業促進區」，聯合廣場比起以前乾淨多了，但它卻再也不是公共空間了。「我們致力於吸引特定人士：年輕、有財力的消費者，他們從《紐約》雜誌（*New York Magazine*）來認識紐約……還有看影集《六人行》（*Friends*）。」「聯合廣場商業促進區」（正式名稱為「聯合廣場合營公司」〔Union Square

＊一九六五年設於紐約的夜店兼餐廳，後來逐漸演變成六〇、七〇年代藝術家、音樂家、詩人、政治人物的聚集處，一九八一年關閉。

Partnership」）的發言人表示，「我們能夠引導這些年輕的消費者想像聯合廣場的都會生活。」[9]

哈林區（Harlem）一二五街的「復興」也是類似的劇情：一群支持開發的非營利單位聯手，引入連鎖商店和豪宅。同時，媒體報導「新」哈林區的方式，好像它走向奢華和白人化是自然而然發生的。

我在第五大道（Fifth Avenue）右轉，往第九街走去，我祖父母以前就住在這。跟其他地方不同，這個街區看起來沒什麼改變，那家二流餐廳仍然屹立街角，大通銀行（Chase Bank）已經存在很久了。不過，下方的第八街再往東，會轉進聖馬克街（St. Marks Place）——一九八〇年代紐約的龐克族出沒地，現在變成服務紐約大學學生的連鎖店和餐廳。曾經多少龐克發跡的知名俱樂部酒吧CBGB，現在變成約翰・瓦維托斯（John Varvatos）品牌鞋店。

再往南走就是華盛頓廣場公園（Washington Square Park）和紐約大學（New York University），紐約大學過去十年都在歷經縉紳化的爭鬥[10]，想把已經很充裕的腹地觸角伸到西村的歷史區，這所學校與其說是教育單位，不如說已經變得更像一個企業，買賣地產、漲學費，再給領導人高額薪水來彌補。基於利益交換，市府也給予紐約大學政治上的支持和免費土地——最近紐約大學才被控告有計畫地佔據三塊公有地，而此舉是經過市政府首肯的。

再過去就是蘇活區（SoHo）了，紐約最早縉紳化的街區。蘇活區常被都市規劃者用來當作範例，說明街區如何回應後工業時代的資本主義——從工廠到住家，從工業到零售業，但卻忽略了街區往往是被迫「適應」這番改變。雪倫．朱津（Sharon Zukin）研究一九八〇年代蘇活區的工業風住宅（loft）[11]，發現大部分蘇活區的製造業如果得到許可，租金又負擔得起，他們就會選擇留下來。然而，市府將土地重新分區，准許藝術家住在以前的工業廠房，並給予減稅優惠，讓廠房轉蓋住宅。

從第九街和第五大道，往華盛頓廣場公園、往蘇活區再看過去，一路看向曼哈頓的端點「自由塔」（Freedom Tower），後改稱為「世界貿易中心一號」（1 World Trade Center）——過去曾是世貿雙子星大樓（Twin Towers）的遺址。這個基地沒有遭到太多批評，因為建物佔據的是空地，但在九一一攻擊之前，雙子星大樓就被公認是惡名昭彰的都市規劃案例，它們曾是紐約最大的「都市再生」計畫之一：騰出空間給巨型建築，卻讓三萬三千名在此謀生的人和小生意主被迫離開[12]。

規劃者和政客常常想要假裝我們已經度過了需要都市更新的年代——高速公路和超高大樓已經侵吞了街區（多半是黑人社區，不過在世貿中心的案例裡，被驅趕的主要是敘利亞人），因為人們相信日後的發展會更好，而且不需要那麼多的社會服務。但紐約在過去十年已經有好幾件開發推土機式地夷平小社區，以「更有價值的運用方式」來取代舊有的街區生活，雙子星大樓就是這樣。在曼哈頓最西邊，哈德遜城市廣場（Hudson Yards）名列美國史上最大規模的房地產開發案，有自己的街區、辦公室、公寓、賣店，至少百分之二十的住宅讓人買得起，但這樣的住宅還不多，即使有，多半也會是四百坪的工作室、六百坪的獨棟單臥室套房。也沒說清楚讓人買得起的價錢究竟是多少：紐約以所有行政區來計算平均收入（median income）[13]，包含富裕的郊區，目前此區的平均收入約是八萬六千美元。所以假設一個全新、可負擔的住宅區價格設定為地區收入中位數（AMI）的百分之六十，就表示年收入五萬兩千美元的人可以買得起。紐約市也正被此區蓋新地鐵站需要的六億五千萬美元套牢[14]。

近期再開發規劃，最糟糕的案例就是「大西洋院」（Atlantic Yards），在東河（East River）對面的布魯克林區（Brooklyn）。這件開發案最近重新更名為「太平洋公園」（Pacific Park），包含了上千套公寓以及布魯克林籃網隊（Nets）的球場，由帝國開發公司（Empire State Development Corporation）打頭陣。雖說帝國開發公司是國營機構，它卻不用像真正的公共開發案有等同的公眾意見投入。布魯克林市中心的國有地以低於市價的價格拱手讓給地產開發商布魯斯・瑞特納（Bruce Ratner）[15]，但說好的上千個工作機會卻從來沒有兌現，新球場又在布魯克林市中心、格林堡（Fort Greene）、展望高地（Prospect Heights）、波恩蘭姆小丘（Boerum Hill）和公園坡產生了縉紳化的漣漪效應，迫使獨立店家關店，能負擔更高租金的連鎖商店取而代之，開發案週邊地區的房屋租金都水漲船高。市政府和聯邦政府補助了這個開發案超過二十億[16]，由市府獨立運作的預算局（Budget Office）發現「大西洋院」會給市政稅收帶來淨損失[17]，但幾乎每一個紐約政客無論如何都支持這個開發案。布魯克林區當時的區長馬科維茨（Marty Markowitz）甚至親自到中國尋找投資者，「布魯克林是『大西洋院』背後那百分之一千，是百分之一千！」他說，「沒什麼比中國和布魯克林攜手合作更棒的了。」[18]

我繼續散步，在第九街左轉，經過東村邊緣和下東城（Lower East Side），我對老東村不熟，所以很難妥貼地憑弔，但我很了解新的街區，很容易想像以前的一切怎麼都比現在更好——現在就是個戶外購物中心，充斥著剛從學校畢業的高盛（Goldman Sachs）新鮮人，花得起美金兩百夜夜喝個酩酊大醉，買得起足以擋住天際線的公寓大樓，他們會到在地人根本不會去的觀光店家消費。這區曾經是醞釀龐克文化、無政府主義者、社會運動、拉丁裔權益組織、示威抗議和閒坐門廊的街道文化之地。我認識的人現在很少住得起東村，東村當前的西裔人口自一九八〇年代起首次掉到百分之五十以下[19]。B大道（Avenue B）往東是所謂的「羅塞達區」（Loisaida），因為波多黎各人會把「下東城」（Lower East Side）的音發得像「羅塞達」。二〇〇〇年到二〇一〇年之間，此區西裔人口少了百分之十。這個街區是整個城市的縮影：自從白人出走，紐約的白人人口首次在曼哈頓的增加速度比郊區還快[20]，而郊區的非裔和西裔的人口則成長得比曼哈頓快。

我走過此區可能算是最有名（或最不有名）的土地：湯普金斯廣場公園（Tompkins Square Park）[21]，市有地，範圍有一條街那麼長，一九八〇年代是吸食海洛因的人和政治分子鍾愛的集會地點，也是紐約第一波對抗縉紳化的地方：一九八八年，群眾集結在湯普金斯廣場公園，抗議公園周圍越來越高的警力戒護，反對週邊建築被改建成奢華公寓和租屋。「縉紳化是一場階級戰爭」一句標語這樣寫著。警方企圖以網子和警棍包圍群眾，最後整個公園有上百名抗議者和四百五十名警力爆發一場小小的暴動，紐約市的公民投訴審查會（Civilian Complaint Review Board）接到了一百二十一件關於本事件處理手段太過粗殘的投訴。

激進份子特別把此事件，看作警方與縉紳化的共謀：即便並非紐約市警察（NYPD）的成文規定，當社區開始面臨縉紳化，黑人和拉丁人種遭遇的暴力事件也越多，因此也越多人被警方逮捕。一九九〇年代早期，前紐約市長朱利安尼（Rudy Giuliani）時期，紐約市警察局長比爾．布拉頓（Bill Bratton）發揚了「破窗」（broken windows）*執法學，針對隨手扔垃圾、橫越馬路這樣影響「生活品質」（quality of life）的小罪也逮捕開罰，以避免更大的犯罪產生。想也知道，這種執法方式特別衝擊有色人種和貧民，但即使是最開明的紐約市長如白思豪（Bill de Blasio）也大力採行這套策略。縉紳化和執法手段的後果值得留意：有十二萬住在紐約的黑人深陷囹圄[22]，因為家園動盪，就更容易被白人或外來資金取代[23]。

一九八八年的抗議事件之後，湯普金斯廣場公園戲劇化地轉為服務警察：市府重新規劃公園，用圍欄隔起每片草地，把通道弄得彎彎曲曲以避免大型集會；公園裡容納得下抗議活動的開放空間也被指定為狗狗運動區。

走過湯普金斯公園，我在B大道右轉，再走大概十條街到地蘭西街（Delancey Street），經過另一個市府支持的開發案，目前仍在工事狀態。曼哈頓下東城的開發案「飛躍艾塞克斯」（Essex Crossing）將會在下東城和中國城的交口建上千戶玻璃門面的公寓樓，這裡會是，或過去已經是，紐約文化最多樣的區域。「飛躍艾塞克斯」位在紐約依舊生氣勃勃但快速縉紳化的中國城區入口處，將取代從東村發跡、有四十年歷史的音樂和藝術，接著一直久駐於此的拉美社群也

＊破窗（broken windows）：破窗理論相信，社會秩序如同一間破了窗的建築，若不立即修補，蓄意破壞者會打破更多窗戶，引來入侵者，最後導致佔屋，甚至是縱火。因此主張無論是多微小的犯法行為，都應該嚴厲取締，避免引起更嚴重的犯法行為，以維持秩序。

會被迫離開。我看著它，向左轉，走過七千呎長的威廉斯堡大橋（Williamsburg Bridge）往布魯克林。

就像西村，布魯克林再次讓我思考縉紳化如何抹平集體記憶。我無法想像紐約之外的人搬到布魯克林時有什麼看法，他們知道自己搬進的街區在十年前，不會在白天任何時間看到任何白人嗎？他們知道拍賣網站「克雷格列表」（Craigslist）上標註著「新裝潢」的公寓，曾經住著其他想要在那個地方好好生活的人，直到腳下的土地變得太值錢？住在這裡，很難不感到愧疚，我不知道縉紳化支持者是否也這麼想。我就是骨牌效應（domino effect）的一個實例。我負擔不起住在曼哈頓，但我知道能夠留在曼哈頓，代價是抹滅他人的文化和家園感；在西村看到一個擁有古馳（Gucci）包的女人，在我內心生起的焦慮，應該跟一個土生土長的布魯克林人（Brooklynite）在布魯克林看到我一樣多。我試著避開潮區，試著支持老店，但也常失敗，就算我一直堅持下去，所能做的也就是這麼微薄。就像西村，布魯克林的轉變已不可逆，而我也是其

中一份子。

問題是，這整個變化的力道比我大得太多，而且已經走到今天，我該如何阻止它呢？大規模的迫遷，意味著越來越少人能為自己的社區記錄歷史，後來來到布魯克林的人就只會知道哪裡很潮、哪裡很貴、哪裡有好吃的早午餐。如同莎拉·舒爾曼所寫，縉紳者「看進鏡子，覺得那是扇窗戶，相信企業力量和自己的成功史，是世界上自然又絕對的樣子。」[24]說「布魯克林就是布魯克林，因為它是布魯克林」，是個循環邏輯——布魯克林已經是全世界文青仿效的一個品牌，在許多深夜的模仿秀裡被當成笑梗。縉紳者是如何忽略布魯克林本來的樣貌，反而視之為縉紳化這套強猛系統影響的結果？

「關於縉紳化思維，本身有些愚蠢的部分，」舒蔓寫道，「這種作法只是簡化、掩飾人們真正的樣子……縉紳思想很像基督教基本教義派的中產階級版本，是一個龐大、難以意識的計謀，充斥著同質的模式，而沒有覺察到自身的詭異。追隨消費世界的身分認同而非實際生活經驗——縉紳思維根植於這樣的信念，而且認為這套信念本身就是常態且價值中立。」[25]

我每天都會遇見這樣的心態，並會思考我是否受它影響——走在往酒吧的路上，瞥一下手機，我是舒蔓說的那種人嗎？沒有國家的支持，縉紳化就不會發生，必須要習得或刻意忽略縉紳者的心態。如果人們知道自己也是促成白人霸權和社區的經濟清洗（economic cleansing）的一份子，早午餐可能就不會那麼誘人，花三千塊租個街巷深處、交通不便的套房式公寓這樣的作法也令人狐疑。個人無法造成縉紳化，但他們——其實就是我們——可能就是共犯。

縉紳化似乎總是伴隨著上述的思維發生。史學教授蘇萊曼．奧斯曼（Suleiman Osman）指出公園坡在一九五〇和一九六〇年代縉紳化，報章雜誌充滿縉紳者難堪但有力的發言，無知地包裹著他們新街區的美好。一個從格林威治村（Greenwich Village）搬出的人在地方報抱怨沒有咖啡店、沒有好的爵士酒吧、沒有「海濱步道沿岸的春景藝術」。時尚雜誌《VOGUE》的另一篇文章描述一個女人遇見她的電工鄰居，「一個精力充沛的義大利年輕人，有張溫暖又伶俐的臉孔，工作時哼著美妙的歌劇詠嘆調。」這位電工鄰居邀請她來吃些帕芙隆乳酪（provolone）和莎樂美腸（salami）。「在紐約，住在一個真正的社區裡是件很奇怪的事。」這位移居者說道。你很難找到今日的布魯克林有人能寫出類似的愁思，原因有二：其一，因為街區已經徹底縉紳化，要找到真正的當地人非常困難；其二，紐約的縉紳者比起從前對媒體更加敏銳，自知自己在街區解離扮演某些角色——或至少分得出《紐約時報》在炒作新聞。但關於底特律和紐奧良的文章或名言金句，今日聽來也非常相似，縉紳者讚美新家園的住民有意志力和在地感。這類心態延續下來，在在顯示從縉紳化的一開始，人和社區都捲入商品化的歷程，平常的街道生活變成可以販賣的故事，縉紳者可以按照他們的喜好選擇各種劇本。

唯一的不同，就是這般傲慢的態度，現在相當受到國家力量和全球資本的支持。以布魯克林的威廉斯堡（Williamsburg）為例，媒體報導一篇接一篇，討論此地火速崛起的文青文化，但很少提到真正的原因：二〇〇五年，紐約市政府重新劃分威廉斯堡和綠點區（Greenpoint）（基本上就是整個水岸）一百七十個街區[26]，允許高檔公寓和租屋取代工廠及倉庫，對此區的低收入者施加租金壓力。私人企業像是清晰頻道通信公司（Clear Channel）捐款給紐約市政府的公園局（Parks Department），將此區一段水岸地帶改成類公共的場地，有音樂廳和食物攤。曾停運而引起一陣惋惜的地鐵L線升級成尖峰時段每分鐘就有一班。當然，威廉斯堡在這些因素出現之前，縉紳化就開始了，但沒有這些因素的話，基本上不可能把街區變成邁阿密海灘——消費主義的大金礦（法律上是因為使用分區規定，財政上則是缺乏可靠的交通運輸）。紐約市也複製了這套成功的縉紳化模式——在其他布魯克林街區推動土地重劃。總之，在前市長彭博任內，紐約市超過四成以上的土地都經過使用變更[27]。

「彭博政府還滿大方的，布魯克林大部分區域都重劃過，讓建商得以做大規模開發。」二〇一五年某家不動產開發商這麼對媒體說，「接著，人們來此建立生活、建立家庭、工作，做每個人在做的事。」[28]

沒有人踩煞車——沒有新的租金管制辦法、沒有公共事業振興署（Works Progress Administration）時期新建的平民住宅——這個過程形成不合邏輯的迴圈：布魯克林某些地方變得比下曼哈頓還貴[29]，這裡的街區變成全美國房市最高不可攀的區域[30]。紐約作風激進的新市長在選舉時獲得壓倒性勝利，他提出的政見是要供給人們住得起的住宅，現在又承諾要重劃大量之前價位還算合理的街區，像是東紐約，並預告一些新公寓會讓大家買得起。但再說到這個區域的平均收入，究竟多少才是買得起，也是不清不楚。

即使價位不斷看漲，通勤的距離越來越長，小地域的獨特文化被菜色一模一樣的連鎖店和豪華餐廳擊退，人們還是不斷移入，雖說好像沒有人喜歡住在這裡。有個十九世紀的歷史學者提出了半幽默的老話，說大英帝國並不是精心規劃而成，而是漫不經心的結果。有時候我會想縉紳者是否也是類似這樣誤打誤撞的結果。二〇一四年，MTV電視網（MTV.com）刊出一份清單，標題為「十七件紐約讓你渴望，單純到不行的事」被瘋狂轉載。內文出現院子、洗衣房、烤肉架和車道的照片，作者舉這些例子，哀嘆居紐約相較於住在郊區實在大不易。我很好奇，這篇文章被大量分享，「那你幹嘛還住在這？」假如縉紳者不喜歡布魯克林的生活，那為什麼要把原本住在這裡的人推到邊緣，讓他們住不起那些潮區，甚至乾脆整個搬出紐約？

但這些新移入的人沒有離開，反而在街區生根，帶著已經內化的郊區邏輯，用在這裡的街道上，像是堅持要有昂貴的食物和無聊的街景，塔吉特百貨、沃爾格林連鎖藥局和公寓式建築看起來比較像封閉社區（gated communities），而非城市常見的大廈，四處充斥著健身房和水療中心，有時還有網球場。到頭來布魯克林誰都沒有贏，設施已經齊備舒適到文化消亡的地步，也沒什麼人住得起。一手打造街區的人已經不住在這了，把街區變得無聊的人也不想住了。假如這就是縉紳化的結果，那還有什麼意義呢？這個區域已經徹底毀滅了，就連「大西洋院」和周圍街區的地產開發商森林城公司（Forest City Ratner）的執行長瑪麗安・吉爾馬丁（MaryAnne Gilmartin）也抱怨布魯克林太無聊，難以銷售。

「誰也不想看到布魯克林變得這樣稀釋摻水，失去自己的特色。」她說。「有沒有辦法創造榮景跟成長，但仍然保有街區的氣質？」[31]

很明顯，答案是：沒辦法。

第十一章　紐約不屬於人民

二〇一六年，我哥哥和他太太及三歲的小孩被告知他們得搬離他們威廉斯堡的公寓。他們已經在那住十二年，那間小巧又租金尚可的公寓，即將被轉建成公寓大樓，價格他們負擔不起。他們隔壁鄰居剛好是我的前男友，也被通知得搬出他一房一廳的公寓，管委會給他三十天搬家。他現在在紐約到處跟人家分租房子，一邊試著找到預算內可以長待的容身之處。幾個月後，因為我很擔心自己會遇到類似的狀況，便試著搞清楚我住的公寓的租金漲幅有沒有受到管制。我向州法院提出申請，接著州政府會通知房東，後來房東決定在對他有利的情況下不會漲房租。現在我的租金是月繳，一邊等待州政府最後的決議，這可能會花上幾年的時間。我哥哥一家、我前男友和我都是中產階級，住在這城市非常不容易。

差不多同時，紐約市立大學柏魯克學院（Baruch College）和地方新聞電台「紐約一號」（New York 1）合作的調查發現百分之六十五的紐約人很擔心接下來幾年會因為房價水漲船高而被迫搬遷[1]。這份研究的發現關係到經濟和種族：低收入戶、拉丁裔、黑人更容易擔心漲房租，但其實每個人都很焦慮自己就是下一個被開刀的對象，甚至連那些年收入超過十萬美金的人也不例外。這就是住房危機。

假如中產階級、或甚至一些高收入的人都負擔不了紐約的房租，工人階級和窮人又該怎麼辦？我哥哥和嫂嫂很幸運，能住得起更貴的房子，即便他們得縮衣節食好待在紐約。我也很彈性，我年輕，有錢，還不會太快結婚，我可以搞得定。其他人就只有一種選擇：反擊。

布希維克區的薛弗街（Schaefer Street）有一棟三層樓的塑料外牆建築。十年前，移居者根本不會考慮搬進此區；五年前開始，有些人開始搬進來，所謂的「打頭陣」吧。即使犯罪率高、街道骯髒，但這裡仍然算是還不錯的區域，離地鐵L線只有幾條街，L線直直通往威廉斯堡的貝德福德大道（Bedford Avenue），然後再到曼哈頓。薛弗街綠樹成蔭，鄰近公園，安靜，對面是學校，附近有很多停車位。縉紳化從西邊開始侵蝕（布希維克區的單人房平均租金已經上看兩

千一百五十美元）[2]，就像街區裡的其他建築，這棟建物也是大規模迫遷的顯眼目標。差別只是它的租客不願離開。

事情從夏日某天的一張通知單開始，每個租戶的門下都被塞了一張。「這棟建築物已經被拍賣了。」通知單上說，「請把租金轉給以下住址。」三十六歲的凱倫・吉內塔（Karen Genetta）立刻知道自己面臨戰鬥。吉內塔是這棟建物內倒數第二個搬來的，在通知單來到之前，已經在此住了八年。這棟建物簡直一團糟——走道已經殘破不堪，前門還不能上鎖——但租金非常便宜，一千元就能租到兩個房間，六間公寓裡有一間的租金是穩定的，意思就是法律有規定每年的漲幅。一九六九年之前蓋的建築物，凡是有六間以上公寓的，多半都受租金管制保障，但那並沒有讓房東停手把布希維克數百間公寓大樓的人趕走。雖然沒有太多數據顯示究竟有多少人從受租金管制的樓房被趕出去，但只要沿著布希維克散步一圈，就會知道為數不少：看看布魯克林正在改頭換面的老房子，就能猜到租戶是被非法強迫驅離的。有時候房東會用五千、一萬、五萬或甚至十萬元向租戶收購，接受收購的租戶並不知道這筆錢多快會蒸發，假設一個受租金管制的建築物月租金是八百元，而市場行情是二千元，五萬元只能讓你在新公寓住上幾年。雖說這筆錢對勉強過活的人來說，感覺似乎已經很多。

這個案例裡，錢並不重要，因為這群租戶知道在此時的紐約，假如他們離開，也不會有地方可去。他們以前的房東很惱人，很少維修房子、很少打掃，常常很晚收租，但吉內塔和鄰居忍耐下來，因為他們知道他們會談成一筆不錯的交易，而且他們猜想建築物賣掉的話，一切都會好轉。

然後，那張通知單無預警地出現在門下。很快就有兩個男人出現在大樓，說要自我介紹，接著衝進吉內塔的公寓說要看她的房間。她看得出來他們是在評估每間公寓究竟值多少錢，但其他事情她就不知道了：這兩個男人有告訴她名字，但他們的公司沒有網站，也沒說他們到底是做什麼的。幾個禮拜以後，從這兩個男人的「有限責任公司」（LLC）來了正式的表格，一張說所有租戶都需要重新申請各自的公寓，另一張則宣稱每間公寓都欠租七千元。故事發展到這邊，通常不知道自己應有權益的租戶，就會開始離開。但這棟建築物裡一個住戶聯繫了地方的非營利組織瑞吉屋布希維克長者理事會（Ridgewood Bushwick Senior Citizens Council, RBSCC），該組織已經在這個街區幾十年了，最近雇請了更多律師來打迫遷訴訟。

這棟建築的租戶開始著手準備文件——租金收據、歷年來的匯票、租約。他們開始以電子郵件討論串互相更新新房東的騷擾表格。某一週他們發現這棟大樓的垃圾被棄置在對街，他們懷疑房東指使管理員這麼做，目的是為了讓住戶跟衛生署（Department of Sanitation）槓上；另一次他們發現大樓的監視器不是對向通道而是對著每戶人家的門口。這群住戶開始把所有的情報轉知給布希維克長者理事會，他們採取的行動很單純，但已經超過大部分人會做的程度。房東買下受租金管制的樓房，唯一原因就是因為他們知道在大部分的時候有辦法把人趕走。當下一次新房東又來電時，吉內塔已經準備好了。

「我跟他們說，你們還要從我這邊要什麼的話，直接打給我律師，跟他談。」她說。「然後他就啞口無言了。」

吉內塔和她的鄰居們並非運動分子，純粹只是因為沒有退路，為了要留在家園，得起身為自己捍衛。吉內塔有個房地產業的朋友，一直都在帶看對街的房子，格局類似，一個月租金二千五百元。他們知道這是紐約唯一可以安身的地方。但吉內塔和她的先生雅各很幸運：他們沒有小孩，雅各有份穩定的工作，而且他們的工作很彈性（吉內塔從事電子商務），有辦法搬去德國柏林，雅各的公司在那邊，柏林的租金管制法更成熟。而其他住戶並沒有後路。

琳恩和倫賽住在2L公寓二十五年了；雷在這棟大樓裡長大；海蒂．馬丁尼茲住在樓上，她的生活因為事件的發展而壓力日漸沉重，但她還是留下了。海蒂現在三十八歲，她就在附近的薛弗街長大。

「我記得很清楚我五歲、六歲、七歲、八歲、九歲的時候，車行駛在布希維克大道，置身在這些樓房之間，」海蒂告訴我，「當時感覺就好像在第三世界國家。」

海蒂一家四處搬來搬去，最後落腳在布朗克斯（Bronx）。六年前，當她要為自己和高中的兒子找間公寓，她找到薛弗街這棟大樓，雖然當時和今日已不可同日而語。海蒂還記得玄關處總有人在賭博，還有一股雜草的氣味。她搬進去的第一週，聽見有人在她門外，從孔隙向屋外望，看到幾個人從大樓屋頂沿著梯子爬下，手上握著槍，非常嚇人。到現在，她知道鄰居不停換人，所以她試著採取行動。她拿到不動產證照，開始跟一家地方公司合作，兼差帶看公寓。剛開始這份工作進展緩慢，但突然間似乎出現很多人要申請她帶看的每間公寓。她服務的公司告訴她不要接受任何申請，除非那個人的年收入是月租金的四十倍。

「我拒絕了好幾百人，」她說，「我想要給他們方便，弄到自己要抓狂了。」

她開始更頻繁聽說收購的事情，她的公司要她載一位房子被收購的老太太四處轉轉尋找新公寓，但她找不到合意的。某天海蒂意識到，同樣的狀況已經近迫到家門口了。她一個人在家，聽見門廊的窸窣聲，她望向屋頂下方的梯子，看見幾個男人爬下來，這次是不動產估價師。

「那比帶著槍的人還恐怖。」她說。

海蒂現在的工作是藥物顧問，她掙的錢不夠她照顧兒子、不夠付他的大學學費，還有支付房租之外的任何事物。所以假如房東最後想辦法把她趕出去，海蒂說她就要搬去佛羅里達，她兒子可以在大學畢業後搬去跟她同住。目前她還在適應不知道自己還能在這裡待多久的壓力。

「真的很折磨人。實在太恐怖了。」她說，「你不知道他們是不是要把暖氣關掉，還是打算不做維修。但我們已經習慣了，我猜。現在這已經變成我們的生活方式了。」

下兩段樓梯就是1L公寓，也就是梅爾文．皮特爾（Melvin Pitre）住的地方。梅爾文四十歲，已經在這裡住了三十五年，他的母親在這間公寓為他辦五歲的慶生會，如今公寓迫切需要修繕。他的兄弟姊妹長大之後搬出去了，但梅爾文留下來照顧母親。我遇見梅爾文時，他坐在客廳裡一張很大的仿皮躺椅上，對著一台小小的平面螢幕電視。這間公寓很樸素，但有生活的痕跡。五月，當大樓被賣掉時，梅爾文的母親正與乳癌搏鬥，也開始有些心臟的問題。當新房東來向梅爾文自我介紹時，他的母親住進了加護病房。某天新房東打給梅爾文，告訴他沒辦法繼續住在這間公寓，因為公寓登記的是他母親的名字，他們說他得搬去別的地方，或者可以幫他找到每個月一千五百元的房子，這金額是梅爾文和他的母親現在支付的三倍。梅爾文在工地上班，但工作並不穩定，他負擔不起每個月一千五百元的房租。

可能因為梅爾文付的租金是整棟大樓裡最低的，新房東費盡心思要把他和他母親趕出去，找藉口說大樓基座要維修，梅爾文的「房事」岌岌可危。他懇求他們至少等到他母親出院，但某一天他母親在家勾到一個換氣扇，其中一個新屋主進入他的公寓，讓他無路可退，對著梅爾文大喊說別跟請得起大牌律師的人作對。

「如果沒有我媽，只有我一個人住在這，我想我會把他轟出去。」梅爾文告訴我，「我很掙扎，沒這麼做是因為我媽，她已經受這麼多折磨，最後還無家可歸？那會讓我崩潰。」他母親在這個事件不久後因為心臟衰竭去世。後來梅爾文還是上樓和吉內塔和另一個參與瑞吉屋布希維克長者理事會的鄰居商量。

我最近面會過這棟大樓的所有租戶，見面的地方在布魯克林的住宅法庭，走廊上擠滿許多其他類似遭遇的布魯克林住民。一間法庭的外牆上貼著一張清單，上面羅列著當週要開庭的其他近百餘間大樓名稱。幾乎每棟建築物的屋主都是責任有限公司，表示很難去辨識或追溯真正的所有者。薛弗街租戶的律師——瑞吉屋布希維克長者理事會的羅伯・康瓦爾（Robert Cornwell）必須對大樓的屋主起訴，迫使他們做修繕，目前看起來成效還不錯。當在正在跟房東商討細節時，大樓的五個住戶站在門廊，開玩笑說著他們在過去半年的抗爭後變得有多熟。他們看起來很像家人，海蒂從梅爾文的襯衫上撥走線頭，爭辯著事件落幕之後該去哪裡度假。

他們的律師帶著好消息步出法庭：房東必須負責修繕。這場抗爭似乎落幕了，但律師警告這群租戶，房東可能會各個擊破，意圖對他們莫須有的欠租提告，迫使他們離開，用壓力擊垮他們。警告言猶在耳，但這天還是令人感到勝利，至少目前他們是安全的，每戶人家都在窗前擺上「禁止收購」的紅色粗體字標語。

紐約市正面臨住宅危機。也因為它開明的政治風氣、它的財富、它福利制度優厚，相較於其他美國的城市，紐約最有能力處理住宅危機。不像其他城市，選民們還在為怎麼解決縉紳化問題僵持不下（除了幾個票數很少又沒有黨資金支持的「抗議型候選人」之外，舊金山市長李孟賢沒受到什麼反對。其他城市的市長根本絕口不提縉紳化的字眼）。紐約人似乎有志一同，想找出進步的解方。二〇一三年，紐約市民選出白思豪（Bill de Blasio）當市長，也說明了一切。白思豪本是個毫不起眼的候選人，他在民主黨初選之前幾個月，民調都落在第四或第五，但他的競選主張引起普遍共鳴——他承諾要整頓前任市長彭博造就的「雙城記」*。最後他勝選了，領先溫和派民主黨的候選人兩位數，並贏得大選幾乎七成五的選票[3]。

此刻的紐約比起美國其他城市，更有機會面對縉紳化的考驗，雖說房租還是一樣天天水漲船高，收入低的人還是被迫離開；不願離開的人一天比一天面臨更多壓力，只為了要留下來。如果說紐約比其他地方有更多武器，為什麼還是不能阻止縉紳化的發生？

一部分的困難是，紐約的縉紳化歷史超乎想像的深遠，因此要挑戰這件事，就如同要對抗這座城市百年來的政治。紐約是最早把縉紳化當經濟手段的城市，要對抗它就像對抗洪荒。還不只這樣，在紐約反對縉紳化，就等於起身對抗整套「成長機器」（growth machine）的理論，表示政治立場極度激進。紐約可能經濟情況比大多數的美國城市好，但它還是仰賴房地產交換為主要收益，甚至有過之而無不及。

一九〇〇年代早期，紐約的商業菁英越來越覺得窮人住得離曼哈頓的商業中心太近了[4]，那裡的土地很值錢，卻被人群佔據，充滿破敗住宅和工廠——當時城市稽查員曾發現有四十二萬名工廠員工住在五十九街以南的區域。紐約一些最有錢的人便聚集起來，共同商討要怎麼解決窮

*《雙城記》（*A Tale of Two Cities*）原為英國作家查爾斯．狄更斯（Charles Dickens）所著的一部以法國大革命為背景所寫成的長篇歷史小說。此處則指涉白思豪在競選紐約市長時，以「雙城記」為選戰主軸，批評前市長彭博重商、輕開發，使紐約成為一座經濟不平等的「雙城」：一座是富人的城，另一座是勞工的。

人住得離市中心太近的問題。一九二二年他們組織現在俗稱的「區域規劃協會」（The Regional Plan Association，簡稱RPA），以紐約第一國民銀行的行長查爾斯・諾頓（Charles Norton）為首，成員有長島市的地產大亨羅伯特（Robert De Forest）、羅伯特的叔叔佛雷德利・德拉諾（Frederick Delano）等。他們認為提升市中心成高級住宅和商業區，並且投資外圍地區的土地有利可圖，因此外圍的工廠要被迫遷出。

這群人規劃了一套方案，完完全全預測到紐約今日的樣貌：一九二九年的區域規劃方案提到東河旁曼哈頓與布魯克林側的所有工業區[5]，以及曼哈頓市中心全區，要從工業轉型成商業或住宅。計畫開宗明義建議將下東區的人移開[6]，以「高檔住宅」取代以往的平民家園，並要建一條高速公路通到華爾街的新大樓，因為下東區的新住民可能會在此工作。紐約最優秀的規劃師和建築師，包括約翰・洛克菲勒（John D. Rockefeller）和羅伯特・摩西（Robert Moses），在重建紐約的時候也高度依賴這套計畫。

經濟大蕭條時期，大型開發計畫暫緩，但紐約仍然致力於去工業化，用高價的房地產填滿城市空間。去工業化幾乎對美國每個城市都產生影響，但紐約是個特例：它刻意讓本身的工業衰退。工業化在一九五六年在美國其他城市達到顛峰[7]，但紐約的工業——多半是小型加工和成衣業——在十年前就已經如日中天。這也是為什麼紐約是美國唯一，在去工業化時土地價值還會升高的[8]。在其他城市還未跟上之前，紐約的規劃者為新的城市樣貌鋪路：重視房地產、輕忽工業工作。一九三〇和一九四〇年代，紐約政府持續施壓進行去工業化，政客同時指出紐約的工業工作機會流失，是因為南方的便宜勞力以及全球化必然的結果。這是個迷思：美國的工業化衰退時，事實上在幾個大城市之中，除了德州的聖安東尼奧（San Antonio）之外，紐約的勞力是最便宜的[9]。

一九五〇年代晚期「區域規劃協會」（RPA）支持的團體「當代土地分區市民委員會」（Citizens Committee for Modern Zoning）給紐約市施壓，要求重新劃分使用分區，紐約的去工業化狀態進入白熱化[10]。大部分的城市透過土地使用分區，隔開工業、商業和住宅使用（德州休士頓是美國唯一沒有做土地使用分區的大城市，但它的住宅區有其他禁制性的法律保護），但紐約把這套工具用得更透徹，可能遠勝美國任何其他地方。雖然不會直說，但紐約主要就是透過使用分區來保持土地價值。假如工廠可以蓋在第五大道旁邊，那附近的公寓就可能變得便宜。同樣地，如果整個紐約都被劃分作豪宅使用，豪華超市可能就會四處林立，最後崩解。土地使用分區是為了讓紐約的房地展市場價值保持穩定上升。紐約運用土地使用分區讓有錢人享有特權，像西村（West Village）或上東區（Upper East Side）就被劃分為低密度住宅區，卻又同時允許摩天大樓蓋在長期貧困的區域。白思豪打算重新規劃土地分區，以增加更多有市場價值又讓人買得起的住宅，卻很少提及西村或類似區域的狀況，反而大範圍地重劃低收入的街區，如東哈林區（East Harlem）和東紐約（East New York）。土地重劃對窮人而言，造成了不必要的打擾，一方面又讓西村這些地方變得更珍稀昂貴[11]。

一九五〇年代，下曼哈頓（lower Manhattan）充斥著大量的工廠，尤以蘇活區（SoHo）為最，這對城市菁英來說似乎不太稱頭。「我不知道紐約還有哪裡能有這麼好的機會，可以不花大錢就能進行開發。」[12]約翰・洛克斐勒（John D. Rockefeller）的兒子大衛・洛克斐勒（David Rockefeller）這麼說。市政府受到「當代土地分區市民委員會」的壓力，在一九六一年重劃了幾乎全市的土地[13]，幾乎是跟隨「區域規劃協會」（RPA）建議的方案，限制曼哈頓大部分市中心的製造業，尤其是水岸區。跟大衛・洛克斐勒開發東河（East River）周邊，特別是曼哈頓廣場（Chase Manhattan Plaza）周圍街區成為商業區的計畫正好合拍。大衛・洛克斐勒當時正擔任大通曼哈頓銀行（Chase Manhattan bank）的執行長。

土地重劃造成大規模的工業出走，這幾乎是不可能發生的事情。一九五九到一九八九年之間，紐約失去了六十萬個製造業工作[14]。當時許多美國的城市都面臨去工業化，但沒有一個的速度像紐約那麼快。

朱津針對曼哈頓市中心的小型製造業者做研究，發現大部分業者如果經濟狀況許可，都想要留在原地[15]。但土地重劃意味著他們的樓房可能被轉成公寓大樓，出租樓房比起工廠更有利可圖，因而絕大多數的工廠都關門大吉。根據朱津的說法，蘇活區是「投資氛圍下的產物」[16]，跟市區其他地方沒有什麼分別，不是個有真實生活的街區。同時，金融（finance）、保險（insurance）和房地產（real estate）（取英文字頭，號稱「ＦＩＲＥ業」）的就業機會增加了百分之二十五[17]，服務業的就業機會增加了百分之五十二。效應就是有更多的ＦＩＲＥ業的人聚集在紐約，壓縮到過往能在城市的工廠裡掙得不錯薪水的中產階級。

扼殺整個行業的就業機會，對經濟會產生反效果，這道理或許不令人驚訝，但當紐約嚴肅看待一九七〇年代以來持續惡化的就業率，政府官員似乎不得其解為何紐約的經濟情況如此糟糕[18]。一九四七到一九八〇年之間，紐約的製造業工作被減半，中產階級能做的工作不多，中產階級社區陷入狼藉，整個城市幾乎破產[19]。

紐約接下來的作法會成為全美國城市的樣板——因為它是「震撼主義」（shock doctrine）發

展策略的測試版本，颶風卡崔娜（Katrina）之後發生的事，還有底特律正在經歷的遭遇，很大程度可以追溯到紐約破產之後的作為。

一九七五年十月十七日，紐約市欠銀行幾近五億，但市庫卻只有三千四百萬元[20]。當時的紐約市長亞伯拉罕．貝姆（Abraham Beame）請求福特總統（Gerald Ford）幫助這座城市脫困，福特拒絕了。美國史上最有名的新聞標題之一，就是隔天《每日新聞》（*Daily News*）刊出的標頭：「福特總統對紐約說：去死吧」[21]（福特其實從來沒有說過這些話，但他之前的一場演說顯示他對紐約的財務煩惱毫不同情。）既然沒有中央的及時援助，貝姆便延攬了一位開發和公關人才理查．羅維奇（Richard Ravitch）來共商大計。羅維奇建議的方案，如今看來十分司空見慣，當時可謂十分激進：他打算減少薪資；解雇員工；關掉醫院、消防站和學校。他也說服教師工會掏出一億五千萬的退休金幫助紐約脫困。短短幾天內，由於刻意掏空工廠勞力造成的財務危機，羅維奇和貝姆讓紐約變成高度依賴政府，不只是經濟上，辭令和理念上都是。紐約市在破產之前，就已經是福利計劃州的代表，貝姆和羅維奇終結了這樣的日子。

時至今日，這個城市搖搖欲墜瀕臨破產的那段時光，被視為領導人拯救城市的例子。二〇一四年羅維奇甚至被延攬去拯救底特律的破產[22]。但紐約當時的轉變更崎嶇，到處都有大型抗議活動[23]，工會聚集準備發起罷工，垃圾被丟到街上，抗議衛生預算削減。人們佔領消防局，試圖針對預算刪減的情況引起注意，並請願不要關閉大學校園。紐約的進步主義（Progressivism）＊仍然歷經垂死掙扎。

這般接近破產的狀態不只是一種財務策略，也是履行一種新型態的新自由主義政府的手段。事實上，紐約在破產之後並沒有削減太多預算，一九八〇年代早期，政府支出再度年年增加，名目更琳瑯滿目，但不是花用在幫助窮人的社會補助上，反而是幫助富人——也就是補助開發。瀕臨破產讓紐約成為美國第一個以縉紳化作為治理手段的城市。

破產危機幾年之間，紐約的菁英分子開始宣揚這座城市適合高檔商務和觀光。一九七九年一份由「二十世紀基金會獨立研究小組」（Twentieth Century Fund Task Force）（另一個「區域規劃協會」〔RPA〕類型的組織，和官方關係密切）發表的報告，想像「後工業化」的紐約會成為全球資本的首都，「世界首屈一指的經濟和文化中心」[24]。同時，紐約開啟一系列觀光宣傳，包括「我♡紐約」的字樣到今天都還在使用。此外，紐約市在賺全國觀光財的同時，一邊有系統地削弱對都市裡貧窮區域的服務。這就是當代「城市即生意」的濫觴。服務紐約的窮人被視為無利可圖，更有經濟效益的那群人——觀光客和有錢人——變成這座城市最渴望的座上賓。

＊進步主義（Progressivism）：在這裡應指的是，訴求增進社會條件的改革運動，例如爭取勞動權益的改善等運動。

「我們不應該鼓勵人們待在離工作機會一天比一天遠的地方。」住房與城市發展部（Housing and Development Administration）的部長羅杰・斯塔爾（Roger Starr）表示：「別再讓波多黎各人和黑人移民住在都市裡……該翻轉整個城市的角色……城市不再是機會之所在……我們的都會體系仰賴一套理論，要把農夫變成工廠工人。現在既然沒有工廠的工作機會，為何不讓他繼續當個農夫？」

他的發言引起眾怒，斯塔爾下台了，但他的話語精準地代表了當時的都市政策。一九七〇和一九八〇年代南布朗克斯（South Bronx）整個街區燒毀的畫面還刻印在很多人的心中，電影和書也描寫過房東為了保險金縱火，幫派在街區斷垣殘壁的空殼裡興起。很少人知道這樣的狀況，其實並不是惡作劇或絕望的住戶幹的，而是城市自己造成的：一九六〇年代晚期到一九七〇年代早期，紐約市就有意識地清除貧窮區域，參議員丹尼爾・派屈克・莫尼漢（Daniel Patrick Moynihan）曾在給雷根總統的信中提到這樣的手段：「善意的忽略」（benign neglect）。基本上是城市自己本身認為，要是能移除貧窮區域的人比較好。

「火其實是一個社區病理狀態的『關鍵指標』。」莫尼漢寫給雷根總統的信上這麼說，「它們先到，其他隨後跟上。關於縱火的精神病學詮釋相當複雜，它跟貧民窟會產生的幾種人格特性有關……當種族課題受善意的忽略到達一定程度，縱火的時機就出現了。」[25]

一九七六年，紐約市裁撤了三十四組消防隊，因為美國智庫蘭德公司（RAND Corporation）的研究報告認為裁撤這些消防站的影響微乎其微，但根據蘭德公司員工當時的信件往來，顯示有些人知道這份研究報告並不正確[26]。幾乎所有關掉的消防隊都位於布朗克斯（Bronx）以及曼哈頓和布魯克林的貧窮區域[27]，後果直接且極為嚴重，大火摧毀了整個街區。在南布朗克斯的一些街區，八成的人口都在一九七〇到一九八〇年代之間遷出[28]，研究顯示紐約衰退期間，大部分的火災都發生在被裁減消防機關的區域[29]。如果你研究紐約消防站遭裁撤地區的火災頻率圖表，你會看到在消防站關掉之後，火災的發生率就突然攀升，接著就會趨向平穩——顯現那些街區已經沒剩下什麼好燒的了。火災現場的鑑定報告也顯示了最受影響的區域：南布朗克斯、東哈林區、綠點區（Greenpoint）、布希維克和下東區（Lower East Side）——以上所有區域今日都是縉紳化的目標對象[30]。總的來說，一九七二年到一九八〇年之間，根據流行病學家羅杰克·華勒士（Rodrick Wallace）的分析，兩百萬名紐約人被迫遷出正在歷經縉紳化的街區，特別是城市水岸沿線[31]。其中一百三十萬人移動到郊區，他們幾乎全是白人，大概六十萬人主要是非裔和拉丁裔美國人，他們被迫遷到離市中心很遠的街區。

這座城市的窮人和中產階級在一九七〇年代晚期飽受祝融肆虐和刻意忽略，市政府又一心一意將自己定位成企業思維的機關，敵視窮人的需求，為一次傳染性的健康危機埋下伏筆。愛滋病毒（HIV）出現在紐約市政府決心不照顧窮苦弱者的時候[32]。

愛滋病的傳播，並不是一個要清空最縉紳化區域的陰謀，反而是清空這些地方的後果：雀兒喜、哈林、西村、東村在一九八〇年代時愛滋病最是猖狂。上萬名男性死亡，大部份都是同志[33]，導致那些地產黃金地段釋出大量的空公寓。市政府也開始把掃蕩目標轉往多元性別族群（LGBT）聚集的區域——也就是西邊高速公路（West Side Highway）的碼頭和時代廣場[34]。市議會在一九八五年通過一份健康條例，導致全市的同志戲院都關掉了。

紐約外圍區域火災頻傳，多元性別族群的安全空間都歇業了，疾病快速傳播，紐約市在一九七〇和一九八〇年代陷入危機，尤其對有色人種、窮人、多元性別的紐約人來說尤甚。但這座城市開始有不同的度量經濟的標準，而這套標準跟窮人和中產階級的幸福無關。一九七〇到一九九三年之間，美國已經流失了一百三十萬個製造業工作，其中紐約就流失了四十八萬個。換句話說，美國失去了百分之六點七的製造業工作，而紐約則失去了百分之六十三的製造業工作——紐約的工業衰退速度大概是整個美國的近乎十倍。但同時，金融（finance）、保險

（insurance）和房地產（real estate）這三大FIRE行業開始擔起越來越高比例的城市稅收，縉紳化推動者的媒體發言權越來越大，因此當紐約在一九八〇年代晚期和一九九〇年代初期遭遇另一波蕭條，當時愛滋病肆虐、布朗克斯到處失火，但除了最受影響的地區，除此之外幾乎沒人留意到。這波蕭條很嚴重：失業率高達百分之十三點四、三年內流失掉四十萬個工作[35]。但媒體卻毫無動靜，政治人物似乎也不為所動，因為紐約的主要經濟體質已經變成房地產經濟，房地產發展得好，似乎是唯一要緊的事情。

第十二章　反擊

要爭取地理正義、得來無論收入高低都能安居的城市，是個千絲萬縷的難題。該對抗什麼？進入社區的文青嗎？漲房租和驅離嗎？國家和市府的政策嗎？聯邦政府的住宅基金不足嗎？收入不平等嗎？以上皆是？要追究任一地如紐約的上述種種，等於要追溯過去一世紀的歷史，以及根深蒂固又獲利匪淺的房地產市場。從「區域規劃協會」（RPA）一九二〇年代提出區域計畫開始，紐約的治理便與追求更高的房地產價值畫上等號。今日，紐約的房地產價值總計起來價值一兆[1]，對抗紐約的縉紳化現象，就好像你在對抗讓紐約之所以成為紐約的力量。但那也代表這座城市的老調也能用來解釋反抗縉紳化的努力：「如果你能在這裡頭角崢嶸，你到哪都無往不利。」如果社運分子能拿下這個戰場，這個全球資本的中心，似乎表示他們的策略到哪都行得通。

展望萊弗茨花園（Prospect-Lefferts Gardens）座落在布魯克林展望公園（Prospect Park）東邊的一角，這座公園是布魯克林版本的中央公園（Central Park），跟中央公園一樣是由景觀建築師歐姆斯德（Frederick Law Olmsted）設計，也和中央公園一樣擁有精心安排的美景，有潛力為周圍的地產大大增值。這狀況已經在公園的北邊、西邊和南邊發生（分別是展望高地〔Prospect Heights〕、公園坡和溫莎台〔Windsor Terrace〕），展望萊弗茨花園按理來說應該是開發商覬覦的下一個對象。這個街區很有縉紳化的潛力：充滿了典雅的連棟排屋和二戰前建造的大型公寓。一九九〇年，展望萊弗茨花園有大約八成的住戶是黑人[2]，二〇一〇年的時候，黑人的比例是六成八，黑人人口可能從當時就顯著下降。一切都發生在華麗大樓進場之前，為街區帶進新來的富有住民，大部分是白人。艾莉西亞・博伊德（Alicia Boyd）就是這樣介入的。她是個五十五歲的社運份子，全心全意投入阻止展望萊弗茨花園的全面縉紳化。

某個夏天我在布魯克林一場社區委員會會議上第一次遇到博伊德，社區委員會會議通常都很沉悶，討論些雞毛蒜皮的小事。委員會是由當地居民組成的，在城市裡沒有什麼權勢，但他們卻經常碰面，針對街區裡發生的事情投票，可能是開發案、可能是某家酒吧要開張，或者要重新規劃街道。我年輕時當記者去過難以計數的社區會議，所以我預期會議上大家會做一般委員會議會做的事：小聲又無精打采地聊天兩小時然後散會。但五分鐘內，我就發現這裡不一樣。首先，這個會議室擠滿了社區的人，是我前所未見的。我終於了解為什麼：只要任何一個委員說話，博伊德就會從椅子上站起來，開始對著委員們叫囂，說他們的會議不符合程序正義，說他們沒有蒐集足夠的公共意見就進行投票。委員們試著讓博伊德冷靜下來，有些激動的委員甚至威脅要把她轟出去，但群眾開始為她打氣，好幾個人也開始對著委員們大吼，很明顯這是場精心布局的干擾。不到二十分鐘，會議就陷入混亂，不得不結束，本來要投票的議程也只好擱置。博伊德轉向群眾，微笑。因為擾亂布魯克林社區委員會的九場會議，博伊德變得有點出名，或說惡名昭彰（看你站在哪一方）。媒體上她的每張照片都是她在叫囂，手指指著哪個剛好坐在她附近的官僚的樣子。政客形容她粗暴得無可理喻，有些人甚至說她瘋了。但當我和博伊德在她位在公園過去幾條路、一條安靜街道上的排屋見面時，她好像又是一個不同的人，身穿絨毛的粉色長袍和拖鞋，喝著一瓶聖沛黎洛礦泉水，她很冷靜迷人，而且似乎非常清楚她在做什麼。很明顯，博伊德根本不瘋狂——她只是很懂怎麼把事情做好，也就是要阻止開發吞噬展望萊弗茨花園。那些叫囂只是抗議跟表演，或許也是唯一能保護展望萊弗茨花園，免於成為下一個豪奢國中之國的方法。當我在社區委員會的會議上見到她時，我其實是見到一個登台的演員；而現在她坐在她老排屋裡的絨布沙發上，我才見到她台下的一面。

「不要以為我的衝動是不經大腦的，」她在她的客廳對我說，「不要以為我不知道自己在做什麼。社區委員會並不是因為我吼叫而害怕，而是因為他們回應了我的吼叫，當他們回應的時候，我做記錄，循循善誘，教化他們。」

當博伊德在會場時，總會有一台錄影機持續記錄，當她叫喊時，她讓被錄到的人說盡難聽話。到目前為止，她的衝動已經讓九號社區委員會的兩名成員下台，但叫喊其實也是種拖延戰術，只要博伊德阻止委員會向市政府要求土地重劃，至少能保下部分的展望萊弗茨花園。

白思豪市長有意要在許多街區進行土地重劃，目標是為了中低收入戶創造八萬個住宅單元。但這個住宅會附帶著上萬個跟隨市場利率的住宅一起興建，也就是包容性區劃（Inclusionary Zoning）的政策：允許開發商蓋更高的大樓，只要其中兩成到五成的公寓是平民可負擔的（雖然如同我們所見，什麼樣的租金水平算是「負擔得起」，這點還是有很多爭議）。但即使公寓的價格讓人買得起，卻還是無法預期引進市場天價的住宅到原本經濟水平的街區，會對現有住民產生什麼影響。紐約的主計處研究就預測白思豪在東紐約的重劃計畫會造成高達五萬人迫遷[3]。

經過幾個月的調查和串聯，博伊德發現街區在被重劃之前，社區委員會必定會先請紐約市規劃局（Department of City Planning）進行調查，所以她現在的任務就是絕對不能讓九號委員會提交調查申請。過去一年半，她做得很成功。博伊德所住的街區附近每個委員會都在進行土地重劃的調查，唯獨展望萊弗茨花園沒有，幾乎要全然歸功於她。

不過，開發的腳步還是步步逼近。有一個街區已經允許蓋高層建築，二十三層樓高的玻璃和水泥構成的高塔籠罩著整個街區，影子覆蓋了公園。這棟大樓從州政府獲得七千兩百億的貸款[4]，至少還有十二棟豪華大樓預定興建。假如紐約市規劃局來到帝國大道（Empire Boulevard），應該也會把這裡列入重劃區。這裡仍有許多空倉庫，儲藏著最終要銷給豪華住宅開發商的貨品。博伊德認識好幾個搬到南部的朋友，她女兒也在租金三級跳成，得多付每月三百元後搬離紐約——她並非被刻意驅離，但她近期也不會回來了。

我問博伊德她為什麼能持續下去，竭盡心力、費盡口舌一再跟別人說明這個城市的計畫看似對低收入者友善，其實會帶來毀滅性的結果。她的回答暗示了對抗縉紳化的這份努力沒有盡頭。

「這個國家的歷史，就是一部黑人的抗爭史。」她說。「我們反擊的時候，改變就發生了。」

一起集結，挺身對抗，才是最重要的事。我們什麼時候會起身說：『我鬥志滿滿，我按耐不住了』？我知道我鬥志滿滿，我知道我按耐不住。」

紐約過去兩任市長政權，都證明了當前的政治制度面對縉紳化有許多限制。彭博與白思豪並不是代表傳統政治光譜的兩端——他們在社會議題都態度開明，都支持抽更高的稅，比起大部分美國的市長，更支持建立昂貴的社福制度。然而，他倆對縉紳化和房地產開發的看法分屬兩派：彭博很可能是幾十年來紐約最注重經濟成長和市場趨力的市長，而白思豪則是紐約市二十年來第一個勝選的民主黨市長，可能是紐約近期最開明、最支持政府介入的治理者。兩人都沒做什麼來阻擋縉紳化，反而積極地推波助瀾。

彭博代表共和黨角逐市長，二〇〇一年九一一事件之後，他自費七千三百萬投入競選，不久後便勝選——普選時平均每張得票是美金九十八元[5]。他的競選宣言大致上是說他會帶領私部門進入公共生活，讓政府運作更有效率，整個城市獲利更多。在他當上市長不久，他開始拉攏開發商和高端企業，而不考慮把紐約帶向豪奢之地的漣漪效應。

二〇〇三年，彭博和紐約市經濟發展局（Economic Development Corporation）舉辦了一場閉門經濟高峰會，限定紐約的百大成功企業人士參加。其中一場專題聚焦在吸引外資到紐約，另一場則探究紐約市之外辦公區的急迫需求，以及要打造紐約「第一流的人才庫」。

「紐約從來不會是做生意成本最低的地方，而是最有效率的地方。」彭博在高峰會上這麼說，「假如紐約是個企業，它不會是沃爾瑪——它並不會想盡辦法要成為市場上最低價的商品，它是高端商品，甚至也許是奢侈品。」[6]

兩週後，彭博在「市情咨文」（State of the City address）上展現他對紐約的新定位，認為紐約必須與其他全球城市的菁英和跨國企業競爭。「我們必須提供最棒的產品，然後強迫推銷出去。」他這麼說[7]。

為了達成目標，彭博派遣他的經濟促進小組到亞洲和歐洲，招攬高端企業到紐約來。其中一趟旅程裡，他接待了倫敦最富有的一群居民到他私人位於卡多根廣場（Cadogan Square）的維多利亞式排屋，另外他還設了行銷總監這個職位，幫助推銷紐約給全世界的企業。

品牌行銷還不夠，彭博比大部分的新自由主義路線市長更樂意向有錢人課稅——二〇〇三年他推動一系列稅金調升（大部分是所得稅），為市府財庫進帳三十億[8]——另外他大手筆投資開發，在任期頭五年就撥出十四億補助私人開發商。他支持補貼布魯斯・瑞納（Bruce Ratner）的「大西洋院」（Atlantic Yards）和瑞聯地產公司（Related Companies）的「哈德遜城市廣場」（Hudson Yards）開發計畫[9]。

彭博拒絕在這波新的資本浪潮襲來的時候，給予低收入的紐約人一些保護措施。他的行政團隊在公寓租金管制解除、迫遷激增[10]（彭博最後一年任期時，就有將近兩萬九千件迫遷）、中價位租金（median rents）升高百分之七十五的時候[11]，幾乎什麼也沒做。當紐約人開始抱怨他們的城市越來越住不起，彭博的答案基本上就是自己想辦法就對了[12]。

二〇一四年，彭博已經就任十二年（包含彭博大力競選，突破市長兩個任期的限制，為自己爭取到的第三任期，平均每張票的競選經費創下美金一百七十四元的紀錄），民眾以選票支持白思豪來表達對彭博的失望，白思豪的勝選關鍵在他承諾要挽救紐約越來越嚴峻的不平等現象。白思豪承諾要開創一個新的進步時代，但白政府卻是近年最不穩定的，可能比彭博政權更嚴重。也許因為人們知道彭博會給他們帶來什麼，而白思豪雖然承諾平等，卻加倍實踐彭博推動的經濟促進策略。

可以肯定的是，白思豪的住宅政策更加進步[13]：白思豪政府撥出三千六百萬補助租戶對付房東的騷擾，授權在重劃區域蓋房子的開發商要留下至少兩成公寓讓人住得起。在他的督導下，紐約開始為長者和藝術家蓋更多市政府資助又住得起的房子。但白思豪拒絕挑戰企業和住宅成長本身就是種商品的看法，因此他也無力阻擋毀壞紐約街區的成長機器。多虧了他的進步政策，這部機器比起彭博時期不那麼鈍，但仍然破壞力十足。畢竟，白思豪承諾住得起的住宅，是因為這些新的豪華公寓已經要在租金快速上漲的區域蓋起來了，他甚至釋出公有地給豪華房產開發商，好弄點錢來修整紐約現有的公共住宅。這位市長說，這是讓困窘的紐約市房屋局（New York City Housing Authority）出手維護旗下房產的唯一方法，但社運分子視此舉為吞噬公共空間。雖說紐約市的私人地產商非常訝異白思豪政權如此支持開發。他的左右手，負責住房和經濟發展的副市長葛蕾（Alicia Glen），並非來自左翼智囊團或非營利組織，而是來自投資銀行高盛集團（Goldman Sachs），她負責監管投資紐約的三十億資金[14]。

二〇一五年，我剛好有機會跟葛蕾同席，得以請她談談紐約的住宅危機。這場訪談顯示她知道該採取行動，但她的做法並沒有辦法從根本來挑戰縉紳化。白思豪和葛蕾都是進步主義者，但不從根源來挑戰不動產市場的話，他們的願景將十分侷限。我問她是否知道人們擔心土地重劃之後無法待在本來的街區，而這些重劃行動是她工作的機構所推動的，她的回答跟彭博類似：那就想辦法。

「為什麼這麼多人對這樣的情況反感，是因為他們害怕改變。」她說，「我不想要我的乾洗店換老闆，因為我已經認識他們好多年了，這讓我很有壓力，我不要改變。但改變不可避免，所以你怎麼看待未來很重要，而不是讓它淹沒你，因為它總會來的。」

葛蕾表示，白思豪和彭博政權的不同，成長是跟著給窮人的住宅和基礎建設一起來到的。她還是堅持經濟成長是必然的，而且對城市有利。

「我們的市政工具箱裡有好些工具，」她說，「我們無法改變整個資本主義的歷史，我們不是革命家托洛斯基（Trotsky）。你只是試著把成長重新分配給需要的人。」[15]

葛蕾攤在我眼前的，無疑是紐約過去幾十年來比較進步的視野——更多平民住宅，致力於保護窮人免受資本主義的衝擊。她和白思豪市長提出的政策，實際上是美國最進步的。但這些都還不夠，紐約還是持續地縉紳化。假如美國沒有任一個進步的市長政權能夠釜底抽薪，解決街區的崩毀和住民的迫遷，就表示需要更大的、更根本的轉變。

市政介入是個好起頭，但縉紳化已經是必須以全球尺度來看待的問題。市長著眼於吸引資金和工作機會，忽視為弱勢服務，在住宅和經濟政策缺乏國家層次整合的狀態下，也是符合邏輯的選擇。資本比以往更加流動，假如像底特律或紐奧良這樣的城市不去迎合銀行、企業或評等機構（ratings agencies），就沒有辦法借錢來蓋基礎建設。這是造就城市不平等的藉口嗎？但城市能做的就這麼多了。紐約和舊金山狀況好一些——它們的產業穩定（金融、科技業），要拔起離開都有難度，而這就是為什麼紐約能夠在稅務誘因較少的情況下，還讓企業留在邊界的部分原因。但葛蕾是對的：這個城市的工具箱裡只有某幾樣特定的工具。紐約市無法推翻資本市場（而且它的領導者也不想），即使像是調整租金管制這樣的小小改變，也要仰賴阿爾巴尼（Albany）的州國會提出法案，而州國會對紐約市一直都不友善：任何特殊立法或法案，都可能被視為反商業。更大一點的改變——像是再蓋下一波的公共建築——則需要更多錢。紐約有全美國最活躍的公共住宅體系，也是唯一還沒有推倒高層國宅的大城市，但紐約市政府也幾乎無力維護它們了，它們的存有數量越來越少。要繼續保留它們的話，需要新政（New Deal）等級的聯邦基金資助。

在美國，住宅並不被視為一項人權，人們住在特定地方的能力跟市場的風向有關。要挑戰這點聽起來很激進，但只有在美國才顯得激進，同樣地，全民健保也只有在這才顯得爭議重重。大部分其他工業國家已經體認到市場不會為中低收入族群服務，因此做了相應的修正。美國已經遠遠落後。

當然，美國要採取比較健全的住宅系統之前，還有很多事得做。在這個國家，甚至像孩子要得到生存的食物，究竟要以糧食卷（food stamps）還是免費營養午餐的方式供給，都還在國會裡爭論不休，期待一個合理、平等且慈悲的住宅政策，可能還有很長的路要走。要達成這個期望，挑戰的不只是住宅和經濟政策，還有結構性的種族主義。這也表示要和其他行動連結，像是郊區既是個經濟體，也牽涉到種族、性別和政治，容易強化保守價值。支持都市發展（pro-urban）、反縉紳化（anti-gentrification）行動必須要認知到自己建構了什麼，以及行動所投入的心力，可能對不同群體造成迥異的影響。如果要挑戰縉紳化，就必須也鬆開種族主義和性別歧視的大網，它們已然織入住宅和都市發展政策裡面。有多少都市規劃和經濟發展的課程在談城市裡的種族和性別[16]？哈佛大學的規劃課程是全美數一數二的，卻也沒有一堂這樣的課，更別說其他學校了。

但那並不表示縉紳化是不可避免的。城市、資本主義和不平等都是人為造成的，而且是晚近才有的。我們用盡洪荒之力打造不平等、破壞環境、傷害精神的生活方式，要挑戰它們需要同等強大的力量。

差不多六十年前，珍．雅各就發現我們需要改變看待城市的眼光。「私有投資形塑城市，但社會觀念（和法律）會形塑私有投資，」她這麼寫道，「首先要有我們的理想想像，然後社會機器就會把那個想像實現。」[17]

但珍．雅各的理論缺少關鍵的種族與階級分析。很多人都知道我們想要、需要什麼——更好的住宅環境、更好的學校、更好的大眾運輸、更多錢——但他們的公民權卻遭到剝奪因而無法得到這些資源。所以，要解決縉紳化，不是搞定經濟或都市規劃就夠了，而是關於民主。假如住在城市裡的人、這些讓城市實際運作的人，能夠掌握他們自己的命運，城市會變成甚麼樣子呢？

某個秋天的週間夜晚，我參加了「布魯克林反仕紳化陣線」（Brooklyn Anti-Gentrification Network）的規劃會議，這是一個由街區裡大概十五個有色人種領導的社運組織共同集結起的傘式團體（umbrella group），一起對抗租屋騷擾、不平等發展和警察暴力。曼哈頓中城一個普通的辦公室，裡面擠滿大概一百人，很有禮貌地討論對抗縉紳化的策略。一個房間塞滿這麼多代表不同利益和背景的人，他們的對話可說極度冷靜又有生產力——這在社運團體裡很少見，也許也顯現人們受夠了縉紳化一定要和動手動腳畫上等號。

「社區管理就是我們的主軸。」博伊德對全場說。

然後這群社運份子在房間裡走動，閱讀彼此的訴求。大部分都跟紐約直接相關：給開發商規定減稅期限、白思豪政權要更公開透明。這群人決定在地抗爭效果最好，假如他們擴展到全市或全國，就會稀釋他們的力量。不過，我談話過的幾個參與者都明白，這只是更大抗爭中的一小部分——他們的奮鬥不只是為了個人、不只是為了街角新開的咖啡店。他們知道自己做的是地方的反撲，但它連結到全球的努力，要讓市井小民的決策，成為建構社區的核心力量。

幾週之後，我聽說「布魯克林反仕紳化陣線」在布魯克林博物館（Brooklyn Museum）外發起一場抗議行動，顯然紐約幾個最權大勢大的不動產公司要到博物館裡參加當年的高峰會議，博物館也是該區最大的文化機構。布魯克林區區長亞當斯（Eric Adams）和前紐約州長斯皮策（Eliot Spitzer）預定要發表演說。議程包括小組討論如「社區消逝了！過飽和市場的增值機會」和「布魯克林正當時：布魯克林發展的下一階段」。國家、資本、文化機關三方一起把布魯克林帶向縉紳化——這個象徵意義成為抗議的主軸再適合不過了。

高峰會這天，布魯克林博物館外又冷又多風，博物館其中一側是展望萊弗茨花園和弗萊特布許（Flatbush）——下一波可能被仕紳化浪潮襲捲的社區，也是博伊德等社運份子試圖挽救的街區。博物館的另一側是展望高地和皇冠高地（Crown Heights），這兩區已經高度縉紳化了。

當地產商踏出計程車和豪華轎車，走進博物館的時候，抗議群眾大喊著「誰的城市？我們的！」一遍又一遍。博伊德說起她的工作，從布朗克斯、曼哈頓、皇后區和史坦頓島（Staten Island）來的人也說。抗議者只有大概二、三十位，舉著標牌，大聲喊著口號，但氣氛非常熱絡。車子停下來，司機嗚喇叭，路人取走傳單。抗議者來來去去，四處說笑，跟彼此擁抱。感覺抗議的規模雖小，卻意義重大。畢竟不動產高峰會已經舉辦第六年了，而這是第一次場外的抗議行動，隔年的抗議可能會更盛大，感覺就像為後續行動踏出第一步。因此抗議者精神抖擻，冷天也樂意出席，緊抓著信念，準備守護仍存在的事物。

結論：許一個不被縉紳化的未來

我見證我的姪子在紐約成長，我很好奇他會長成什麼樣子。我對自己的出生地已經有點矛盾的情緒，如今紐約全是玻璃帷幕大樓和要價四美金的瑪芬，他會討厭嗎？還是他會擁抱自己成長於其中的這套生活方式，變成我沒見過的新紐約人？

他的心智圖譜已經跟我完全不一樣，而且會越來越不同，就像我哥哥散步的圖譜，跟我父母的心智地圖完全不同，跟他們父母輩的紐約心智圖也是雲泥之別。我們都在自己裡頭存留著只屬於自己的私房城市，我們怎麼理解它，會轉譯成這些城市的實際運作。數十年前，很多美國人認為紐約是美國價值的眼中釘，社會所有最糟成分在此拼合——犯罪、貧窮、腐敗。對既得利益者而言，城市的價值就是工作和娛樂，其他部分都可以被忽略。對許多較年長的人來說，城市仍然會召喚起這樣的反應。我的祖母還是覺得想住在布魯克林的人腦子有問題。如今，就像莎拉．舒爾曼指出的，我們正在見證美國第一代在郊區成長的年輕人，他們推崇城市。我們正處於一個史無前例的文化和地理時刻。

如果獨立地來看待每個城市的現況和可能，要如何才能有共識，打造一個公平的未來？對剛搬到紐奧良的人來說，看不出白人文青騎腳踏車閒晃的濱水區其實是十萬黑人被迫遷走的指標；對搬到威廉斯堡（Williamsburg）的人而言，玻璃公寓大樓跟其他事物一樣，就是再自然不過的城市景觀。這麼說起來，縉紳化壓抑且抽走了回憶，要打造持久的正義變得更加困難。這份無知讓掌權者得利——一個對舊金山教會區（Mission District）沒有往日記憶的新住民，比較不會在公寓大樓出現的時候，跟其他人一樣視其為破壞而起身抗議。因此，假如我們決心要為沒有縉紳化的未來奮戰，第一步就是要建立城市可以是什麼樣子的共識。

透過研究縉紳化，我知道有許多政策能夠解決縉紳化和迫遷，效果實際而卓著。真正的難處是要說服人們這些方法行得通。下面的列表受到許多人的啟發，包括亨特學院（Hungter College）城市事務與規劃學系（urban affairs and planning）的湯姆．安格特教授（Tom Angotti）：寫了《謀殺紐約》（*The Assassination of New York*）、近年批判力道強勁的記者羅伯特・費奇（Robert Fitch）；寫作《紅色時代廣場》（*Times Square Red*）和《藍色時代廣場》（*Times Square Blue*）的作家兼評論家薩繆爾・德蘭尼（Samuel R. Delany）；布魯克林的社運成員和教育家艾莉西亞・博伊德和伊曼尼・亨利（Imani Henry）；以及在研究本書四個城市期間，遇到的無數社運者和居民。

開拓、保護、釋出公有地。在紐約，土地有三成是公有地（大部分是街道和人行道）[1]，剩下的七成，有一半用作私有開發，另一半則是市政建設、機構和公共空間。剩下的零星土地應該收歸市有土地銀行——也就是從市場上移開。一九八〇年代，紐約市經濟崩盤，市府持有哈林區幾乎半數的建築。與其把這些建物以破盤流血價賣給私人開發商——也就是市府現在的做法——改成保存這批建築成為市有財產，把它們轉成平民住宅和社區空間，這樣如何呢？在紐約和舊金山一些地區，要這麼做還不算太遲，在底特律和紐奧良甚至更有機會，畢竟上萬土地都由市府持有。目前紐奧良和底特律處理這些土地的作法是把它們賣給出價最高的買家，而非思考更有效的公共或半公共利用方式。土地銀行不代表不會賣土地，但可以增加開發的條件——比方說賣地時，附帶要求開發商必須建一定比例的平民住宅。一個好的土地銀行計畫，地方政府可以將決策過程開放給居民，在土地被賣掉或開發之前要求公眾意見的回饋。這些作法其實在各地已經有小小的成果：本書的四個城市都有非營利單位透過集體努力去買地，並讓土地維持合理價格。但他們的努力，較之整體的需要，還是顯得微不足道。

給予人們對城市事務的實際發言權。紐約的社區委員會是本書四個城市裡，最接近地方民主規劃的例子，而他們在規劃決策上幾乎沒有什麼權力。白思豪政權正在重劃十五個街區，目前幾乎每個社區委員會都拒絕市府的提議，但他們的反對卻沒有對土地重劃有實質影響[2]。這些委員會應該要有實權。因為加州特有的投票提案（ballot initiative）機制，舊金山是本書描寫的四個城市中，住民比較能夠從城市等級的選舉，得到和住宅相關的提案投票機會。二〇一五年，一項提案提議要限制短租民宿網站 Airbnb 的租賃行為，另一個提案則想要暫停教會區的開發案。這個概念很不錯，但就像美國當今的絕大多數選舉，金錢總是最大贏家：在 Airbnb 和其他企業砸大錢做廣告之後，舊金山這兩個提案都落選了。就我所知，在美國並沒有一個完善或相對好的制度，能讓規劃決策兼顧地方特性又保持民主，但這不表示不可能。紐約的社區委員會就是在各方行動驅策之下產生的，其中也包括珍．雅各，給城市施壓，要求在決策過程納入社區觀點。要創建任何新的體系，都會需要同等的努力投入。

嚴格規範住宅。一九四二年，國會通過法案，禁止租金和民生用品調漲，禁止房東以漲房租驅趕租戶[3]。這個法案原本只是暫時的，目的是抑制戰時的通貨膨脹，但它成為紐約租約規範的基礎，使得今日還有上萬的公寓可以讓人住得起。如果國家曾經這樣做，沒理由不能再做一次。美國各地的租金都急遽上漲，不只是縉紳化的城市，由於銀行和企業地主土地投機，買下越來越多公寓來排除競爭[4]。國家租金管制法或土地投機稅有助緩解危機。

實施新政。羅斯福「新政」的住宅計畫，聯邦政府出資高達七億美元在全國興建公共住宅，差不多等於今天的一百二十億元[5]。在那個政府削減預算的年代，花上幾十億在住宅方案感覺很不真實，但其他已開發國家可以證明公共住宅也可以蓋得很好，甚至在高度資本主義的經濟體裡也辦得到。在香港，幾乎一半的房子是公共的[6]。紐約市仍然有三百二十八個住宅方案，住民約有四十萬——以美國的標準來說，這個數字相當驚人，也證明公共住宅在這個國家還是可行的[7]。

終結保護主義，增加基礎建設。為什麼舊金山的普雷西迪奧高地（Presidio Heights）和紐約的格林威治村（Greenwich Village）看起來跟五十年前仍然高度相似，而教士區（Mission Distric）和東紐約（East New York）卻註定首當其衝，與開發硬碰硬？美國的城市比起歐洲和亞洲，大部分不那麼稠密[8]（紐約是個例外，但它的人口密度非常不均，每個社區不太一樣）。湧入紐約的人無疑喜歡住在曼哈頓而非東紐約，不過也因為土地使用分區的限制，紐約保下了曼哈頓許多住宅區，但卻允許在貧困地區進行土地使用分區提升（upzoning）*，縉紳化推動者都湧入特定區域，偏偏那些地區又最沒法應對浪潮般湧來的新住民。舊金山的狀況也是這樣，新公寓大樓充斥在教士區和其他平民街區，然而政府又容許新的巨型辦公大樓在平民街區持續興建。新的、公正的土地重劃會改變這些情況。但要讓美國的城市密度增加，就表示需要更多的基礎建設來服務新的住民，特別是更多的公共運輸，在許多縉紳化正在發生的城市，公共運輸網絡已經到達極限點了。這表示需要更多的市政預算，然後就會來到下一點……

增稅，提高薪資，在窮人身上花錢。一九五〇和一九六〇年代，美國最富有的人的最高稅率是百分之九十一[9]，到了一九八一年是百分之七十，今天則是百分之四十，因為多年下來總有漏洞，實際稅率差不多是百分之二十五。這表示聯邦政府幾乎沒有足夠的錢可以用在糧食券和修路，不符合新政對窮人的承諾。同時，許多州的基本薪資已經停滯許久，中低收入戶者的收入花在房租的比例顯得更高。缺乏新稅制和更高的基本工資，不平等現象就會在美國持續蔓延，表示窮人會越來越沒有能力消費、越來越無法安居，任憑他們的街區被縉紳化。

* 土地使用分區提升（upzoning）：在都市計畫範圍中，變更特定地區的土地使用分區類型，使得該地區的建築密度提高並提升價值，例如將原本屬於住宅區的地區變更為商業區。雖然這是都市再生的一種手段，相對地卻會影響到原先的居住品質與居住權益。

上述任一個解方，都比美國現在安置貧民的方法好——各州、各城、各郡在經費不足的狀況下拼湊出自己的大雜燴方案，通常由非營利或低收入者住宅組織來推動管理，這些組織之於公眾的說服力，比起政府還是有差。

但要用上述任一政策來解決問題，也需要許多政治上的努力。如果把這些政策都加起來——更多土地和住宅規範、更高的工資、更高的稅、中央政府負責住宅和基礎建設——最後就會變成社會主義，在美國要到達這個境界可不容易。但我相信在資本主義受到微幅限制的框架下（我認為就是當前美國的經濟體系），是有辦法改善縉紳化的狀況的，但要真正解決整個危機，則必須要追求真正的經濟和種族平等。

我寫這本書的時候，縉紳化的抗爭有驚人的進展。「黑人的命也是命」（Black Lives Matter）運動讓警察暴力和長久以來的種族壓迫成為每日新聞的主題。酷兒（queer）和跨性別（trans）運動已經重新將性別（gender）和性取向（sexuality）推到社會正義對話的前線。甚至連線上的政客都開始倡導種族和經濟正義。然而，說也奇怪，住宅課題還是在這些對話中缺席。住宅的價格到處都在上漲，郊區也是，城市也是。舊金山和紐約的多數人口都害怕住不下去，但縉紳化和房屋價格在二〇一六總統大選前卻很少被提及（希拉蕊〔Hillary Clinton〕針對奧克蘭的議題辦了一場謹小慎微的論壇）。雖然有全國型組織像是「城市權聯盟」（Right to the City）致力於集結租戶、串聯住宅議題和其他社會正義訴求，卻沒有足夠知名為租戶爭取權益的全國型抗爭行動。倫敦或柏林比起舊金山和紐約，縉紳化情況不那麼劇烈，但抗議縉紳化的行動在過去幾年就如家常便飯。

這個國家似乎缺少住宅意識，因此要打造一個有力量的租戶運動變得很困難。也許我們的無知是因為郊區化和都市擴張（sprawl），人們都住在獨立地段的獨棟房子裡，跟彼此距離遙遠，除了商業用途像道路、商場、商務公園之外，又缺少相遇的公共空間。如此郊區型、個人化的思維，現在因為縉紳化已經滲入各個城市。每棟新的公寓大樓——現在大部分都會附上健身房跟游泳池、日照中心，還有大廳酒吧——城市變得更像垂直的門禁社區（gated communities），很快你就會體驗到住在城市裡卻不知其所以然的情況。民族誌學家瑞秋・謝爾曼（Rachel Sherman）在她對上流社會飯店房客的研究裡寫道，飯店住宿的體驗是增強階級區別的方法。被寵愛的體驗會讓客人產生原本沒有的尊榮感。翻閱這份研究，人類學家朱利安・布拉什（Julian Brash）指出現在有一種類似的思維正在影響城市[10]。如果說紐約是個奢侈品，會怎麼改變居民對階級和身分的自我認知呢？該怎麼在一個許多住民自認為是奢侈品消費者，而非社區一份子的城市，去組織一個租戶運動呢？

還有一個很難在美國挑戰縉紳化的深層原因。這個國家本身就是立基於遷移的——立基於白人使用空間、甚至接近他人身體的權力，白人比其他人種更具優勢。這樣的觀念轉化成奴隸制度、種族區隔、原住民的種族滅絕，時至今日，縉紳化也算是某種程度的表現。一個布希維克的運動團體「五月天」（Mayday）就在他們的遍布街區的口號和標語上說，縉紳化就是新的殖民主義[11]。聽起來有點極端，但當公寓大樓的廣告和紐約時報的「風格」版（Style）使用如「邊境」（frontier）街區和「開拓者」（pioneering）住民這樣的特定字眼，實在很難不和殖民主義畫上等號。很顯然地，縉紳化和殖民主義非常不同，但它們都源自相同的思維，也就是有一個人的空間比另一個人更有價值。在這個國家我們一直不斷重複述說一個故事，也就是善良、勇敢的人來到這裡，在陌生、危險、荒蕪的土地上安頓下來，這故事本身就是一個縉紳化的敘事，美國的開發始終都和征服邊境的想像有關。對抗縉紳化，就像對抗對美國的想像，縉紳化已在我們的血液之中。

但其實可以不必這樣。首先我們要決定自己究竟要什麼。我，身為一個人，認為紐約最有意思的部分是那些不把人變成錢的事情（或至少不是變成很多錢）：多元性別的展現、街道上的社會運動、不起眼但只能在這麼稠密的城市，才辦得起來的讀者俱樂部或圖書館活動。但就像作家兼運動家薩繆爾．德蘭尼（Samuel Delany）點出的，生活在像紐約這樣高度資本主義化的城市，就表示不以營利為目的的互動方式，有可能被有利可圖（因此也較不有趣或激烈）的互動模式給擊垮[12]。社區空間被公寓大樓取代；不同階級的人可以相遇、交會的便宜酒吧變成只有有錢人才去得起。假如我們希望以個人層次去突破這層限制的話，我們必須一直不斷發明新的組織型態和方法來互動。

在縉紳化發生中的城市，我們得找到新的方法來跟彼此相處。莎拉．舒爾曼把這套理論表達得更加具體：她問道，假如幾群立場鮮明的作家集結在一起，集思廣益應對縉紳化的方法，這樣會如何？假如由你開始召集一群人，讓業餘的運動者、作家或思想家都聚在一起，會發生什麼事？假如做了十次這樣的事，會如何呢？小小的改變也能累積可觀的結果。

我常怨懟在今天的紐約要當創意人士或運動家越來越難了——錢都拿去繳房租了，誰還有時間去做些反骨的事？但當資本的壓力造就一個轉捩點，這就是叛逆的力量有機可趁的時刻。我見到當前許多人怒氣沖沖，對紐約感到失望，但他們並不去對抗造成這份憤怒的機制，大部分人就只是抱怨，閉嘴不言，或乾脆離開。假如人們開始運用激進主義（radicalism）撐出的空間，不只是安逸地挑剔品味或個人選擇，或者寫篇文章說「一切再見吧」，然後再搬去一個比較便宜的城市，而是真正地把我們的力量用於應對讓安居變得如此困難的制度，事情會變成怎樣呢？手法可以是街頭抗議，也可以是藝術，但抵抗可以更單純些。珍．雅各說的「街道芭蕾」（street ballet）*並不可行。我們當前的生活越來越疏離、越來越商品化，消費主義的生活型態幫有權的人賺進更多的錢。當我們越不依靠社區來滿足需求，從我們身上賺錢就越容易。換句話說，跟你的鄰居說聲嗨也可以是個激進的作為，因為它沒有利益可言，也賣不了錢。這樣就夠了嗎？當然不是，但至少是個開始。我們越刻意實踐社區導向的生活，我們身為消費者的角色就越淡薄。激進主義並非要掀起革命，而是包含了難以計數的每個小小行動，點滴造就個人和全球改變的一個過程。

我在紐約住了幾年，對紐約的狀態感到失望，最後決定停止自怨自艾，而想辦法動起來。最近我刻意地去認識我的鄰居，在大廳相遇時我一定會打招呼，當我有問題的時候會寄 email 給他

---

* 街道芭蕾（street ballet）：如同引言中，作者提及珍．雅各認為西村的街道與周邊商家、居民、往來的人的互動、聯繫與觀看，造就看似繁雜、卻有其自成一格的秩序與律動，就像是跳芭蕾舞一般。然而西村在縉紳化下失去了這種情景，作者因而認為街道芭蕾並不可行。

們；我開始幫忙地鐵上提著大行李的旅客；我向市政府申請評估我住的大樓是否應該適用租金穩定政策。我不知道最後結果會是什麼，但這些行動讓我跟所居住的這個地方有了更多連結。我開始參加縉紳化的聚會。不只是因為這些事情是善舉，也是要幫助我自己重新適應這個城市。單獨來看，每件事都非常微不足道，但加總在一起，它們幫助我照見自己、照見我所在的城市，畢竟這兩者是互相型塑的。現在我更能欣賞紐約，更願意為之挺身而出。唯一的問題，就是到底怎樣的努力才夠？這個城市的改變如此快速，不管有多少人試圖阻擋改變的角度，或者想要述說改變如何、為何發生，會不會都是徒勞？

二〇一五年，我開始看到鬆動或瓦解的可能：原本被預料在布魯克林之後會縉紳化的皇后區（Queens），該區的租金開始下跌，其他區域的租金轉為平穩[13]。不動產專家似乎有共識，認為奢華建築太多了。不只是紐約而已，底特律也還在一陣建設潮中，而紐奧良則平緩下來了，比方說建設率已經下滑[14]。矽谷（Silicon Valley）五年來首度損失的員工比新進的員工還多[15]。住在灣區（Bay Area）的科技業員工向外找工作的比例，在一年之內從百分之二十五成長到百分之三十五，顯示連高薪的住民也想離開[16]。

縉紳化已達尾聲了嗎？沒有，但它的速度趨緩了。城市絕對不會走回頭路，我非常懷疑產業穩定的紐約或舊金山，在可見的未來會走向去縉紳化這一步嗎？底特律和紐奧良又是另一個故事了。假如有幾家公司從底特律撤離，這個城市很可能會陷入危機；紐奧良仍然受天災影響甚深。但我相信縉紳化高速前進的時期已經接近尾聲，現代人對縉紳化的影響更有意識，我們便有機會在下一波資本浪潮襲來之前先做些什麼。如同莎拉．舒爾曼所說，不是無時無刻都得革命。一九六〇年代晚期的嬉皮、反戰和民權運動扎根之前，許多作家、影像工作者、詩人、表演者、社運家等人，數十年來已經打下基礎，幫助人們想像一個不一樣的未來。我相信此刻我們已經在奠定基礎的路途上，在一個寬廣未來的門緣。該是時候起而行了。

致謝

我要謝謝紐約、紐奧良、底特律和舊金山這幾個城市受訪的住民和運動者，特別是亞沙那・畢加爾、金・福特、亞倫・韓德斯曼、蘿倫・胡德、安娜貝爾・博拉紐，以及艾莉西亞・博伊德。

我也要感謝許多作家，他們的研究和寫作啟發了本書，特別是莎拉・舒爾曼和雷貝嘉・索尼特，她們的作品改變了我看待自己與城市的觀點。

我的編輯，「國家圖書出版社」（Nation Books）的凱蒂・歐唐納，一路上都盡善盡美；「國家圖書出版社」的老闆亞歷珊卓・巴斯塔利也在我身上冒了點險，才讓這本書誕生。謝謝尚恩・戴佛林幫助我進行前期的調查。

我的家人、朋友也功不可沒，他們給了我寫作本書這趟瘋狂歷程（最後實在非常艱辛！）所需的種種鼓勵、在飯桌上無數次和我爭辯政治，幫助我將思緒去蕪存菁，學著拼湊成有力道的論述——特別感謝我媽媽莎莉、我爸爸麥可、我哥哥約翰、我嫂嫂克里斯蒂娜（嗨，我的姪子朱利安）、我的朋友札克・豪和約翰・沃克。也要謝謝我的狗瑞米，我提到牠是因為札克和約翰說不這樣牠會覺得被排擠。安・瑪莉・威徹格和詹姆斯・馬汀：如果沒有你們，在紐約長大就不會那麼瘋狂、那麼好玩、那麼鬼靈精怪，你們實實在在地影響了我，讓我寫出一本從各面向看都是給城市的情書。

我開始帶著批判去思考一些議題（比方說，資本主義），要歸因於這兩個人：高二的歷史老師巴雅・菲斯佛，以及另一位中學老師納特・透那，若不是他們在我年輕易感的時候，就傳承給我共產主義的思想，今天我可能走上非常不同的人生路途，謝謝你們的洗腦（是好的方面啦）。還有麻塞諸塞州阿姆赫斯特的WFCR電台的前新聞總監佛瑞德・貝弗，你讓我在二十歲的時候，就以採訪名義跑遍全國，訪問政治人物和其他名流，即使我的手心汗涔涔到差點拿不住麥克風。你教會我這個行業幾乎我所知的一切，謝謝你。

參考資料

引言

1 Penelope Green, "The Painter and the Pink Palazzo," *New York Times*, November 13, 2008.

2 Rent Jungle, "Rent Trend Data in New York, New York," www.rentjungle.com/average-rent-in-new-york-rent-trends, accessed September 28, 2016.

3 "Fortresslike Property on Greenwich St. Is One of the Most Expensive Mansions Ever Sold in Manhattan," *New York Daily News*, September 12, 2014.

4 Arun Venugopal, "Micropolis: A Look at the Least Diverse Neighborhood in the City," WNYC, May 8, 2012.

5 Richard Campanella, "Gentrification and Its Discontents: Notes from New Orleans," *New Geography*, March 1, 2013.

6 J. C. Reindl, "Rents Keep Going Up in Greater Downtown Detroit," *Detroit Free Press*, December 7, 2014.

7 Metropolitan Policy Program, Brookings Institution, "Confronting Suburban Poverty in America," 2015, http://

confrontingsuburbanpoverty.org.
8 Linton Weeks, "The Hipsterfication of America," National Public Radio, November 17, 2011.
9 Stephen Metcalf, "Brooklyn: The Brand," *T: The New York Times Style Magazine*, March 17, 2013
10 Philip Corbett, "Evrything Old Is Hip Again," *After Deadline* blog, *New York Times*, August 17, 2010.
11 Philip Corbett, "Brooklyn, Planet Earth," *After Deadline* blog, *New York Times*, November 18, 2014.
12 Neil Smith, *The New Urban Frontier: Gentrification and the Revanchist City* (New York: Routledge, 1996), 55.

第一章：掙扎

1 Richard Campanella, "Gentrification and Its Discontents: Notes from New Orleans," *New Geography*, March 1, 2013.
2 Lizzy Goodman, "Experiencing New Orleans with Fresh Eyes and Ears," *New York Times*, March 6, 2014.
3 Ibid.
4 Ibid.
5 "Facts for Features: Katrina Impact," Data Center, August 28, 2014, www.datacenter research.org/data-resources/katrina/facts-for-impact.
6 Data Center, "Who Lives in New Orleans Now?," February 2016, www.datacenterresearch.org/data-resources/who-lives-in-new-orleans-now.
7 Lynn Weber and Lori Peek, *Displaced: Life in the Katrina Diaspora* (Austin: University of Texas Press, 2012).

8 From a press release issued by Gov. Kathleen Blanco, November 9, 2005, www.blancogovernor.com/index.cfm?md=newsroom&tmp=detail&articleID=1193.

9 "New Orleans Redevelopment Authority: Major Projects," www.noraworks.org/about/projects.

10 Lolis Elie, "Oretha Castle Haley Boulevard Gets Help from City as It Tries to Turn the Corner," *Times-Picayune*, August 2, 2009.

11 Eric Velasco, "The Battle for New Orleans," *Politico*, April 16, 2015.

12 Alex Woodward, "O.C. Haley Avenue: The Next Freret?" *Gambit*, April 17, 2012.

13 US Census Bureau, Poverty Data, 2013, http://factfinder.census.gov/bkmk/table/1.0/en/ACS/14_5YR/S1701/8600000US70113.

14 Jason Hackworth, *The Neoliberal City: Governance, Ideology, and Devlopment in American Urbanism* (Ithaca, NY: Cornell University Press, 2007), 120.

15 Neil Smith, *The New Urban Frontier: Gentrification and the Revanchist City* (New York: Routledge, 1996), 37.

16 "Lower 9th Ward Statistical Area," Data Center, March 28, 2014, www.datacenterresearch.org/data-resources/neighborhood-data/district-8/lower-ninth-ward.

17 Bracey Harris, "Lower Ninth Ward Residents Fight Katrina Fatigue," *New York Times*, May 27, 2014.

18 Jordan Flaherty, *Floodlines: Community and Resistance from Katrina to the Jena Six* (Chicago: Haymarket Books, 2010), 65.

19 Kenneth Cooper, "'They Destroyed New Orleans,'" *AlterNet*, December 23, 2005.

20 Vincanne Adams, *Markets of Sorrow, Labors of Faith: New Orleans in the Wake of Katrina* (Durham, NC: Duke

University Press, 2013), 43.

21 Juliette Landphair, "The Forgotten People of New Orleans: Community, Vulnerability, and the Lower Ninth Ward," *Journal of American History 94* (December 2007): 837–845.

22 Christopher Cooper, "Old-Line Families Escape Worst of Flood and Plot the Future," *Wall Street Journal,* September 8, 2005.

23 David Brooks, "Katrina's Silver Lining," *New York Times*, September 8, 2005.

24 Paula Devlin, "The Changing Face—and Faces—of New Orleans," *Times-Picayune*, August 23, 2009.

25 American Federation of Teachers, "The Track Record of the New Orleans Schools After Katrina," 2014, www.aft.org/sites/default/files/wysiwyg/no_intro.pdf.

26 Approximately one-third of all New Orleans residents have a college degree, according to the US Census. That's up from 26 percent in 2000, which suggests that most of the increase came from newcomers to the city after Katrina, and not from an increase in the native-born population going to college. See Data Center, "Who Lives in New Orleans Now?"

27 Campanella, "Gentrification and Its Discontents."

28 Richard Webster, "HANO Recalls 700 Section 8 Vouchers, Blames Sequester," *Times-Picayune*, March 29, 2013.

29 Richard Webster, "River Garden Residents March in Protest, Management Pushes Back," *Times-Picayune*, January 24, 2013.

第二章：縉紳化如何運作

1 Ruth Glass et al., *London: Aspects of Change* (London: MacGibbon & Kee, 1964), introduction. Quoted in "50 Years of Gentrification: A Timeline," Next City, 2014.

2 Ibid.

3 Everett Ortner, "Gentrification—Clarified," *The Brownstoner* 15, no. 2 (July 1984): 1.

4 Ortner, quoted in Loretta Lees, Tom Slater, and Elvin Wyly, *Gentrification* (New York: Routledge, 2008), 7.

5 Quoted in Lees, Slater, and Wyly, *Gentrification*, 27.

6 Phillip L. Clay, *Neighborhood Renewal: Middle-Class Resettlement and Incumbent Upgrading in American Neighborhoods* (Lexington, MA: Lexington Books, 1979).

7 "The History of the Castro," KQED, 2009.

8 Carolyn Senn, "Gentrification, Social Capital, and the Emergence of a Lesbian Neighborhood: A Case Study of Park Slope, Brooklyn," master's thesis, Fordham University, 2013.

9 Neil Smith, *The New Urban Frontier: Gentrification and the Revanchist City* (New York: Routledge, 1996), 100.

10 Julie Satow, "Pied-à-Neighborhood," *New York Times*, October 24, 2014.

11 For more on consumption explanations of gentrification, including a discussion of sociologist Daniel Bell and economist Richard Florida, see Lees, Slater, and Wyly, *Gentrification*, ch. 3; for more on production explanations, see ch. 2.

12 Smith, *New Urban Frontier*, xxiii–xiv.

13 Neil Smith, "Home on the Range, Urban-Style," *New York Times*, August 12, 1985.

14 Katarina Hybenova, "How Is Life at Bushwick's Most Controversial New Building, Colony 1209?" *Bushwick Daily*, June 26, 2014.

15 Smith, *New Urban Frontier,* 23.

16 John Hansan, "WPA: The Works Progress Administration," Social Welfare History Project, Virginia Commonwealth University, 2013, socialwelfare.library.vcu.edu/eras/great-depression/wpa-the-works-progress-administration.

17 Lees, Slater, and Wyly, *Gentrification*, 29.

18 Smith, *New Urban Frontier*, 70.

19 Quoted in Jason Hackworth, *The Neoliberal City: Governance, Ideology, and Development in American Urbanism* (Ithaca, NY: Cornell University Press, 2007), 15.

20 Michael Howard Saul, "Mayor Bloomberg Wants Every Billionaire on Earth to Live in New York City," *Wall Street Journal*, September 20, 2013.

21 Veronique de Rugy, "President Reagan, Champion Budget-Cutter," American Enterprise Institute, June 9, 2004.

22 Reuters, "Detroit Credit Rating Downgraded Again, S&P Cuts General Obligation Debt Further into Junk Status," *Huffington Post*, July 19, 2013.

23 Hackworth, *The Neoliberal City*, 39.

24 Rian Bosse, "How Cities Are Trying to Attract Millennials," Donald W. Reynolds National Center for Business Journalism, April 13, 2015; Teresa Wiltz, "America's Declining Cities Try to Attract Millennials," *Governing*,

April 3, 2015.

25 "Citywide Highlights," City of New Orleans website, www.nola.gov/mayor/priorities, accessed September 4, 2016.

26 Robert McClendon, "Where Will Working Poor Live in Future New Orleans, if Gentrification Continues?" *Times-Picayune*, July 30, 2015.

27 Lauren Laborde, "GoNOLA TV: Discover New Orleans' Bywater," hosted by C. J. Hunt, GoNOLA website, September 8, 2014.

28 Eric Velasco, "The Battle for New Orleans," *Politico*, April 16, 2015.

第三章：破壞是為了重建

1 "From the Graphics Archive: Mapping Katrina and Its Aftermath," *New York Times*, August 25, 2015.

2 Maria Godoy, "Tracking the Katrina Diaspora: A Tricky Task," National Public Radio, August 2006.

3 Peter Moskowitz, "How One of Katrina's Feel-Good Stories Turned Bad," *Buzz-Feed*, August 22, 2015.

4 Richard Campanella, "Gentrification and Its Discontents: Notes from New Orleans," *New Geography,* March 1, 2013.

5 Elahe Izadi, "Post-Katrina Police Shooting Death Reclassified as a Homicide," *Washington Post*, April 1, 2015.

6 Associated Press, "New Orleans Police Officers Jailed over Katrina Shootings Get New Trial," *The Guardian*, September 17, 2013.

7 "Military Due to Move in to New Orleans," CNN.com, September 2, 2005.

8 Naomi Klein, *The Shock Doctrine: The Rise of Disaster Capitalism* (New York: Picador, 2007), 6.

9 Milton Friedman, “The Promise of Vouchers,” *Wall Street Journal*, December 5, 2005.

10 Adrienne Dixson, “Whose Choice? A Critical Race Perspective on Charter Schools,” in *The Neoliberal Deluge: Hurricane Katrina, Late Capitalism, and the Remaking of New Orleans*, ed. Cedric Johnson (Minneapolis: University of Minnesota Press, 2011), 135.

11 “The Educational Land Grab,” editorial, *Rethinking Schools* 1, no. 21 (Fall 2006).

12 Alan Greenblatt, “New Orleans District Moves to an All-Charter System,” National Public Radio, May 30, 2014.

13 Mercedes Schneider, “New Orleans RSD: Far from Meeting Louisiana Four-Year College Admission Requirements,” *Huffington Post*, February 9, 2015.

14 “K–12 Public Education through the Public’s Eye: Voters’ Perception of Public Education,” Cowen Institute for Public Education Initiatives, April 2013.

15 Mercedes Schneider, “New Orleans Parental Choice and the Walton-Funded One App,” *deutsch29* blog, July 5, 2013.

16 “The Educational Land Grab.”

17 United Teachers of New Orleans, Louisiana Federation of Teachers, and American Federation of Teachers, “No Experience Necessary: How the New Orleans School Takeover Experiment Devalues Experienced Teachers,” June 2007, 22.

18 Ibid., 29.

19 Edward Goetz, *New Deal Ruins: Race, Economic Justice, and Public Housing Policy* (Ithaca, NY: Cornell

University Press, 2013), 70–72.

20 Matthias Gebauer, "Will the Big Easy Become White, Rich and Republican?" *Der Spiegel*, September 20, 2005.

21 Jordan Flaherty, *Floodlines: Community and Resistance from Katrina to the Jena Six* (Chicago: Haymarket Books, 2010), 186.

22 Charles Babington, "Some GOP Legislators Hit Jarring Notes in Addressing Katrina," *Washington Post*, September 10, 2005.

23 Flaherty, *Floodlines*, 186.

24 Adam Nossiter and Leslie Eaton, "New Orleans Council Votes for Demolition of Housing," *New York Times*, December 21, 2007.

25 Flaherty, *Floodlines*, 187.

26 Richard Webster, "River Garden Residents March in Protest, Management Pushes Back," *Times-Picayune*, January 24, 2013.

27 Vincanne Adams, *Markets of Sorrow, Labors of Faith: New Orleans in the Wake of Katrina* (Durham, NC: Duke University Press, 2013), 35.

28 Jordan Flaherty, "Settlement Reached in 'Road Home' Racial Discrimination Lawsuit," Bridge the Gulf Project, July 11, 2011.

29 Greg LaRose, "New Orleans Ranked Second Worst Housing Market for Renters," *Times-Picayune*, January 15, 2016.

30 Jane Jacobs, *The Death and Life of Great American Cities* (New York: Vintage, 1992; originally published 1961),

251.

31 Freret Neighborhood Center, "Freret Street Neighborhood Center Property Survey," July 2010.

32 US Census Bureau, Poverty Data, 2010. Prepared by Social Explorer.

33 US Census Bureau, Ethnicity Data, 2010. Prepared by Social Explorer.

34 Monica Hernandez, "Cultural District Slated for University Area," WWL-TV, July 7, 2012.

35 Robert Morris, "How Many More Bars Should be on Freret Street?" *Uptown Messenger*, May 9, 2012.

36 Louise Story, "The United States of Subsidies," *New York Times*, December 3, 2012.

37 Greater New Orleans Inc. Regional Economic Development, "Incentive Finder," http://gnoinc.org/incentives/incentive-finder.

38 Story, "The United States of Subsidies."

39 Lee Zurik, "$11 Billion Later, Louisiana's Incentives Fail to Deliver," Fox 8 (WVUE), New Orleans, February 5, 2015.

40 Gordon Russell, "Giving Away Louisiana: Film Tax Incentives," *The Advocate*, December 2, 2014.

41 US Census Bureau, Quick-Facts, per capita income in past 12 months (in 2014 dollars), 2010–2014, for New Orleans city, www.census.gov/quickfacts.

42 *PBS NewsHour*, "FEMA's Mike Brown," September 1, 2005.

43 Eric Ishiwata, "'We Are Seeing People We Didn't Know Exist': Katrina and the Neoliberal Erasure of Race," in *The Neoliberal Deluge: Hurricane Katrina, Late Capitalism, and the Remaking of New Orleans*, ed. Cedric

Johnson (Minneapolis: University of Minnesota Press, 2011).

44 Charles Babington, “Hastert Tries Damage Control After Remarks Hit a Nerve,” *Washington Post*, September 3, 2005.

45 Narayan Sastry and Christine Peterson, “The Displaced New Orleans Residents Survey Questionnaire,” RAND Corporation, 2010, www.rand.org/labor/projects/dnors.html.

46 Jason Berry, “Eight Years After Hurricane Katrina, New Orleans Has Been Resurrected,” *Daily Beast*, August 29, 2013.

47 Adam Kushner, “How New Orleans Pulled Off an Economic Miracle,” *National Journal*, April 7, 2013.

48 Lizzy Goodman, “Experiencing New Orleans with Fresh Eyes and Ears,” *New York Times*, March 6, 2014.

49 Britany Robinson, “Detroit: It’s Not a Blank Slate,” *Mashable*, March 1, 2015.

50 Michelle Higgins, “New York’s Next Hot Neighborhoods,” *New York Times*, February 26, 2016.

51 Anna Marie Erwert, “Oakland Poised to be the Bay Area’s Hottest Market in 2016,” *San Francisco Chronicle*, January 20, 2016.

52 Melena Ryzik, “Detroit’s Renewal, Slow-Cooked,” *New York Times*, October 19, 2010.

53 DiAngelea Millar, “7 Streets in New Orleans Working to Revitalize Neighborhoods Are Part of UNO Student’s Research,” *Times-Picayune*, August 19, 2012.

54 Keith Laing, “Duggan Touts Detroit ‘Turnaround’ in D.C.,” *Detroit News*, April 5, 2016.

55 Jacobs, *Death and Life*, 313.

第四章：新底特律

1 David Muller, "A Cloer Look at Dan Gilbert's Plans for Capitol Park i Downtown Detroit," MLive, April 2, 2013.

2 J. C. Reindl, "Dan Gilbert's Bedrock Buys 3 More Buildings Downtown," *Detroit Free Press*, January 20, 2016.

3 CBS News, "Developer Buying Real Estate in a Downtrodden Detroit Says He Is 'Doing Well by Doing Good' in an Effort to Revitalize the City—*60 Minutes*," press release, October 11, 2013; see also Dan Gilbert interview with Bob Simon, "Detroit," *60 Minutes*, CBS News, October 13, 2013.

4 Tim Alberta, "Is Dan Gilbert Detroit's New Superhero?" *National Journal*, February 27, 2014.

5 Quinn Klinefelter, "From Water Cutoffs to an Art Scare, Detroit Has a Tumultuous Year," *All Things Considered*, National Public Radio, December 15, 2014.

6 US Census Bureau, American FactFinder, "Selected Economic Characteristics: 2010–2014 American Community Survey 5-Year Estimates," 2014 data for Detroit city, Michigan, http://factfinder.census.gov/bkmk/table/1.0/en/ACS/14_5YR/DP03/1600000US2622000.

7 Diane Bukowski, "Tax Abatement 'Deal with Devil' in Downtown Griswold Tenants' Eviction Has Gone to Hell," *Voice of Detroit*, January 27, 2014.

8 J. C. Reindl, "Rents Keep Going Up in Greater Downtown," *Detroit Free Press*, December 7, 2014.

9 "Creative Cities Summit Announcement of Keynote Speaker," press release, October 14, 2008, PR Newswire.

10 Detroit Regional Chamber, "The State of Detroit," December 4, 2012.

11 John Wisely and Todd Spangler, "Motor City Population Declines 25 Percent," *USA Today*, March 24, 2011.

12 Kresge Foundation, "Detroit Future City: Detroit Strategic Framework Plan," December 2012.
13 Karen Bouffard, "Census Bureau: Detroit Is Poorest Big City in U.S.," *Detroit News*, September 17, 2015.
14 Richard Florida, *Rise of the Creative Class Revisited* (New York: Basic Books, 2012), 45.
15 Lisa Baugh, "Five Ways the Freelance Economy Fails the Poor and the Middle Class," *Salon*, June 5, 2015.
16 Florida, *Rise of the Creative Class*, 134, 135–136, 245.
17 For a good summary of Florida's "technology, talent, and tolerance" approach to economic development, see Hazel Borys, "Richard Florida on Technology, Talent, and Tolerance," *Place Makers*, November 18, 2013.
18 Andres Viglucci, "Miami Now Winter Home to 'Creative-Class' Thinker Richard Florida," *Miami Herald*, August 19, 2012.
19 24th Annual Congress for the New Urbanism, June 8–11, 2016, Detroit, Michigan, www.cnu.org/cnu24/schedule.
20 Florida, *Rise of the Creative Class*, 193, 227.
21 Richard Florida, "How the Crash Will Reshape America," *The Atlantic*, March 2009.
22 Steve Neavling, "'Bring on More Gentrification' Declares Detroit's Economic Development Czar," *Motor City Muckraker*, May 16, 2013.
23 Edward Glaeser, "Shrinking Detroit Back to Greatness," *New York Times, Economix* blog, March 16, 2010.
24 Julie Alvin, "A Gleam of Renewal in Struggling Detroit," *New York Times*, June 17, 2014.
25 Alex B. Hill, "Detroit: Black Problems: White Solutions," October 16, 2014, http://alexbhill.org/2014/10/16/

detroit-black-problems-white-solutions.

26 Melena Ryzik, "Detroit's Renewal, Slow-Cooked," *New York Times*, October 19, 2010.

27 IRS Form 990 for University Cultural Center Association, DBA Midtown Detroit Inc., for 2014, located through foundationcenter.org.

第五章：7.2 區

1 Patrick Shehan, "Revitalization by Gentrification," *Jacobin*, May 11, 2015.

2 Kate Abbey-Lambertz, "These Are the American Cities with the Most Abandoned Houses," *Huffington Post*, February 13, 2016; "7.2 Sq. Mi.: A Report on Greater Downtown Detroit," 2013, http://detroitsevenpointtwo.com/resources/7.2SQ_MI_Book_FINAL_LoRes.pdf.

3 Amy Lane, "Quicken Loans' Move Tops List of State Tax Incentives Approved by Mega Board," *Crain's Detroit Business*, July 21, 2009.

4 John Gallagher, "Gilbert Buys One Detroit Center, Persuades Ally to Move," *Detroit Free Press*, March 31, 2015.

5 Nancy Kaffer, "Who's Watching the Detroit Watchmen?" *Detroit Free Press*, March 21, 2015.

6 Stacy Cowley, "How Wayne State Police Helped Breathe Life Into a Blighted Detroit Strip," *New York Times*, February 25, 2015.

7 "M-1 Rail Funding Breakdown," October 2014, http://m-1rail.com/complex-funding-puts-m-1-rail-right-track.

8 "Detroit Metro Profile," Metropolitan Opportunity Unit, Ford Foundation, November 2012, https://

datadrivendetroit.org/files/NWRKS/Detroit%20Profile%20Final%20Nov2012.pdf.
9 Nolan Finley, "Where Are the Black People?" *Detroit News*, December 15, 2014.
10 Alex Halperin, "How Motor City Came Back from the Brink . . . and Left Most Detroiters Behind," *Mother Jones*, July 6, 2015.
11 Joel Kurth, "Gilbert, Quicken Loans Entwined in Detroit Blight," *Detroit News*, July 1, 2015.
12 Bill Shea, "Detroit Taxpayers to Fund 60 Percent of Red Wings Arena, Plan Shows," *Crain's Detroit Business*, July 25, 2013.
13 Joe Guillen, "Ilitches to Get All Revenues from New Publicly Financed Red Wings Arena," *Detroit Free Press*, March 2, 2014.
14 Bill Bradley, "Red Wings Stadium Upset!: Why Taxpayers Are Losing—Again—in Detroit," *Next City*, March 3, 2014.
15 Joe Guillen, "$175M Tax Break for Marathon Refinery Buys Detroiters Only 15 Jobs," *Detroit Free Press*, March 14, 2014.
16 John Gallagher, "Council OKs Sale of 1,500 Lots for Urban Farming Project," *Detroit Free Press*, December 11, 2012.
17 Louise Story, "The United States of Subsidies," *New York Times*, December 3, 2012.
18 Ryan Felton, "House Bill Would Ban Detroit from Enacting Community Benefits Agreement Ordinance," *Detroit Metro Times*, December 4, 2014.
19 Ben Duell Fraser, "A Hurricane Without Water: A Foreclosure Crisis Looms," *Deadline Detroit*, January 21,

2015.

20 US Census, American FactFinder, "Individuals Below Poverty Level," Detroit city, Michigan (data from 2010–2014 American Community Survey 5-Year Estimates); Bernadette D. Proctor, Jessica L. Semega, and Melissa A. Kollar, "Income and Poverty in the United States: 2015," US Census Bureau report no. P60-256, September 13, 2016; US Census, American FactFinder, median household income for Detroit city, Michigan (data from 2010–2014 American Community Survey 5-Year Estimates).

21 "Unemployment Rates for the 50 Largest Cities," Bureau of Labor Statistics, April 15, 2016.

22 Environmental Protection Agency, "Water on Tap," December 2009.

23 United Nations News, "In Detroit, City-Backed Water Shut-offs 'Contrary to Human Rights,' Say UN Experts," October 20, 2014.

24 Christine MacDonald and Joel Kurth, "Foreclosures Fuel Detroit Blight, Cost City $500 Million," *Detroit News*, June 3, 2015.

25 Christine MacDonald and Joel Kurth, "Detroit Braces for a Flood of Tax Foreclosures," *Detroit News*, July 1, 2015.

26 US Census Bureau, American FactFinder, "Selected Economic Characteristics: 2010–2014 American Community Survey 5-Year Estimates," 2014 data for Detroit city, Michigan, http://factfinder.census.gov/bkmk/table/1.0/en/ACS/14_5YR/DP03/1600000US2622000.

27 Thomas Sugrue, *The Origins of the Urban Crisis: Race and Inequality in Postwar Detroit* (Princeton, NJ: Princeton University Press, 1996), 82, 84–86, 159.

28 Kate Linebaugh, "Detroit's Population Crashes," *Wall Street Journal*, March 23, 2011.

29 Some of Sandi Combs and Kenny Brinkley's story was told in a piece I wrote for Al Jazeera America: "Detroit Homeowners Face New Wave of Foreclosures," February 21, 2015.

30 One study showed that evictions alone cause material hardships to increase by 20 percent: Matthew Desmond, "Eviction's Fallout: Housing, Hardship, and Health," *Social Forces* 94, no. 1 (2015): 295–324.

第六章：白紙狀態怎麼來的？

1 Veronica Guerrieri, Daniel Hartley, and Erik Hurst, "Endogenos Gentrification and Housing Price Dynamics," National Bureau of Economic Research Working Paper No. 16237, July 2010.

2 Douglas Massey and Nancy Denton, *American Apartheid: Segregation and the Making of the Underclass* (Cambridge, MA: Harvard University Press, 1993), 20–21.

3 John Logan and Brian Stults, "The Persistence of Segregation in the Metropolis: New Findings from the 2010 Census," US2010 Project, March 24, 2011.

4 The economic boom created by World War II: This paragraph and the next draw on Sugrue, *The Origins of the Urban Crisis*, 29.

5 Ibid., 247.

6 Ibid., 233.

7 This paragraph draws on ibid., 44.

8 Elizabeth Huttman, *Urban Housing Segregation of Minorities in Western Europe and the United States* (Durham,

NC: Duke University Press, 1991), 246.

9 Sugrue, *The Origins of the Urban Crisis*, 193.

10 Ibid., 100.

11 Kenneth Jackson, *Crabgrass Frontier: The Suburbanization of the United States* (New York: Oxford University Press, 1985), 193–194.

12 Ira Katznelson, *When Affirmative Action Was White* (New York: W. W. Norton, 2005), 115–116.

13 Richard Rothstein, "The Making of Ferguson: Public Policies at the Root of Its Troubles," Economic Policy Institute, October 15, 2014.

14 Jackson, *Crabgrass Frontier*, 213.

15 My summarized history of the FHA and HOLC comes mostly from Sugrue, *The Origins of the Urban Crisis*, and Jackson, *Crabgrass Frontier.*

16 Jackson, *The Origins of the Urban Crisis*, 128, 140.

17 Ibid., 47–48.

18 Patrick Sheehan, "Revitalization by Gentrification," *Jacobin*, May 11, 2015.

19 Patrick Sharkey, *Stuck in Place: Urban Neighborhoods and the End of Progress Toward Racial Equality* (Chicago: University of Chicago Press, 2013), 3.

20 Ibid., 4–5. Figures are adjusted dollars.

21 Ibid., 114.

22 Ibid., 115.

23 Rick Cohen, "Looking for Saviors in Bankrupt Detroit," Nonprofit Quarterly, August 28, 2014.

24 Tim Alberta, "Is Dan Gilbert Detroit's New Superhero?" *National Journal*, February 27, 2014.

25 I wrote a version of Hood's story in "How Two Billionaires Are Remaking Detroit in Their Flawed Image," *Gawker*, April 29, 2015.

第七章：縉紳化的城市

1 Amy Alexander, "Whither Black San Francisco," *SF Weekly*, February 25, 2015.

2 "Policy Analysis Report," City and County of San Francisco Board of Supervisors, October 27, 2015.

3 "An Equity Profile of the San Francisco Bay Area Region," PolicyLink, April 21, 2015.

4 Tracy Elsen, "The Median Rent for an SF Two-Bedroom Hits $5,000 a Month," Curbed.com, October 9, 2015.

5 Rebecca Solnit and Susan Schwartzenberg, *Hollow City: The Siege of San Francisco and the Crisis of American Urbanism* (New York: Verso Books, 2002), 96–97.

6 "San Francisco's Eviction Crisis 2015," San Francisco Anti-Displacement Coalition, 2015.

7 Ibid.

8 "Development Without Displacement: Resisting Gentrification in the Bay Area," Causa Justa/Just Cause, 2014.

9 Emmanuel Hapsis, "Map: San Francisco Rent Prices Most Expensive in the Nation," KQED, November 3, 2015.

10 Solnit and Schwartzenberg, *Hollow City*, 105.

11 Max Cherney, "'Shrimp Boy' Lawyer Claims Judge Shielded San Francisco Mayor in Corruption Probe," *San Francisco Public Press*, January 26, 2016.

12 John Shutt and Rebecca Bowe, "Three Former Fundraisers for Mayor Ed Lee Charged with Bribery, Money Laundering," KQED, January 22, 2016.

13 Davey Alba, "Prop F Has Failed. But the Battle for SF's Soul Will Go On," *Wired*, November 4, 2015.

14 Joshua Sabatini, "SF's Tech Tax Fails to Make November Ballot," San Francisco Examiner, August 1, 2016.

15 "History of SRO Residential Hotels in San Francisco," Central City SRO Collaborative, accessed September 2016.

16 MissionCreekVideo, "Mission Playground Is Not For Sale," YouTube, uploaded September 25, 2014, https://youtu.be/awPVY1DcupE.

17 Sarah Schulman, *The Gentrification of the Mind: Witness to a Los Imagination* (Berkeley: University of California Press, 2012).

第八章：成長機器

1 Edwin Feulner, "Reagan's Tax-Cutting Legacy," The Heritage Foundation, July 14, 2015.

2 "California to Have $10 Billion Budget Surplus by 2017, Analyst Says," CBS News, November 20, 2013.

3 John Logan and Harvey Molotch, *Urban Fortunes: The Political Economy of Place* (Berkeley: University of California Press, 2007), xv.

4 Ibid., 130–132.

5 Ibid., 112.

6 Friedrich Engels, “The Housing Question,” 1872.

7 David Harvey, *Social Justice and the City* (Athens: University of Georgia Press, 1973), 142–143.

8 Ibid., 190.

9 Solnit and Schwartzenberg, *Hollow City*, 100.

10 Jake Blumgart, “Four Public Housing Lessons the U.S. Could Learn from the Rest of the World,” *Next City*, August 26, 2014.

11 Logan and Molotch, *Urban Fortunes*, 148.

12 Ruby Russell, “Berlin Becomes First German City to Make Rent Cap a Reality,” *The Guardian*, June 1, 2015.

13 “Public Housing, HUD, Section 8,” Housing Rights Committee of San Francisco, www.hrcsf.org/SubHousing/subhsngindex.html.

14 “The State of the Nation’s Housing 2013,” Joint Center for Housing Studies, Harvard University, 2013.

15 “Voucher Payment Standards and Utility Standards,” New York City Housing Authority, accessed September 2016. 16 Cindy Rodriguez, “Public Housing Invites Private Developers,” WNYC, June 28, 2016.

第九章：不平等的新地理學

1 Michael Cabanatuan, “Bay Area’s Worst Commute Is Westbound I-80,” *San Francisco Chronicle*, December 17, 2015.

2 Jane Jacobs, *The Death and Life of Great American Cities* (New York: Vintage, 1992; originally published 1961), 70–71.

3 Elizabeth Kneebone and Alan Berube, *Confronting Suburban Poverty in America* (Harrisonburg, VA: R. R. Donnelley, 2013), 2.

4 Ibid., 17.

5 Ibid., 17–19.

6 Matthew Soursourian, “Suburbanization of Poverty in the Bay Area,” Community Development Research Brief, Federal Reserve Bank of San Francisco, January 2012.

7 Kneebone and Berube, *Confronting Suburban Poverty*, 33.

8 Ibid., 60.

9 Kale Williams, “BART Gets Candid in Twitter Exchange with Angry Riders,” *San Francisco Chronicle*, March 17, 2016.

10 Kneebone and Berube, *Confronting Suburban Poverty*, 68.

11 Scott Allard and Benjamin Roth, “Strained Suburbs: The Social Service Challenges of Rising Suburban Poverty,” Brookings Institution, October 7, 2010; Bernadette Hanlon, *Once the American Dream* (Philadelphia: Temple University Press, 2010), 133.

12 Bernice Yeung, “Neglected for Decades, Unincorporated Communities Lack Basic Public Services,” California Watch, April 6, 2012.

13 Jackson, *Crabgrass Frontier*, 51.

14 Ibid., 51.

15 Maurice Isserman and Michael Kazin, *America Divided: The Civil War of the 1960s* (New York: Oxford University Press, 2003), 12.

16 Dolores Hayden, *Building Suburbia: Green Fields and Urban Growth* (New York: Vintage Books, 2004), 130–131.

17 Robert Caro, *The Power Broker: Robert Moses and the Fall of New York* (New York: Random House, 1974), 952.

18 David Harvey, "The Right to the City," *New Left Review* 53 (September–October 2008).

19 Schulman, *Gentrification of the Mind*, 24–25.

20 Hayden, *Building Suburbia*, 97.

21 Ibid., 148.

22 Ibid., 148.

23 Ibid., 149–151.

24 Sharkey, *Stuck in Place*, 59.

25 Ibid., 60.

26 Jackson, *Crabgrass Frontier*, 294.

27 Ibid., 249.

28 Angie Schmitt, "Drivers Cover Just 41 Percent of U.S. Road Spending," *Streetsblog USA*, January 23, 2013.

29 Jackson, *Crabgrass Frontier*, 155.

30 “Top Spenders,” Center for Responsive Politics, 2016.

第十章：輓歌

1 Anemona Hartocollis, “An Enclave of Artists, Reluctant to Leave,” *New York Times*, November 21, 2011.

2 Charles Bagli, *Other People's Money* (New York: Penguin Group, 2013), 141.

3 Ronda Kaysen, “Divided by a Windfall: Affordable Housing in New York Sparks Debate,” *New York Times*, November 14, 2014.

4 Julie Satow, “Pied-à-Neighborhood: Pieds-à-Terre Owners Dominate Some New York Buildings,” *New York Times*, October 24, 2014.

5 Sam Roberts, “Homes Dark and Lifeless, Kept by Out-of-Towners,” *New York Times*, July 6, 2011.

6 Kriston Capps, “Why Billionaires Don't Pay Property Taxes in New York,” CityLab, May 11, 2015.

7 Jane Jacobs, *The Death and Life of Great American Cities* (New York: Vintage, 1992; originally published 1961), 54.

8 Ibid., 7.

9 Sharon Zukin, *Naked City: The Death and Life of Authentic Urban Places* (Oxford: Oxford University Press, 2011).

10 John Surico, “De Blasio, '84, Eyes NYU 2013,” *Gotham Gazette*, May 12, 2014.

11 Sharon Zukin, *Loft Living: Culture and Capital in Urban Change* (Baltimore: Johns Hopkins University Press, 1982), 36.
12 Robert Fitch, *The Assassination of New York* (New York: Verso Books, 1993).
13 "Income Eligibility," New York City Housing Development Corporation, accessed September 2016.
14 Juan Gonzalez, "Unfinished West Side Commercial Development Costs Taxpayers $650 Million," New York *Daily News*, November 19, 2014.
15 Norman Oder, "The Culture of Cheating: Forest City's Inside Track with the MTA," *Atlantic Yards/Pacific Park Report* (blog), September 18, 2012.
16 Rich Calder, "Your Net Loss," *New York Post,* April 14, 2008.
17 "The Proposed Arena at Atlantic Yards: An Analysis of City Fiscal Gains and Losses," Fiscal Brief, New York Independent Budget Office, September 2009.
18 Norman Oder, "Brooklyn BP Markowitz's Atlantic Yards Falsehood," *Huffington Post,* March 7, 2011.
19 Ian Duncan, "Local Hispanic Population Declines," *Local East Village*, April 8, 2011.
20 Sam Roberts, "Census Estimates Show Another Increase in New York City's Non-Hispanic White Population," *New York Times*, June 30, 2014.
21 Smith, *New Urban Frontier*, 3–6.
22 Justin Wolfers, David Leonhardt, and Kevin Quealy, "1.5 Million Black Men," *New York Times*, April 20, 2015.
23 Josmar Trujillo, "Militarized Policing, Gentrifying City: Doubting NYPD Reforms," *City Limits*, June 3, 2014.

24 Schulman, *Gentrification of the Mind*, 28.

25 Ibid., 51.

26 Zukin, *Loft Living*, 59.

27 Andrea Bernstein, "Rezoning Williamsburg," WNYC, April 26, 2005.

28 Aaron Miguel Cantú, "Anti-Gentrification Protesters vs. Brooklyn Real Estate Summit," *Gothamist*, June 17, 2015.

29 Michelle Higgins, "Priced Out of Brooklyn? Try Manhattan," *New York Times*, May 8, 2015.

30 Drake Baer, "Brooklyn Is Officially the Most Unaffordable Housing Market in America," *Business Insider*, January 30, 2015.

31 David Colon, "Irony Smothered with a Pillow as Forest City Ratner CEO Frets About Brooklyn Losing Its Edge," *Brokelyn*, May 21, 2015.

第十一章：紐約不屬於人民

1 Bobby Cuza, "City Poll: New Yorkers Worried About Being Priced Out of Their Homes," NY1.com, February 24, 2016.

2 "Brooklyn Rental Market Report," MNS.com, February 2016.

3 "Election Results," *New York Times,* November 6, 2013.

4 This paragraph is based on Sharon Zukin, *Loft Living: Culture and Capital in Urban Change* (Baltimore: Johns Hopkins University Press, 1982), 38.

5 Fitch, *Assassination.*

6 Neil Smith, *The New Urban Frontier: Gentrification and the Revanchist City* (New York: Routledge, 1996), 21.

7 Zukin, *Loft Living*, 24.

8 Fitch, *Assassination.*

9 Deborah Wallace and Rodrick Wallace, *A Plague on Your Houses: How New York Was Burned Down and National Public Health Crumbled* (New York: Verso Books, 1998), 12.

10 John Logan and Harvey Molotch, *Urban Fortunes: The Political Economy of Place* (Berkeley: University of California Press, 2007), 156.

11 Zukin, *Loft Living*, 22–23.

12 Ibid., 44.

13 Fitch, *Assassination.*

14 Wallace and Wallace, *Plague*, 12.

15 Zukin, *Loft Living*, 27, 42.

16 Ibid., 16.

17 Suleiman Osman, *The Invention of Brownstone Brooklyn* (New York: Oxford University Press, 2011).

18 Zukin, *Loft Living*, 28–29.

19 "New York City's Decline in Manufacturing Gained Momentum in 1980," *New York Times*, March 22, 1981.

20 Jeff Nussbaum, "The Night New York Saved Itself from Bankruptcy," *New Yorker*, October 16, 2015.

21 Sam Roberts, "Infamous 'Drop Dead' Was Never Said by Ford," *New York Times*, December 28, 2006.

22 Matthew Dolan, "Detroit Looks to Re-engineer How City Government Works," *Wall Street Journal*, November 10, 2014.

23 Kim Phillips-Fein, "The Legacy of the 1970s Fiscal Crisis," *The Nation*, April 16, 2013.

24 Zukin, *Loft Living*, 26.

25 Wallace and Wallace, *Plague*, 22.

26 Ibid., 36.

27 Massey and Denton, *American Apartheid*, 159.

28 Wallace and Wallace, *Plague*, 22.

29 Ibid., 67.

30 Ibid., 71.

31 Ibid., 18.

32 Ibid., xvii.

33 Sarah Schulman, *The Gentrification of the Mind: Witness to a Lost Imagination* (Berkeley: University of California Press, 2012), 23.

34 Samuel Delany, *Times Square Red, Times Square Blue* (New York: New York University Press, 1999), 15.

35 Ibid.

第十二章：反擊

1 Javier David, "NYC Total Property Value Surges over $1 Trillion, Setting a Record," CNBC, January 16, 2016.

2 New York City Population Data, 2010, www.nyc.gov/html/dcp/pdf/census/census2010/t_pl_p2_cd.pdf.

3 Scott Stringer, Comptroller's Office, City of New York, "Mandatory Inclusionary Housing and the East New York Rezoning," December 2, 2015.

4 Aaron Miguel Cantú, "Progressive Gentrification: One Community's Struggle Against Affordable Housing," *Truthout*, February 5, 2015.

5 David Chalian and Rogene Fisher, "Costly Campaigns," ABC News, November 8, 2005.

6 Julian Brash, *Bloomberg's New York: Class and Governance in the Luxury City* (Athens: University of Georgia Press, 2011), 111.

7 Michael Bloomberg, "Mayor Michael Bloomberg's 2003 State of the City Address," *Gotham Gazette*, January 23, 2003.

8 E. J. McMahon, "Pricing the Luxury Product: New York City Taxes Under Mayor Bloomberg," *Empire Center*, November 30, 2005.

9 John Logan and Harvey Molotch, *Urban Fortunes: The Political Economy of Place* (Berkeley: University of California Press, 2007), xiv.

10 Nathan Tempey, "NYC Evictions Are at Their Lowest in a Decade," *Gothamist*, March 1, 2016.

11 Scott Stringer, Comptroller's Office, City of New York, "The Growing Gap: New York City's Housing Affordability Challenge," April 2014.

12 Chris Smith, "In Conversation: Michael Bloomberg," *New York Magazine*, September 7, 2013.

13 Konrad Putzier, "Real Estate's Love-Hate Relationship with de Blasio," *The Real Deal*, February 1, 2016.

14 "Deputy Mayor for Housing and Economic Development," Official Website of the City of New York, www1.nyc.gov/office-of-the-mayor/alicia-glen.page.

15 Parts of this interview appear in Peter Moskowitz, "Can New York Save Itself from Out-of-Control Rents?" Vice, November 8, 2015.

16 Brentin Mock, "There Are No Urban Design Courses on Race and Justice, So We Made Our Own Syllabus," CityLab, May 14, 2015.

17 Jane Jacobs, *The Death and Life of Great American Cities* (New York: Vintage, 1992; originally published 1961), 313.

結論：許一個不被縉紳化的未來

1 Tom Angotti, *New York for Sale: Community Planning Confronts Global Real Estate* (Boston: Massachusetts Institute of Technology Press, 2008).

2 Michael Grynbaum and Mireya Navarro, "Mayor de Blasio Seeks to Rebuild Momentum for Affordable Housing Plan," *New York Times*, December 10, 2015.

3 "Emergency Price Control Act," *Gale Encyclopedia of U.S. Economic History*, 1999.

4 Leslie Shaffer, "Rents Rise to 'Crazy' Levels: Zillow," CNBC, August 16, 2015.

5 "FDR and Housing Legislation," Franklin D. Roosevelt Presidential Library and Museum, accessed September

2016.

6 Michelle Yun, "Hong Kong Can't Build Public Homes Fast Enough as Demand Soars," Bloomberg News, February 5, 2015.

7 "About NYCHA," New York City Housing Authority, accessed September 2016.

8 Wendell Cox, "World Urban Areas Population and Density: A 2012 Update," *New Geography*, May 3, 2012.

9 "U.S. Federal Individual Income Tax Rates History, 1962–2013," Tax Foundation, October 17, 2013.

10 Julian Brash, *Bloomberg's New York: Class and Governance in the Luxury City* (Athens: University of Georgia Press, 2011), 128.

11 Rebecca Fishbein, "Bushwick Woman Fights Gentrification with Christmas Lights: 'Your Luxury Is Our Displacement,'" *Gothamist*, December 29, 2015.

12 Ibid., 111.

13 Lauren Clark, "One Borough's Rental Prices Are Actually Decreasing," *New York Business Journal*, July 10, 2015.

14 Amy Plitt, "New York City Rents May Finally Let Up in Their Terrifying Ascent," Curbed.com, March 10, 2016.

15 Jennifer Larino, "New Orleans–Area Construction Contracts Drop in May," *Times-Picayune*, June 27, 2014.

16 Georgia Wells, "Silicon Valley Residents Leave for Greener Grass, Cheaper Housing," *Wall Street Journal*, March 3, 2016.

17 Ashley Rodriguez, "Tech Workers Are Increasingly Looking to Leave Silicon Valley," *Quartz*, February 29, 2016.

如何謀殺一座城市：高房價、居民洗牌與爭取居住權的戰鬥

How to Kill a City: Gentrification, Inequality, and the Fight for the Neighborhood

作　　者　彼得・莫斯科威茨 Peter Moskowitz
譯　　者　吳比娜、賴彥如
總 編 輯　周易正
責任編輯　楊琇茹
助理編輯　洪郁萱
封面設計　許紘維
版型設計　鄭美玲
內頁排版　張靜怡
行銷企劃　郭怡琳、華郁芳
印　　刷　崎威彩藝
定　　價　400 元

I S B N　978-986-96223-7-0

2018 年 08 月初版一刷

出 版 者　行人文化實驗室（行人股份有限公司）
發 行 人　廖美立
地　　址　10563 台北市松山區八德路四段 36 巷 34 號 1 樓
電　　話　+886-2-37652655
傳　　真　+886-2-37652660
網　　址　http://flaneur.tw

總 經 銷　大和書報圖書股份有限公司
電　　話　+886-2-8990-2588

國家圖書館出版品預行編目資料

如何謀殺一座城市：高房價、居民洗牌與爭取居住權的戰鬥 / 彼得・莫斯科威茨(Peter Moskowitz)作；吳比娜, 賴彥如譯
——初版.——臺北市：行人文化實驗室，2018.08
320面；14.8×21公分
譯自：How to kill a city : gentrification, inequality, and the fight for the neighborhood
ISBN 978-986-96223-7-0（平裝）

1.都市社會學　2.美國

545.1015　　107013535